SED

ŞEYTAN TÜYÜ

VAR SENDE

DESTEK
yayınları

DESTEK YAYINLARI: 614
GÜNCEL: 40

ŞEYTAN TÜYÜ VAR SENDE / SEDA DİKER

İmtiyaz Sahibi: Yelda Cumalıoğlu
Genel Yayın Yönetmeni: Ertürk Akşun
Yayın Koordinatörü: Özlem Esmergül
Editör: Devrim Yalkut
Kapak Tasarım: İlknur Muştu
Sayfa Düzeni: Cansu Poroy
Sosyal Medya-Grafik: Tuğçe Budak
Kapak Fotoğrafı: Teri T. Erbeş

Destek Yayınları: Aralık 2015
Yayıncı Sertifika No. 13226

ISBN 978-605-311-048-4

Harbiye Mah. Maçka Cad. Narmanlı Apt. No. 24 K. 5 D. 33 Nişantaşı / İstanbul
Tel.: (0) 212 252 22 42
Fax: (0) 212 252 22 43
www.destekyayinlari.com
info@destekyayinlari.com
facebook.com/DestekYayinevi
twitter.com/destekyayinlari
instagram.com/destekyayinlari

İnkılâp Kitabevi Baskı Tesisleri
Matbaa Sertifika No. 10614
Çobançeşme Mah. Altay Sok. No. 8
Yenibosna – Bahçelievler / İstanbul
Tel.: (0) 212 496 11 11

SEDA DİKER

ŞEYTAN TÜYÜ
VAR SENDE

DESTEK
yayınları

İÇİNDEKİLER

UYARI

Bu kitapta yer alan Catherine'in hikâyesi, son günlerde Türk toplumunda yaygın olarak rastladığım bir durum yüzünden yazılmıştır. Şiddet içeren sahnelerin yer aldığı bu hikâyede, aslında alınacak tek ders, yaşadığımız her şeyi kalpten ve sevgiyle yaşamamız gerektiğidir. Lütfen, bu gerçek hikâyenin kahramanlarına özenmeyiniz. Onların yaşadıklarını yaşamaya çalışmayınız.

Türk toplumunda farklı iki kesim mevcut. Bir tarafta, şiddeti cinsel dürtülerle bağdaştıran, bunu karşısındaki kişiye acı vermek, onu aşağılamak ya da bastırmak üzere kullanmayı öğrenmiş bir grup var. 70'li yılların cinsel içerikli filmlerinden birinde rastladığım bir sahneyi aktarmak istiyorum sizlere. Kumsalda çıplak bir kadın oturuyordu ve üzerinde pejmürde kıyafetleri olan bir erkek ona doğru yaklaşıyordu. Kadının görünümünden tahrik olan bu adam, onu sevecek, dokunacak diye beklerken, ansızın tekme tokat onu dövmeye başladı. Kadın kaçmaya çalışmıyor, sadece çığlıklar atıyordu. En sonunda erkek, silahını çekerek kadını vurdu ve öldürdü. Hiçbir okşamanın hatta cinsel bir temasın olmadığı bu film, cinsel içerikli olarak pazarlanmıştı.

Şiddet ile cinsel uyarının bilinçaltında birleştiği bu korkunç senaryo, kimleri, hangi delikanlıları zehirlemiş olabilir, bir düşünün lütfen. Aynı şiddeti pek çok evlilikte, kadının kendisine şiddet uygulandığını bile fark edemediği, sessiz çığlıkların atıldığı yatak odası hikâyelerinde de görebiliyoruz. Ne yazık ki, sevmeyi değil, savaşmayı, güç göstermeyi, hatta korktuğumuz gücü bastırmayı, kontrol etmeyi hedefliyoruz. Üstelik bunu sadece erkekler değil, kadınlar da yapıyorlar.

Bir de diğer kesim var... Bazı filmler ve kitaplardan esinlenerek, fantezi olarak yaşamak istedikleri senaryoları uygulamaya sokmak isteyenler... Güçlü ve başarılı olup, karşısında yeterince güçlü bir kadın ya da erkek bulamayan, dolayısıyla kendisini ilişkinin ve sevişmenin içine bırakamayan bir grup bu... Şiddeti, hükmetmeyi, hükmedilmeyi, tecavüzü güç gösterisi olarak algılayan, zorlanmayı seven ve ancak zorlandığında kendini açabilenler... Yatakta ya da ilişkide görüşmek, dokunmak, sevmek ve sevilmek için aşırı istekli görünmekten korkan, ve sırf bu yüzden zorlanmanın ardına sığınan, saklanmak isteyenler...

İşte bu yüzden, sevginin, her durumun içinden bizi nasıl çıkartabileceğini, kalbimizi açmanın ne demek olduğunu, Catherine'in hikâyesinde anlatmak, vurgulamak istedim.

Lütfen aynılarını denemeyiniz.

Sadece sevgiyi alın, kalbinizi açın ve birazcık hayal kırıklığı, acı ya da üzüntüden korkmayın.

Sevgilerimle...

Seda Diker

Aşk Bütünlüğe Hizmet Eder

Bir hiç olabildiğinde
hep olursun...
Ve *her şey* ile *bir*...

Bu ne demektir?

Ego'nu *hiç* yapmaktır...
Onu ölmeden öldürmektir... ki
nur senin bedeninin içinden geçebilsin...

Sen böylelikle Yaradan'ın *dünyadaki uzantısı* olduğunda
tüm yaratılmışların da parçasını taşırsın...
Hepimiz Yaradan'dan geldik ve O'na döneceğiz.

Nur'u bedenlediğinde artık *herkes* sana çekim duyar...
Âşık olur.
Çünkü aslında kendine âşık olmak istiyor
kendini arıyordur.
Ve *sen*'de kendini bulur.

Aşk... bütünlüğe hizmet eder.

Sevgimle...

Seda Diker

Duyguların Patronu Kadındır

Bu kitap, hoşlandığın insanda ve kendinde, gerçek sevgiyi, güveni, aşkı, heyecanı ve bir ilişkiye dair tüm güzel *duyguları oluşturmak* sanatını öğretmek için yazılmıştır.

Bu kitapta, duygu oluşturma sanatını anlatan gerçek diyalog ve oyunların örneklerini bulacaksın. Yani birlikte biraz daha detaya ineceğiz.

Çünkü marifet, ne söylediğinde değil, *nasıl* söylediğindedir.

Ne yaptığında değil, *nasıl* yaptığındadır.

"Seda Hanım, hep biz kadınlar mı uğraşacağız? Biraz da erkekler öğrensinler. Yeter, yorulduk artık!"

Haklısın.

Ama, duyguların patronu kadındır. Duygularının manyetik alan üzerindeki gücü, düşüncelerine göre çok daha güçlüdür. Kendiliğinden onları başlatabilir, hisseder, hissettirebilir. Erkeğin ise mantığı, duygularını değiştirebilir, dizginleyebilir, kolayca bastırabilir. Erkek, sol beyniyle hareket eder.

"Kadın" duyguları, manyetik alanı, sağ beyni, yaratıcılığı, şifacılığı, yerleşik düzeni temsil eder.

"Erkek" ise hareketi, canlılığı, planlamayı, avcılığı, fiziksel gücü, keşifleri.

Bu yüzden düzgün bir ilişki kuracaksan, sen kadın olarak duygu uyandırmalı, oluşturmalı ve seçtiğin erkeğin senin için harekete geçmesini, avcı olmasını, ortak bir geleceği planlamasını sağlamalısın.

Bu yüzden, konu ilişkiler ise, kadın doğuştan gelen yeteneğini kullanmalıdır.

Anlatacağım tüm bilgiler, daha önce yazmış olduğum kitaplarımla da bağlantılıdır.

Aslında Giden Erkek Yoktur adlı kitabımda, bilinçaltının ilişkiler üzerindeki etkisini anlatmıştım. Bilinçaltın, kime âşık olacağına karar veriyor, duygu ve düşüncelerimiz, birbirimize manyetik alandan görünmez bağlarla bağlanmamızı sağlıyordu.

Enerji vampiri olabilecek kişilere, hayat enerjimizi nasıl kaptırdığımızdan bahsetmiştim. Enerji vampiri kişiler, özellikle bir kadına tutmayacakları sözler vererek boş beklentiye sokarlarsa, onun hayat enerjisini çalarlar. O dakikadan sonra, artık kadına ait tüm bereket ve çekicilik, erkeğin üzerine geçer. Enerjisini kaptıran kadın günden güne sönük hale gelirken, işleri de kötüye gitmeye başlar.

Üstelik, kadının o ilişkiyi sonlandırması, vampirlik ilişkisini bitiremez. Tek kurtuluş, ona karşı ürettiği duygu ve düşünceleri kesmesidir.

Aslında Ayrılık da Yoktur adlı kitabımda, artık ruhen gelişmiş, ikiz ruhunu aramaya başlayan, ama bu yolda hâlâ kendi karanlığıyla yüzleşmesi gerekenlere bir ışık tutmuştum.

Herkes ikiz ruhunu arar. Bu dünyada ikiz ruh deyince, mükemmel, eksiksiz, birbirimize sonsuz doyum ve tamamlanmışlık hissi vereceğimizi düşündüğümüz kişiyi düşünüyoruz.

Oysaki, gerçek bir ikiz ruh, kişinin kendi ruhsal tekâmülünü hızlandırabilmesi için, hatta kendi karanlık yanlarını fark edebilmesi için ona kusursuz bir ayna görevi gören biridir. Dünyevi anlamda, evlenip sonsuza dek birlikte olacağımız kişi değildir.

Bu kitapta, karanlık ile ışığın birbiriyle ilişki üzerinden savaşını ve bu karanlık yolu nasıl aydınlatacağımızı anlattım.

Haz adlı kitabımda, cinsel enerjinin önemini vurguladım. İlişkilerde, asla konuşamadığımız, gizli saklı yaşadığımız ve bu yüzden büyük acılar çektiğimiz bir alana ışık tutmak istedim. Kimseye soramadıklarını bana sor, anlatamadıklarını bana anlat istedim.

Cinsel enerjiye "cinsel enerjiyi doğru kullanmak yolu ile Allah'a varmak ve teslimiyet" öğretisi olan "tantra" bakış açısı ile yaklaştım.

Her zaman olduğu gibi, danışanlarımın mutluluk yolculuğunu, bu kez yatak odası öykülerinden yola çıkarak anlattım.

Duygu Simyacısı adlı kitabımda, ilişkilerini olumsuz etkileyen korkularını kendi başına dönüştürüp temizlemen için bir yöntem sundum. "Seda, sen kitaplarında hep neyin ne olduğunu anlatıyorsun ama asla çıkış kapısını göstermiyorsun. Bizi kendine mahkûm mu etmek istiyorsun?" diye sitem edenler için, hatta bana gelecek imkânı bulamayanlar için tam bir uygulama kitabı olsun diye yazdım.

Ve *Duygu Simyacısı*, tam bir özgürlük kitabıdır. Teslimiyet yolculuğunda, bizi egomuza bağımlı hale getiren engel, korku ve olumsuz duygularımızdır. Korkular, bizim esaretimizdir.

Öyleyse, bir uzmandan yardım ya da koçluk almayacaksan, *Duygu Simyacısı* sana hem teslimiyet hem de ilişkilerinde köstek olan korkularını temizlemek için bir yöntem kitabıdır.

Keyifli okumalar dilerim.

Sevgilerimle...

Seda Diker

Gerçek Flörtün Üç Seviyesi Vardır

Birinci Seviye

Bu seviyedeki kişi, hoşlandığı insanın duygularını maniple etmeye çalışarak onu kendine bağlamak ister. O bana âşık olsun, o bana bağımlı olsun, o bana versin ister.

İkinci Seviye

İkinci seviyede olan kişi, bu kez kendi duygularını maniple etmeye başlar. Acı çekmekten korkar. Güçlü olmak için fazla sevmemeye çalışır. Kolay âşık olmaz.

Üçüncü Seviye

Üçüncü seviyede artık partneriyle birlikte büyüme şansına sahip olur. Duygularının hakkını vermeyi ve beklentiye girmeden sevmeyi öğrenir. İlişkisinin kaderini değiştirebilir.

Flört Etmek, Sevgiye Davettir

Sen hiç ilişki yaşamak yerine sadece "takılmak" zorunda kaldın mı?

Ya da evli olduğun halde, sevdiğin kişiyle birbirinize yabancılaştınız mı?

İlişkin tam başlamışken, sebepsizce bir anda bitti mi?

"Seda Hanım ofisinde danışmanlık yaptığı kadınlara flört ödevi veriyormuş. Ne yani, kerhane mi orası?"

İşte insanlar, 2015 yılında *flört* kelimesinden böyle korkuyorlar.

Sanırım hiç kimse, bu kelimenin gerçek anlamını bilmiyor. Flört sevişmek değildir. Kendini basit bir kadına ya da askıntı bir avcıya dönüştürmek hiç değildir.

Flört, birbirine *hayat enerjisi* geçirmek demektir. Doğru diyalog kurmaktan ibarettir. Zekâ ister, espri yeteneği ve yüksek bir hayat enerjisi gerektirir. Hakiki flörtte, kadın ile erkek birbirini tanır, bağlanmadan, sonradan acı çekmek zorunda kalmadan doğru kişi olup olmadığının ayrımına varır. Yatağa girmeden, hoşlandığı kişinin cinsellikte nasıl bir partner olduğunu anlayabilir.

Üstelik, süreç o kadar zevklidir ki, genelde sevişmek için aceleci davranan pek çok erkeği bile sabırla bekleyecek şekilde, heyecanlı tutabilir.

Zaten, doğru şekilde flört etmene rağmen hâlâ seni

beklemiyorsa, muhtemelen sana duygularını, kalbini açmayı istemiyordur.

Buradaki eksiklik, gerçek bir ilişkinin kök salmasını sağlayacak duyguların oluşmamasıdır. Sevgi, aşk, güven, korumacılık, şefkat, hayranlık, derinleşmek arzusu yerine sadece istek, arzu, şehvet, heyecan, belirsizlik, acı, fiziksel beğeni, gurur ve egonun okşanması gibi kısa vadeli, etkisi çabuk geçen dürtüler ile hareket ediyoruz.

Yani flört ederek, ilişkiyi aşka götüren duyguları oluştururuz.

Bir topluluğa hitaben konuşan iki siyasetçi hayal edelim. Karizmatik ve konuşmasını toplumun duygularını takip ederek, onlara karşılık vererek yapan lider ile meydana çıkıp sadece kendi söyleyeceklerini tekrar eden, topluluğun hisleriyle bağ kuramayan, zihniyle konuşan bir insanın konuşması arasında dağlar kadar fark vardır. O siyasetçi yalan bile söylese, daha yüksek oy alır. Gerçek bir lider olarak, fark yaratır. Çünkü birisi kalpten, diğeri zihinden konuşuyordur ve herkes bunu anlar. Topluluk, liderlik vasfı ve kendilerinde duygu oluşturma yeteneği olanla sevgi bağı kurar. Ne yapsa da onu daha kolay affedecektir.

Tıpkı bu örnekte olduğu gibi, doğru flört eden kişi ile insanlar kolayca sevgi bağı kurar. İlişkilerde de evliliklerde de durum hep aynıdır. Önemsediğin insanda ne kadar çeşitli duygu oluşturabilirsen ve o duyguların karşılığını verebilirsen, o derece aşk ve sevgi alırsın.

Ve bu öğrenilebilecek bir şeydir.

Catherine

Eski bir dağ evi havasındaki kulübeye yaklaştıkça dizlerinin hafifçe titrediğini fark etti. Spor ayakkabıları daracık toprak patikanın üzerindeki minik çakıltaşlarına denk geldikçe tökezleyecek gibi oluyordu. Albin ve Karen'in bu özel davetini kabul etmek için epeyce düşünmüştü. Etraftaki ağaçların varlığı, genç kadının kendini derin bir ormanın içinde gibi hissetmesine sebep oluyordu. Oysa şehirden sadece birkaç kilometre uzaklıkta, sivri damları olan küçük tahta kulübelerden birine doğru ilerliyordu. Güneşin çok geç battığı bu mevsimdeki uzun günün kuşluk vaktinde kapıya yaklaştı ve eliyle kavradığı tokmağı sertçe birkaç kez vurdu.

Cinsel oyunları ve zevkleri kendininkilerden çok farklı olan bir çiftin evine davet edilmişti. Kim bilir, belki de onların değişik ve hayal edilemez zevklerine dahil olabilirdi. Yüreğinde endişe, bilinmezlik ve heyecan atarken, damarlarında adrenalin kol geziyordu.

Albin tarafından karşılandı. İçeri girdiğinde gördüğü manzara sıradan gibiydi. Genişçe sayılabilecek bir salonda birkaç kanepe, sade dümdüz tahta şeritlerden oluşan sehpa ve duvar boyunca uzanan, yine tahta raflardan yapılmış, içi kitap dolu bir kütüphane vardı. Albin'in sevgilisi Karen, evi toparlamakla meşguldü. Sarı saçları, bembeyaz teni ve masmavi oyuncu gözleriyle oldukça dikkat çekiciydi. Başını kaldırarak Catherine'e gülümsedi.

"Hoş geldin Cathy. Gördüğün gibi henüz işlerimi bitiremedim. Bu gece senin şerefine bir parti düzenledik. İstersen bir süreliğine Albin ile dışarı çıkıp öğlen yemeği yiyebilirsiniz."

Cathy şaşırmıştı. Çekingen bir tavırla başıyla onayladı. Gözünün ucuyla salonun diğer tarafına, verandaya açılan kapıya doğru baktı. Köşede duran sade bir büfenin üzerindeki kırbaçlar, kelepçeler dikkatini çekti. Şaşırmıştı. Vücudu ürpererek hızla Albin'e doğru döndü. Genç adam gülümsedi.

"Hadi Cathy, seni ağaçların arasında güzel bir yürüyüşe çıkartmama izin ver."

Genç kadın yeni tanıştığı bu çiftin davetini kabul ettiğinde başına gelebilecekleri kestirebiliyordu. Zira hiçbir niyet gizli değildi. Albin ve Karen'in bir yıldan uzun süredir aşkla sürdürdükleri güzel bir ilişkileri olduğunu anlamıştı. Ama kendilerine has cinsel oyunlarının bir eğitimi olduğunu, bazı ilkelere bağlı olarak oyuna katılanların nasıl ruhlarına ve bedenlerine zarar vermeden zevk alabileceklerini öğrenmek için bu eğitimden geçtiklerini hayretle dinlemişti.

Catherine hayatı boyunca hiç böyle bir deneyim yaşamamıştı. Aslında o hep on yıl evli kaldığı eşiyle ve boşanma sürecinden sonra hayatına giren, sıradan sayılabilecek erkeklerle birlikte olmuştu. Onların hepsini de kontrol edebiliyor ama ne hikmetse orgazma ulaşamıyordu. Hatta âşık olabildiğini de söyleyemezdi. Evlenmeden önce genç kızlığı sırasında hissedebildiği pek çok güzel duygu, sanki ameliyatla alınmış gibiydi. Çünkü herhangi bir erkeğe güvenip kendini bırakamamıştı. Özellikle de eşiyle geçirdiği on yılın onu nasıl hırpaladığını unutamıyordu.

Albin ve Karen, onun hikâyesini dinledikten sonra nazikçe kendilerinden bahsetmişler, onun bu sorununa çare olabileceklerini düşündüklerini söylemişlerdi. Yani genç kadın yeniden duygularını hissetmeyi başarabilir, bedenine hazzı yaşatabilirdi. Eğer cesaret eder de bir günlüğüne aralarına katılmayı arzu ederse elbette...

Catherine kendini evet derken bulmuştu.

Flörtte İlkel Seviye – Bedensel Seviye

Bu seviyedeki kişi, genelde hedef belirlediği, hoşlandığı insanın duygularını maniple etmeye çalışarak onu kendine bağlamak ister. Yani ona acı çektirerek, kıskandırarak, üzerek kendisine bağımlı kılmaya çalışır. Tutamayacağı sözler verip kandırarak, kafasını meşgul eder. "Köpek muamelesi yapmak" adı altında, ona özellikle değer vermez. İçten içe umursadığı halde, umursamaz görünür. Yani çoğu kez, "mış gibi" yaparak onu kendisine âşık etmeyi umar.

Bu taktikler ne yazık ki ilk zamanlarda işe yarasa da, etkisi kısa sürmeye mahkûmdur. Eninde sonunda kişinin gerçek yüzü ortaya çıkar. İnsan ruhu, sürekli taktik uygulamaya müsait değildir.

Toplumda oldukça yaygın olan birinci seviyenin genel kişilik ve davranış yapısına şöyle bir göz atalım:

1. Hoşlandığı kişiler genelde zengin, güzel, yakışıklı, vücudu mükemmel derecede bakımlı kişilerdir. Dış görünüşü çok önemser. İnsanları derinlemesine göremez. Seçtiği kişiyi kendine bağımlı kılmaya çalışır.

2. Ayrılıklar onu korkutur. Acı çekmek istemez. Bu yüzden bağlanmamayı tercih eder. Aşkları yüzeyseldir. Egosunu tatmin eden kişilere kolayca âşık olur, ego tatmini aksadığı anda kolayca aşkı bitebilir.

3. Hoşlandığı uygun kişi başkasına ait bile olsa, sağlam bir ilişkinin içinde bile bulunsa, onu almak için kıyasıya rekabete girişebilir.

4. İlk seviyede flört eden âşık, genelde zihniyle hareket eder. Duygusallaşmayı çok sevmez, çünkü onun olumsuz duyguları ağır basar. Korku, endişe, güvensizlik, intikam ateşi, öfke nöbetleri, alınganlık, çaresizlik gibi... Olumsuz duyguları bastırırsa, sevgi, şefkat, güven, korumacılık gibi güzel duyguları da hissedemez. Bu yüzden sevdiği kişiyle derinleşemez. Şehvet, heyecan, belirsizlik, acı ve gurur üzerine aşk kurar ve aşkını çok çabuk tüketir.

5. Değersizlik duygusu ve kaybetme korkusu yüksektir. Bu yüzden âşık olduğunda çoğu zaman vazgeçmek zorunda olduğu bir ilişkiye tutunabilmek için aşırı fedakârlık yapabilir, sınır çizmekte, hayır demekte zorlanabilir.

Alındığında ya da kırıldığında ya küsmeye ya da öfke nöbetleri geçirmeye eğilimli olur.

Bu seviyenin âşıkları, kendilerine uygun olmayan bir ilişkiden acı çekmeden vazgeçmeyi öğrenmelidir.

Birinci seviyenin flört teknikleri, bu kitapta yer almayacaktır:

1. Kaçtım ve kovalandım...

2. Köpek muamelesi yaptım...

3. Onu beklentiye soktum ama sözümü tutmadım...

4. Gösterdim ama vermedim...

5. Kıskandırdım...

6. Onun için saçımı süpürge ettim, ne istiyorsa kabul ettim – duygusal şantaj...

7. Ona para verdim – rüşvet...

Bu gibi oyunlarla flörtü birbirine karıştırmayacağız artık.

Bir Danışan ile Sohbetten Alıntı

Vazgeçmeyi Nasıl Öğrenebiliriz?

Soru: Bazı kadınlar seçtikleri partnere parasal olarak ya da başka sebeplerle bağımlı olabilirler. Onların belki bir psikologdan, eğer çocukları varsa pedagogdan, aile terapistlerinden yardım almaları gerekebilir.

Ama bir de hiçbir bağımlılığı, mecburiyeti olmaksızın, yanlış seçilmiş bir partnerden kopamayanlar var. Dışarıdan özgür biri gibi görünse de, gitmesi gereken zaman gidemeyenler var.

Benim gözlemlediğim en önemli sebeplerden bir tanesi, kişinin "benzer bir aşkı bir daha yakalayamam" korkusudur. Çünkü güçlü görünen karakterler, kolayca herkese sevgi, aşk, heyecan hissedemezler. Bu yüzden, içlerindeki heves ve arzu, artık bir hırsa dönüşmeye başlar. Ne olursa olsun elde etmelidirler. Çünkü belirli bir süre o kişiyle ilgili beklentiye girip, gerçekleşmesi için yatırım yapmışlar, emek harcamışlardır.

Kendini bağımlı gibi hissettiğinde şunu hatırlamalısın: Heyecan, aşk, sevgi hissedebileceğin yeni birini hayatına çekebilmek için, önce uygun olmayandan vazgeçmelisin.

Sonra, vazgeçtiğin için oluşabilecek intikam, öfke, kıskançlık, kırgınlık, değersizlik, alınganlık gibi duygularını bitirmelisin. Bunlar biter bitmez, emin ol ki yenisi sen daha düşünmeden karşına çıkıverecek.

Yani, kabul veremediğine kabul vermek, acının içinden geçerek, olumsuz duygularını yakıp çöpe atmak. (*Duygu Simyacısı*)

Yanıt: Evet ama ben hazır bir şeyler hissetmişim bu adama, hatta güzel şeyler de yaşamışız, neden vazgeçeyim ki? Daha önce yaşayabildiysek, yine aynı güzellikleri yakalayabiliriz. Bu saatten sonra en baştan bir arayışa, beklemeye girmek yerine, elimde var olana oynamayı tercih ederim.

Soru: Ama o sana gelmeyecekse, geçmişe veda etmişse, yeniden yaşayalım diye tek başına bir karar alamazsın. Sen gerekli çağrıyı yaptıysan ve o seni reddettiyse, aynı kişiye emek harcanmaz. Bu seni olmayacak bir hayale, sürekli bir hayal kırıklığına hapseder. Acı çekersin. Suçlusu olarak da o kişiyi görürsün. Yaşam enerjini ona kaptırırsın.

Ama aynı eforun çok daha azını, beklentilerinden vazgeçmek için harcarsan, çok daha iyi ve uygun bir ilişkinin ayağına gelebileceğini hatırlamalısın.

Yanıt: Benim belki de bunları yaptığımda daha iyi birinin geleceğine inancım yok. Çünkü bugüne dek hiç olmadı. Böyle bir mucize yaşamadım yani.

Soru: Peki ama, kabul vermek sırasında, öfke, intikam, alınganlık gibi olumsuz duygularını kısa sürede bitirmek için uğraşmış mıydın?

Yanıt: Hayır. Ama uzun süre hayal kırıklığım devam etmişti. Yine de onu aramamıştım.

Soru: Onu aramaman ya da iletişimi kesmen *yeterli değil*. Söylediğim gibi, affetmek, huzur ve mutluluğu yakalamak zorundasın. Tepki göstermeyi, içsel olarak karşı çıkmayı kalben bitirmek zorundasın. Bunu yapmadığın için yeni birisi hayatına giremez.

Bir mucize yaşamak istiyorsan, sen bunun gereğini eksiksiz olarak yerine getirmelisin.

Erkeğin Birinci Hali

Birinci seviyede flört eden erkek, seks, para ve dış görüntü ile ilgilidir. Bu alanlarda patronlaşmaya, kadına ve hayata hükmetmeye uğraşır.

O seviyelerde gezinen, avlanan erkekleri de ayırt edebilmek gerekir.

Birinci seviyede flört eden kadın, hoşlandığı kişinin duygularına hâkimiyet kurmak ister.

Erkek ise, göz koyduğu kadına cinsel ve maddi anlamda hâkimiyet kurmak peşindedir.

Hayat başarısını böyle ölçer. Buradaki amacı, en kusursuz ve en genç kadına ulaşabilmek, çok para kazanmak ve gösterişli bir yaşam sürmektir. O kadına kendi isteklerini kabul ettirmeye çalışır. Bencildir.

Bu tip erkekler, sevişirken kalplerini açmazlar. Onlar için amaçladıkları kadına ulaşmak, amaçladıkları şekilde ona yatakta her istediğini yaptırtmak, kadına orgazm yaşatarak kendilerini başarılı hissetmek önemlidir. Kalbini açamadığı için erkek kadınına çoğunlukla mekanik yaklaşır. Sanki kadının bedeninde belli düğmeler vardır. Erkek doğrudan o düğmelere dokunmaya çalışır. Kadınına duygu hissettiremez. Kadının duygularına, derinliklerine girmezler. Bu yüzden kadın kendini onunla yan yanayken bile yapayalnız hissedecektir.

Bu seviyedeki erkek çoğunlukla öfkesine ve duygularına hâkim olamaz. Acı çekmekten kesinlikle kaçınır ama karşısındakine kolayca acı verebilir. Hatta söz konusu kendisi ise, mutlaka bencilce hareket edecektir.

Bu seviyede, kadın erkeğe hizmet eder.

Bu seviyeyi atlayan erkek, artık kalbini sevgiye açmaya, aşk acısı çekmeye hazır olandır.

Catherine

Etrafta sessizlik hâkimdi. İlerledikleri patikanın kenarlarındaki çam ağaçları öylesine uzundu ki, adeta kendileri için hazırlanmış özel bir koridora dönüşmüştü. Dallarına konmuş kuşların bile sesi çıkmıyor, sanki tüm doğa onların birlikteliğini izliyordu. Catherine sakince Albin'le yürüyüp sohbet ederken, aklı evde kalıp iş yapmayı tercih eden Karen'in ne düşüneceğindeydi. Acaba o da daldaki kuşlar gibi, genç adamla aralarında kurulmaya başlanan yakınlığı anlamaya çalışıyor muydu? Başını iki yana sallayarak bu düşünceyi zihninden kovdu. Genç kadını aralarına davet eden kendileriydi.

Oysa Albin'in ne ses tonunda ne de davranışlarında herhangi bir tedirginlikten eser vardı. Catherine derin bir nefes alarak rahatlamanın en doğru şey olduğunu düşündü. Oldum olası kendini bırakmakta zorlanırdı zaten ve bugün de aynı sıkıntının içine düşmüştü. Gülümseyerek cesaretini toplamaya çalıştı. Bakışlarını patikanın üzerindeki kurumuş otları ezen ayakkabılarından kaldırarak Albin'e çevirdi.

Genç adam usulca Catherine'in elini avucunun içine aldı. Normal sohbete devam ederken genç adamın aniden yakınlık kurması beklenmedik bir hareketti. Buna rağmen huzursuzluk hissetmedi. Konuşmaya devam ederken, Albin arada sırada elini genç kadının elinden çekiyor, parmaklarının ucuyla saçlarına, omuzlarına küçük dokunuşlarda bulunuyordu. Bedeni, Albin'den kendisine yoğun bir biçimde akan şefkat ve ilgi ile ürperiyordu.

Birkaç tahta masa ve kütüklerden yapılma bankların olduğu, kafeterya tarzında bir yere vardılar. Self servis olan kafede çok fazla müşteri yoktu nedense. Haziran ayına özel bir serinlik ve esinti vardı. Genç adam kibarca sordu.

"Yemeğimizi bahçede yemeye ne dersin Cathy?"

Genç kadın başıyla onayladı. Yiyeceklerini tepsiye alıp oturduklarında Catherine biraz daha rahatlamıştı. Albin kahverengi gözlerini genç kadınınkilere dikerek uzun uzun baktı.

"Biraz endişeli gibisin. Korkuyor musun yoksa?"

Catherine dürüstçe cevapladı.

"Evet, biraz korkuyorum galiba."

"Hiçbir zorlama olmayacağını bilmeni istiyorum."

Genç kadın derin bir nefes aldı.

"Bunu biliyorum. Zaten yaşayabileceğim her şeyi denemek istiyorum. Sadece canımın yanması fikrine alışkın değilim. Biliyor musun, evli olduğum dönemlerde duygusal olarak acı çektiğim çok zamanlar oldu. Hemen hemen hepsinde, asıl problemi hasıraltı ettiğimizi düşündüm. Sadece kocam değil, ben de onunla yüzleşmekten kaçınıyordum. Pek çok şeyi sessizce yok saydık. Kim bilir belki de tüm bu kaçışlar, beni tutuk, donuk, hatta ürkek bir kadın haline getirdi. Bazen öyle zamanlar oluyor ki, kendimi duyguları alınmış biri gibi hissediyorum."

Albin kaşlarını hafifçe çattı. Tuhaf bir şekilde, böyle daha çekici görünüyordu.

"Acı çekmek korkulacak bir şey değildir Cathy. Eğer bundan kaçarsan, ömür boyu başını kuma gömer, asla özgürleşemezsin. Hatta kimseyi sevemezsin. Sanırım bizler, bu özgürleşmeyi seviyoruz."

Catherine acı çekmek ile sevginin nasıl bir bağı olabileceğini merak etti. İkisini bağdaştıramıyordu.

"Ne demek istiyorsun? Ben sevgiyi biliyorum. Sadece kolay âşık olamıyorum. Hem kimse acı çekmek istemez. Bu bütün insanların doğasında vardır."

Genç adam başını iki yana sallayarak gülümsedi.

"Sevgiyi bilmekle hissetmek arasında dağlar kadar fark vardır Cathy. Bazen sadece saklanıp hissetmekten kaçtığımız acılar, bize gerçek sevgiye kavuşma yolunda engel koyarlar. Dış dünyadaki kişiler tarafından ulaşılmaz ya da aşırı güçlü görünürüz. Ama gerçekte yapayalnız kalmışızdır. Bu bizi gerçek sevgiden biraz daha uzaklaştırır."

Genç kadının kalbi sızlamaya başladı. Nedense Albin'in söyledikleri, ruhunda bir yaraya dokunmuş gibiydi. Kaşlarını çattı.

"Ben sevmeyi bilmiyorum o zaman. Hatta çoğunlukla hiçbir duyguyu hissedemiyorum."

Sessizleşti. Sevdiği kadına sadistçe bir kırbaçla vurabilecek bir erkeğin, böyle şefkatli ve anlayışlı olabilmesi ne tuhaftı. Oysa karıncayı bile incitmekten çekinen biri olarak, sevgi bir yana, âşık bile olamıyordu. Kaşlarını çatarak devam etti.

"Ama bunun tek çaresi fiziksel acının içinden geçmek değildir umarım. O zaman ruhum paramparça da olabilir. Öyle değil mi?"

Catherine'in yüz ifadesi ve ses tonu, doğru bildiklerinden emin olamayan küçük bir kız çocuğunu andırıyordu şimdi.

Albin gülümsedi.

"Bir ruh acı çekerken parçalanmaz Cathy. O acının içindeyken, yapayalnız bırakıldığında olur bu. Kendisine bencilce ya da umursamazca davranıldığında olur. Erkek ya da kadın fark etmez, senin duygularını çok iyi takip eden birisinin varlığı, aynı deneyimi çok daha kolaylaştırabilir. Bunu gerçek bir erkek ve kadınla denemelisin."

Uzanıp yeniden genç kadının elini tuttu. Gözlerini gözlerinden indirerek biçimli dudaklarında, pembe boynunda, bluzunun altında kabarık duran göğüslerinde gezdirdi. Yeniden bakışlarını genç kadının gözlerine çevirdiğinde, Catherine bu kez şefkatle sarmalanma hissinden heyecana geçiyordu. İnanılmaz güzel bir oyundu bu.

Yemekleri bittiğinde ayağa kalktılar. Albin teklifsizce Catherine'in beline sarılarak onu kendine çekti. Daha hızlı adımlar atarak patika yolu atlayıp ormanın içine daldılar. Genç adam uzanıp burnunu Catherine'in boynuna değdirerek tenini kokladı. Eğilip kulağına fısıldadı.

"Çok çekici bir tenin var."

Güçlü kollarıyla uzanıp genç kadını en yakın ağacın gövdesine dayadı ve öpmeye başladı. Catherine artık Karen ne düşünür diye kaygılanmayı bir kenara bırakmış, Albin'in öpüşlerine karşılık veriyordu. Dudakları gitgide derinleşiyor, nefesleri hızlanıyor, tutkuları artıyordu. Damarlarındaki kan daha hızlı dolaşmaya başlamıştı. Tam genç kadın öpüşmenin ateşiyle bir bacağını Albin'in beline dolarken, genç adam aniden öpüşmeyi kesti. Gözleriyle Catherine'in yüz ifadesini, beden dilini okuyordu.

Onun yüzündeki hayal kırıklığını yakaladığında eğilip yanağına ufak bir öpücük kondurdu. Elini kavrayarak kulağına fısıldadı.

"Artık eve gitmemiz gerekiyor."

Yol boyunca gülüştüler. Albin arada yine parmaklarının ucuyla genç kadının ensesine ve saçlarına dokunuyordu ama gerçek bir temas yoktu. Bu hareketi genç kadını daha da arzulu hale getirmişti. Eve yaklaştıklarında Catherine yeniden Karen'i düşündü. Albin ile bu kadar iyi anlaşıyorken, acaba aralarındaki oyuna ne zaman ve ne şekilde dahil olacaktı?

Albin zili çaldı. Ve kapı açıldı. Karen gülümseyen yüzüyle onları içeri aldı. Salon şimdi çok daha düzenliydi. Akşamki parti için ortada geniş bir alanın özellikle boşaltılmış olması Catherine'in gözünden kaçmamıştı. Üstelik kelepçeler, kırbaçlar ve göz bantlarının yanı sıra, Hz. İsa'nın çarmıha gerildiği tahtalar gibi iki büyük çarmıh hazırlanmıştı. Genç kadın iliklerine kadar ürperdi. Şimdi ne olacaktı? Ama Albin, eğer canı istemezse oyuna katılmayabileceğini söylememiş miydi?

Tam o sırada Karen'in sözleriyle irkildi.

"Cathy, siz Albin ile evde oturun. Benim parti için içecek alışverişine çıkmam lazım."

Ve kapıyı çekip çıktı...

Flörtün Görünmez Alanı

Flört, aşk ve cinsellik, *manyetik alan* kullanılarak yapılır. Manyetik alan, hem bedenimizdeki hem de tüm boşlukta var olan duygu ve düşüncelerin oluşturduğu mıknatıs etkisidir. Gözle görülmeyen bu alanda cinsel, duygusal ve hayat enerjimiz, elektriksel bir prensiple hareket eder. Diğer insanlarınkiyle iletişim halindedir. Birbirlerini iter ya da çekerler. Etkilerler.

Hoşlandığın kişiyi bu alandan etkilersin.

Bu alanı takip ettiğin her an, bir ilişkinin iyiye mi yoksa kötüye doğru mu gittiğini kolayca anlayabilirsin.

Hoşlandığın kişinin sana sadece geçici şehvet, hırs, arzu ile mi yoksa sevgi, şefkat, aşk ile mi yaklaştığını ayırt edebilirsin.

Çok uzun süreli ilişki ve evlilikte, aşkı, tutkuyu ve derin sevgiyi her dem taze tutabilirsin.

Şimdi kendi bedenini kocaman bir kap gibi hayal et. İçinde 100 birim cinsel enerji duruyor olsun. Jenital bölgenden, kalbinden ve alnının ortasından çıkan görünmez manyetik ağlarla diğer insanlara bağlısın. Diğer tüm insanların da vücutlarında aynı kap var ve hepsi de çeşitli seviyelerde cinsel enerjiye sahip.

Tüm dünyadaki insanlar, birbirlerine bu görünmez enerji ipleriyle bağlıdır. Ama hepsinin cinsel ve hayat enerjisi, farklı seviyelerdedir.

Eğer bilinçaltında *kaybetme korkusu, değersizlik, yalnızlık, terk edilmek, reddedilmek, tercih edilmemek, aldatılmak, layık olmamak, yüzleşmekten kaçınmak* gibi duygu ve kalıpların varsa, bedenindeki bu kapta bulunan cinsel enerji cılız ve güçsüz kalacaktır.

Kalbinde daha çok hırs, arzu, gurur, öfke, korku olacak, hayat enerjin azalacaktır. Eğer bilinçaltındaki korkuları temizlemezsen, kalbinde gerçek sevgi taşıyan insanlara adeta görünmez olursun. Çünkü manyetik alandan onlarla iletişim kuramazsın.

Daha çok seks amaçlı ve kısa vadeli olarak; hırslı, bencil, aldatmaya ya da senin bilinçaltında yerleşmiş korkuları sana oynamaya müsait insanlara âşık olacak ve onları hayatına çekeceksin.

Oysa yapman gereken şey, doğru şekilde flört ederek, sevgi dolu insanları kendine çekmek için *manyetik çekim alanı* oluşturmaktır.

Cinsel ve hayat enerjin ne kadar cılızsa, o derece renksiz, sıradan ve görünmez olursun. Çünkü manyetik alanda kendi merkezini yaratacak gücü bulamazsın. Kendi mıknatıs etkin zayıf kaldığında, daha güçlü çekim merkezi yaratabilen, cinsel ve hayat enerjisi daha yüksek, korkusu daha az birinin mıknatısına çekilirsin.

Bu durumda, ikinci seviyedeki flörtü uygulamalısın.

İkinci seviyedeki flört, manyetik alanını sana doğru işletir, yani senin frekansına, ruhuna uygun insanlardan sana doğru bir enerji akışı başlatır. Işığın ve çekiciliğin artar. Çünkü bu seviyedeki flört etrafındaki kişilerin hayat enerjisini artırmanı sağlar. Onları yükseltirken kendi hayat enerjini de beslersin. Bu şekilde herkes kazanır.

Kendi hayat enerjisini artırarak başkalarına da aşılayabilen kişiler, gerçek bir çekim merkezi haline gelirler. Yani ikinci seviyedeki iyi bir flört, hayat enerjini başkalarıyla cömertçe paylaşabilmen demektir.

Flörtte İkinci Seviye

Bu seviyeye gelmiş kişiler, artık yanlış bir ilişki ya da sevgili adayından acı çekmeksizin vazgeçebilir haldedir. Biz, bu kitapta, sadece ikinci ve üçüncü seviyedeki flört şekillerinden bahsedeceğiz.

İkinci seviyede olan kişi, artık karşı tarafın değil, bu kez kendi duygularını maniple etmeye çalışır.

Bu ne demektir?

Aslında hoşlandığı kişiden, illa ki bir ilişkiye dönsün diye uğraşmayı bırakıp kopabilir. Ama canının acımasını önleyebilmek için, "Onu artık sevmeyeceğim!" kararı alarak kendi güzel duygularını kapatır. Sevgisini bitirir. Bu yüzden kalbi kısmen kapalıdır.

Bu kişilerin ortak özellikleri şöyle sıralanabilir:

1. Güçlü görünmeyi çok önemser. Gerçek duygularını zayıflık olmasın diye göstermez, saklar. Gururu yüzünden önemli şeylerden vazgeçer. Aşkından ölse bile işine gelmediğinde, kalbi kırıldığında söylememekte ısrar eder.

2. Bağımlı değildir, ama artık gerçek bir sevgi bağı kurmanın ne demek olduğunu da unutmuştur. Eğer ilişkide canını sıkan, gururunu yaralayan herhangi bir durum söz konusu olduysa, çoğu zaman o kişiye söz hakkı tanımaksızın, belki de varsayımlar ile kararlar alarak, çekip gidebilir. Çekip gitmek onun için, o ilişkinin içinde kalıp kurtarmaya çalışmaktan daha kolaydır.

3. Etrafına ördüğü görünmez duvarları vardır. Herkes bu duvarı hemen fark edebilir, ama devekuşunun kafasını kuma gömmesi misali, o duvarları sadece kendisi görmez. Bu yüzden genellikle ona yaklaşmak isteyenlerin, duvarları yıkıp içeri girebilecek türdeki tacizci, ısrarcı, duygusal şantajcı, cinsellikte sert ve zorlayıcı tipler olma ihtimali yüksektir. Çünkü onlar duvar yıkıcıdırlar. Ya da kendiliğinden gelmeyen, duvarı yıkmaya gücü olmayan, bu kararlılığı gösteremeyen, uzanıp kendilerinin alması gerekecek insanlara âşık olma ihtimalleri yüksektir. Ortadaki dengeli insanlara çekici gelmez.

4. Ne yazık ki, kendi duygusunu maniple etmeyi öğrenen kişi, kötü duyguları hafifletirken, aşk, gerçek sevgi, şefkat, güven, hayran olmak, coşku, mutluluk, haz almak gibi iyi ve uzun ömürlü duyguları hissedebilme yeteneklerini de köreltir. Ve hayattan zevk alamamaya, kolayca âşık olamamaya, sevişirken orgazm olamamaya, normal uyarılardan zevk alamamaya, bu yüzden de çeşitli farklı ve değişik cinsel eğilimlere kaymaya müsait olur.

İkinci seviye flört yöntemlerini şöyle bir özetleyelim:

1. Hoşlandığı kişinin hayat enerjisini artırır.

2. Tıpkı mahalledeki en popüler çocuk gibi, çok iyi bir oyun kurucudur.

3. Doğru şekilde hayal kurdurur.

4. Hoşlandığı kişinin dengi olması gerektiğini bilir. Denklik, cinsel ve hayat enerjilerini birbirlerine aktarma biçimindedir.

5. İçindeki çocuğu öldürmeden, hiçbir şeyi aşırı ciddiye almadan, ilişkiyi hedef haline getirmeden hareket eder.

6. Cinsel enerjisini hayat enerjisine dönüştürerek iletişim kurar.

7. Flört ediş biçimine bakarak, hoşlandığı kişinin yatak odasındaki muhtemel tavırlarını tahmin edebilir.

8. Yaratıcılığını kullanabilir.

9. Manyetik alanda çekim merkezi olur.

Catherine

Uzun bir gün olacak gibiydi. Haziran ayına özgü güneş ışınları, tül perdenin aralıklarından salona süzülüyordu. Beyaz ve siyah desenlerle kaplı duvar kâğıdının üzerine asılmış neredeyse yarım metre çapındaki saat, dikkat çekiyordu. Ağaç gövdesinden yontulup düzgünce tıraşlanmış sehpanın uzun tarafında bulunan kanepenin ucuna ilişmiş bekleyen Catherine, içinde tanımsız bir huzursuzluk hissediyordu. Kendi kendine gülümsemeye çalıştı. "Zihnini susturmayı başaramazsan ne olursa olsun huzur bulamazsın" diye söylendi.

Albin elinde iki fincan kahve ile mutfaktan salona geldi. Yüzünde geniş bir gülümseme vardı. Eğilip genç kadının gözlerine hızlı bir bakış atarak rahatlatmak istercesine koluna dokundu. Sehpanın kısa tarafına denk gelen tek koltuğa yerleşerek konuştu.

"Şimdi birer kadeh içki içip ot sarabilirdik, ama bunu senin için hemen yapmak istemiyorum Cathy."

Genç kadın şaşırmıştı.

"Neden? Biraz rahatlamanın kime ne zararı olabilir ki?"

Albin'in yüzünde yumuşak bir ifade vardı.

"Gergin misin?"

Genç kadın başını sessizce sallayarak onayladı.

"Eğer kontrolü bırakmayı öğrenmek istiyorsan, bunu herhangi bir madde aracılığıyla yapman gerekmediğini yaşayarak anlamalısın Cathy. Zaten rahatlayamıyorsun. Bir kadeh viski bile senin için çözmek istediğin problemden kaçış olacaktır."

Catherine uzanarak kahveyi alırken, Albin vücudunun hareketlerini izledi. Herkes bunu yapabilirdi, ama bu adam yaptığında bedenini tuhaf bir elektrik kaplıyordu. Sanki bunu gözleriyle bilerek yapıyor gibiydi. İşin ilginç yanı, bunu diğer erkeklerle yaşamaya başladığında, heyecanın etkisi çok çabuk kayboluyordu. Genç kadın artık bunun kendisini kovalayan bir lanet olduğunu düşünmeye başlamıştı. Zaten zor elektrik alıyor, heyecanlanmaya başladığında ise o arzuyu hızlıca kaybediyordu. Albin ise kendinden çok emin görünüyordu.

Genç adam onu baştan çıkartmaya başlamıştı şimdi. Tatlı, erotik bir hikâye anlatıyor, gözlerini genç kadının bedeninden bir an olsun ayırmıyor, usul hareketlerle okşarcasına dokunuyordu. Catherine ister istemez, genç adamın söyledikleri ve yaptıklarıyla tuhaf bir heyecanın içine sürükleniyordu. Bir yandan zihni de durmadan olayı ve kendi duyularını izlemeye devam ediyordu. Nedense şu beyninin faaliyetlerini bir türlü durdurması gerektiği yerde durduramıyordu.

Albin genç kadını baştan çıkartmaya devam ediyordu, ancak tuhaf bir şekilde bunu inanılmaz yavaş bir biçimde yapıyordu. Catherine hafifçe ıslandığını fark etti. Artık genç adamın hızlanmasını diliyor, ancak Albin'in hareketlerinin hâlâ çok yavaş ve belki de yetersiz kaldığını düşünerek canı sıkılıyordu. Uzanıp Albin'in kasıklarına dokunmaya çalıştı. Onu uyarmak ve hızlanmasını sağlamak istiyordu. Bacaklarının arasındaki sıcaklığı fark etmek genç kadının hoşuna gitti. Kalçalarını oturduğu kanepede Albin'in koltuğuna en yakın uca kaydırdı. Gözlerindeki ışıltı artmaya başlamıştı.

Albin bir anda Catherine'in elini kasıklarından uzaklaştırdı. Genç kadının canı sıkıldı. Zaten zar zor ıslanmıştı, tam genç adamın olayı hızlandırmasını ve ilerlemesini arzularken, tersine yavaşlatıyordu. Albin uzanarak kahve fincanını aldı ve yudumlamaya koyuldu. Yüzündeki gülümseme devam ediyordu, ama Catherine'in ruh durumu hiç de buna uygun değildi.

"Acaba Karen burada olmadığı için mi beni durdurdu?" diye düşünmekten kendini alamadı. Mavi gözlerini genç adamın adeta alay edercesine rahat mimikler taşıyan yüzüne çevirdi, ama herhangi bir endişe izine rastlamadı. Kim bilir belki de Karen onları bilerek baş başa bırakıp duruyordu. Yoksa bu da, oynayacakları oyunun senaryosuna dahil miydi?

"Cathy, kontrolünü ve zihninden geçenleri fark et. Akışı biraz bana bırak."

Genç kadın şimdi kıpkırmızı olmuştu. Bir anda eski eşi ve erkek arkadaşları ile yaşadıkları aklına gelmişti. Ne kadar arzuyla yaklaşırlarsa yaklaşsınlar, aslında genç kadının zihninde sürekli buna benzer düşünceler dolanıp durmuştu. Zevk almak bir yana, her seferinde ilişkisine zarar verecek bazı yargı ve önyargıları beynine yerleştirerek, görünmez duvarlar örmeye devam etmişti. Ama itiraf etmeliydi ki, onların hiçbiri genç kadının neler hissediyor olabileceği ile böylesine derinden ilgilenmemişlerdi. Hatta çoğu zaman Catherine aktif rol aldığı için, zevk aldığını varsaymışlardı. İçini çekerek rahatladı. Islaklığının ve heyecanının sona ereceği düşüncesini kafasından atarak boş vermeye çalıştı.

Bir süre sonra Albin yeniden genç kadını baştan çıkartmaya başlamıştı. Belli ki Karen'den yana bir endişe taşımıyordu. Bu kez genç kadın kendini oyuna kaptırdı. Albin ayağa kalkarak genç kadının boynuna dokundu. Öpmeye, okşamaya, tenini uyarmaya devam ediyordu. Tam genç kadın karşılık verecekken, elini tamamen çekiyor ve ilgisini vücudunun bambaşka bir bölgesine yönlendiriyordu. Genç kadın şaşkınlık içindeydi. Öylesine pasif mi kalacaktı yani?

Bu kez tamamen pasif kalmayı deniyordu, ama genç adamın da pasifleştiğini görmek, oyunu tamamen onun insafına bırakmak, kendi vücuduna yapılmış bir haksızlık gibiydi. Albin'e dönüp baktığında, genç adamın yüzünde alaycı bir ifade görür gibi oldu. Canı sıkıldı. Bu kez içinde bir isyan ve öfke hâkimdi. Zevk ve rahatlamadan hâlâ eser yoktu. Ama ıslanmıştı. İçindeki baştan çıkartıcı kadın uyanmıştı. Onu ortaya koymaya ve onun gücünden yararlanmaya karar verdi. Ve ayağa kalkarak, hâlâ pasif duran genç adamın kucağına oturuverdi. Onu öpüyor, okşuyor, kulağına seksi sözler fısıldıyordu. Genç adam heyecanlanmıştı, bunu hissedebiliyordu. Artık hâkimiyeti ele geçirdiğine kanaat getirerek kendi vücudunu da uyaracak bazı hareketler yapmaya başladı. Tam her ikisinin de zevk aldığından emin olduğu anda Albin hırsla Catherine'i kucağından iterek ayağa kalktı. Genç kadın beklemediği bu davranış karşısında afallamıştı. Sert ve güçlü eliyle Catherine'in saçlarını kavrayarak sıkıca tuttu ve başını geriye doğru bastırdı.

"Dur bakalım kaltak! Burada benim hâkimiyetim geçer."

Catherine'i kuvvetle saçlarından çekerek salonun ortasına taşıdı. Diziyle kasıklarının üzerine bastırarak kolayca yere yıktı. Bir ayağını genç kadının yüzüne koyarak bastırdı. Catherine olanlara anlam veremiyordu. Korkmaya başlamıştı. Şimdi neler olacaktı? Ya kendisine zarar verirlerse, ne yapacaktı? Gözlerini aralayarak Albin'in yüz ifadesindeki aşağılamayı fark etti. Titremeye başladı. Tüm vücudunu ateş basmıştı. Utanıyordu.

Albin çeşitli aşağılık sözlerle genç kadını utandırmaya devam ediyordu. Yüzüne öylesine güçlü basıyordu ki, zarar vermese bile kıpkırmızı bir iz kalacağından çok emindi Catherine. Yeniden içine çekilmiş, ama bu kez zihnindeki düşüncelere ulaşamaz olmuştu. Beyni durmuştu sanki. Sadece korku ve utanç duygusunun içinde yüzüyor gibiydi. Albin uzanarak eline geçirdiği bir iple genç kadının ellerini bağladı. Bedeninin üzerindeki baskısı artıyor, kıpırdamasına engel oluyordu. Salonun köşesine giderek eline bir tüy aldı. Sadistçe gülüyordu şimdi. Ama genç kadının gözlerinden gözlerini bir an için ayırmıyordu.

Catherine'in bedeninin iki yanına dizlerini yerleştirerek elindeki tüyle onun teninde gezinmeye başladı. Catherine hayatında ilk kez, bir tüyle ve başkasının insafına kalmış bir hareketle uyarılmaya başlamıştı. Vücudu duygudan duyguya giriyordu. Önce sabırsızlık, sonra hayal kırıklığı, ardından öfke, yeniden arzu, sonra endişe, korku ve can acısı, aynı anda uyarılma ve zevk hislerine girip çıkmıştı. Her duygu sırasında, Albin varlığını genç kadına yüzde yüz hissettirmiş, onun kontrol etmesini her ne pahasına olursa olsun engellemeyi başarmıştı. Oyun oynamakta oldukça ustaydı.

Elindeki tüyü bir kenara atarak genç kadını öpmeye başladı. Bu kez öpüşü derinleşiyordu, çünkü Catherine'in kendini bırakmaya başladığını hissediyordu. Kontrol etmeye devam ettiği müddetçe, asla genç kadına istediği şeyi vermemişti. Bu nasıl bir hâkimiyetti böyle? Can yakmadan, üzmeden, ama genç kadının katı duvarlarını kırarak ilerlemişti. Catherine aniden ona ne kadar hayranlık ve güven hissettiğini fark etti. Öpüşleri öylesine tutkulu hale gelmişti ki, her ikisi de artık başka bir şey düşünememeye başlamıştı. Çok uzun süre Albin'in bedeni genç kadınınkinin üzerinde kaldı. Catherine hiçbir şey düşünemiyordu.

"Al artık beni, ne istiyorsan yap, seninim" der gibi teslim olmuştu.

Bedeninin neresine olursa olsun, biraz dokunuverse, normalin kat kat üzerinde zevk hissediyor gibiydi. İlk kez duyuları bir düğmeye basılmışçasına yükseltilmişti. Göz göze bakarak öpüşmeye devam ettiler ve tam o sırada Albin, genç kadının vücuduyla birleşti. Catherine hayatında ilk kez bu kadar uçuyordu. Ulaştıkları hazzın ne kadar sürdüğünü bilmiyorlardı, ama her ikisi de bu dünyadan kopmuş gibiydiler.

Genç kadının gözleri, Albin ayağa kalktığında güçlükle açıldı. Göz göze uzun bir zaman geçirdikten sonra kapatmış, ama bedenlerinin birleşmesinin tadını çıkarmıştı. O anda bile Albin kulağına fısıldamıştı.

"Benden kaçma Cathy. Bu her ikimizin ortak hazzı. Sen gözlerini kapatırsan, ben de senden koparım. Bu haz hiç bitmeyecekmiş gibi bana bak."

Yanakları pembeleşmişti. Yeniden kanepeye oturdular.

Sehpada yarım kalmış kahve fincanlarından başka, salonda yaşadıklarını gösterecek herhangi bir iz bulunmuyordu artık. Genç kadın, ne kadar kontrolcü olduğunu, karşısındaki erkeğin istediğini yaptığında nasıl yargılayıp öfkelendiğini, ya da kendi isteklerini yaptırmaya kalkıştığında nasıl zevki kaçırdığını fark etti. Bedeni hiç bu kadar huzur bulup rahatlamamıştı. Nedensizce güveniyordu genç adama şimdi... ve bu harika bir duyguydu.

Tam o sırada kapı açıldı. Karen neşeli bir şekilde elinde bir kasa içecekle içeriye girdi. Albin ayağa kalkarak ona yardım etmeye başladı. Catherine'in içi hüzünle burkulmuştu. Hâkimiyeti böyle kurabilen, genç kadına yaşattığı her duyguyu takip edip gereğini yapan bir adamla karşılaşabilecek miydi acaba?

İşleri bitince Karen ile genç kadının yanına oturdular. Karen'in parlak mavi gözleri kahvelere takılmıştı. Onların yarısının bile içilmediğini acaba fark etmiş miydi?

"Burada neler yaşandı?"

Albin, genç kadının şaşkın bakışları altında yalan söyledi.

"Hiçbir şey."

Kafası karışmıştı. Bu oyunu üçü birlikte oynamak için karar almamışlar mıydı? Karen ses çıkarmadan mutfağa gitti. Az sonra geri geldiğinde bu kez yüzünde kızgınlık ifadesi vardı. Erkek arkadaşına dönerek bağırdı.

"Albin, burada bir şeyler dönmüş ve sen bana yalan söylüyorsun. Sen beni ne zannettin böyle? Havadaki elektrikten, kokudan bir şeylerin yaşandığını hissedebiliyorum ben!"

Albin hafifçe durakladıktan sonra itiraf etti.

"Evet, yaşandı."

Salonda kısacık bir ölüm sessizliği hâkim oldu. Genç kadın gün ışığının bile yok olduğuna yemin edebilirdi. Gözlerini duvardaki saate dikmiş, yasaklanmış bir şekeri çalmış minik bir kız çocuğu tedirginliğiyle koltukta oturuyordu. Karen'in elini kaldırarak Albin'in yanağına patlattığı güçlü tokadın sesi kulaklarında uğuldadı.

"Bunu neden yaptınız? Hani birlikte oynayacaktık? Bir şeyler yaşayabilirsiniz, ama bundan aldığınız zevki ya da duyguları benimle paylaşmalıydınız. Böyle yaparak beni dışlamış oldunuz!"

Catherine titreyen sesiyle araya girmeye çalıştı.

"Ben... çok özür dilerim Karen. Amacım kesinlikle aranıza girmek değildi."

Karen'in öfkeli mavi gözleri bu kez genç kadının üzerine çevrildi.

"Kes sesini! Sen burada kabahatli olan kişi değilsin. Albin ne yapması gerektiğini iyi biliyordu."

Ve ayağa kalkarak ikisi birden yatak odalarına gittiler. Catherine'in henüz yeni açılıp teslim olmuş bedeni, yeniden kapanmıştı.

Gerçek Bir Flört, Sevişmek Gibidir

Niye sevişmek?

Gel öncelikle, iyi bir sevişmenin nasıl olduğunu konuşalım. Hayal et şimdi. Sen, önce partnerini mutlu edersin. Nasıl mı? Onun hoşlanacağını, zevk alacağını bildiğin dokunuşları yaparsın. Gözleriyle, zihniyle, ruhuyla temas kurar, derinleşirsin. Belki de uzun uzun öpüşebilirsin.

Gözlerinden, sana verdiği tepkilerden, daha ilerlemeye hazır olup olmadığını anlarsın. Hislerin sana hazır olduğunu fısıldıyorsa, o zaman hassas bölgelerine dokunmaya ve onu heyecanlandırmaya devam edersin. Ona zevk verirsin.

Bu arada, iyi bir pasif kişi, sevişirken partnerinin kendisine hissettirdiği duyguları gözleriyle, konuşmalarıyla, verdiği tepkiler yoluyla ona gösterir. Bu çok ama çok önemlidir.

Bir taraf aktif, diğer taraf pasiftir. Ama sürekli aynı kişi aynı rolü oynayamaz. Bu çok sıkıcıdır. Pasif olan orgazma varmadan, aktif olan da sıkılıp oyundan düşmeden önce, sevişme biraz gevşer.

Bu yüzden, partnerinin boşalmasına çok yaklaştığında artık biraz daha hareketlerini ağırdan alır, dokunuşlarını yavaşlatırsın.

Ara, her iki tarafın da heyecanı sönmeden biter. Bu kez daha önce pasif olan aktif rol alır. O, partnerine heyecan ve zevk verecek, onun gözlerine, zihnine, ruhuna ve bedenine aynı anda girecektir. Diğeri ise hissettiklerini tepkileri yoluyla gösterir.

Sevişmek bir oyundur. Tıpkı bir tahterevalli gibi, partnerlerin önce biri sonra diğeri aktif olur. Zevk verir. Tahterevallideki denge her değiştiğinde, pasif ile aktif yer değiştirdiğinde, alınan zevk iner ve çıkar, iner ve çıkar.

Orgazmın püf noktası şudur: Ne kadar çok iniş ve çıkış yaşayıp süreyi uzatırsan, orgazmın o derece yüksek olur. Büyük patlamalar yaşarsın. Ve sevişmenin tadı unutulmaz hale gelir.

Şimdi, bunu flört için adapte edelim.

Hoşlandığın kişiye öncelikle hayat enerjinden aşılamak, ona canlılık, heyecan, merak, adrenalin, coşku, hafiflik aşılamak istiyorsun. Bunun için onun pozitif yanlarını bulacak ve onları sesli olarak, *duygularını geçirerek* takdir edeceksin. Oyun kurucu olup, heyecan, merak, adrenalin üreteceksin.

Tıpkı sevişirken aktif olanın, partnerine haz vermesi gibi.

Bu arada, hoşlandığın kişinin yanında *varlığını* güçlü tutacaksın. Yani onun yanındayken aklın başka yerlerde olmayacak, iş düşünmeyeceksin, telefonunu kurcalamayacaksın, maillerini kontrol edip zihnini dağıtmayacaksın. Tam tersine, onunla sıkı bir göz teması kuracak, ona hissettirdiğin duyguları ve onun verdiği tepkileri takip edeceksin. Sadece kendini değil, her ikinizi de mutlu etmek için adımlar atacaksın.

Tıpkı sevişirken onun ruhuna, zihnine de girip, duygusunu takip ettiğin gibi.

Bunları yaptığında, eğer olumlu tepkiler alamazsan,

ondan uzaklaşarak zaman tanıyacaksın. Eğer bu zaman içinde sana dönmüyor, iletişim kurmuyorsa, o zaman ona konuşabilir, uygun bir şekilde oyunu bitirmek ya da devam etmek için fikrini sorabilirsin. Reddedilirsen, ondan kolayca vazgeçebilmelisin.

Tıpkı zorla birisiyle sevişemeyeceğine kabul vermek gibi... Flört de cinsel enerjiyi manyetik alanda hareket ettirdiği için, birisini senden hoşlanmaya zorlamak, onu taciz etmek anlamına gelir.

Eğer olumlu tepkiler alıyorsan, o zaman biraz pasifleşmelisin. Bekle ve onun aktifleşip aktifleşmediğini izle. O aktifleşir de sana yaklaşırsa, bu kez, sen onun kurduğu oyunlar karşısında hissettiklerini, ona hayat enerjisi aşılayacak, cinsel enerjisini aktive edecek biçimde göstermelisin.

Tıpkı sevişirken rolleri değiştirir gibi.

Cinsel enerjini göstermekten korkma. Çünkü bu senin yatağa girmen anlamına gelmiyor. Hoşlandığın kişiyi baştan çıkartıp sonra ayazda bırakmanı ise *hiç istemiyoruz*. Sadece cinsel enerjinin, manyetik alandan hoşlandığın kişiye mıknatıs etkisi yaratması gibi. Bunu her insan yapabilir. Hatta çoğumuz bilinçsiz olarak uyguluyoruz. Oysa şimdi bunu gerçek anlamda pratik hayatta nasıl yapabileceğimizi öğreneceğiz.

Tıpkı harika bir sevişmede olduğu gibi, hoşlandığın kişiyle flört ederken, bir aktif bir pasif rol oynayarak süreyi uzatabilirsen, ilişki gerçek anlamda oluştuğunda *aşk* ve *sevgi* katsayısı yüksek olacaktır. Sevişmedeki orgazmın şiddet ve süresinin uzun olması gibi.

Dikkat edeceğin ilk şey şu olsun: Flört oyunlarını ciddiye alma!

Adı üstünde: Oyun.

Eğer bunu başarabilirsen, manyetik alanda çok daha güçlü bir mıknatıs haline geleceksin.

Ama eğer her hoşlandığın kişiyi potansiyel bir evlilik partneri olarak görürsen, bu hedefe ilerlemeye çalışırsan, manyetik alandaki çekim gücünü kaybedersin.

Çekim gücün, bulunduğun yerde merkez haline gelmenle kuvvetlenir. Eğer birisini kafana takıp hedef haline getirirsen, hırsın enerjini hoşlandığın kişiye kaptırmana sebep olur. Bu defa merkez o olur.

Hırs ile hareket edenler, aslında *güçsüz* kişilerdir.

Hoşlandığın Kişinin Yatakta Nasıl Bir Sevgili Olduğunu Anlamak

Flört ediş biçimi ile sevişme biçimi arasında ne gibi benzerlikler olabilir?

Eğer karşında çok hırslı, aceleci, hedef odaklı hareket eden bir kişi varsa, emin ol ki, yatakta sevişirken hiç de oyuncu olmayacaktır. Ön sevişmeyi daha kısa tutup, hızlı hareket ederek, ya da sadece hassas olduğunu bildiği bölgelere dokunup bir an önce hedefe varmak isteyecektir.

Tamamen görüntüye, fiziksel şartlara göre hareket eden bir kişi varsa, bedeninin güzelliğine, bakımına çok önem verecektir. Ama bulduğu güzellikten çabuk sıkılıp başka arayışlara girme potansiyeli yüksektir.

Eğer flört etmek yerine doğrudan sadede gelmeyi tercih eden, hemen ilişkinin oluşması için detaylara giren birisi varsa, bu sana en başta kararlılık ya da güven vermek gibi gelebilir. Ama yanılma sakın! Böyle kişiler, sende duygu üretemezler. Âşık olman, sevgi, heyecan, şefkat, merak, gizem gibi bazı gerekli hisleri oluşturman için sana süre tanımazlar.

Eğer güven arıyorsan, böyle birine kapılman kolaydır. Ancak oluşan duygular ne yazık ki geçicidir. Böyle tipler, sevişirken seninle derinleşmeden, göz teması ile ruhunun ve zihninin derinliklerine girmeden, uzun uzun öpüşmekle oyalanmadan, doğruca hassas bölgelerine uzanırlar.

Eğer hoşlandığın kişi seninle birlikteyken *varlığının yüzde yüzünü* sana hissettiremiyorsa, ilgisi kolayca dağılıyorsa, ilişkiniz boyunca, hatta evli bile olsanız, aynı yatakta birbirinizin kollarında uyuyup uyansanız dahi, sende duygusal *boşluk* yaratacaktır. Bu tip insanlar en gizli korku ve inançları sebebiyle etraflarına görünmez duvarlar örer, maske takarlar. Bedeniyle yanında bile olsa, kafası bambaşka bir yerdedir. Bu bir kaçış olmasına rağmen, hep bir kılıf uydurabilir. Ya çok işi vardır, ya baskı altındadır, ya zamanı kısıtlıdır, ya da canı sıkkındır.

Böyle birisi sevişirken de seninle birlikte olmaz. Mekanik olur. Maskeler takıldığında arzu da şehvet de söner. Yapması gerekenleri yapar, ama senin duygularını, verdiğin tepkilerini sadece yüzeysel olarak takip eder. Hatta bir türlü havaya girip sevişmeyi canı istemez. İlişki eskimeye yüz tutmaya başladığında, artık yakınlaşma sayınız azalır, seks olmadan geçirilen süreler uzar.

Çoğu insan, bunun normal olduğunu zanneder. Oysa değildir. O görünmez maskeleri çıkardığında, eski yakınlaşma ve arzu yeniden alevlenecektir. Hem de doludizgin.

Eğer flört evresinde duygularını tüm açıklığıyla sana yansıtamayan, elektriğini geçiremeyen biriyse, sevişirken de ruhsuz, mekanik ya da pasif olma ihtimali yüksektir. Bu her ikiniz için de çok sıkıcıdır. Aktif taraf haz verirken, sonuçlarını görmek ister. Bu onu motive eder. Aynı şekilde flört de iltifat, takdir, lüzumsuz pohpoha kaçmadan yapılmalıdır.

Sevişirken konuşmaya, kendilerini unutarak içinden geldiği gibi davranmaya utananlar, flört ederken de adım atmaya korkarlar. Duygularını bastırmaya çalışırlar. Tutuk ve çekingen insanlar, karşı tarafa nasıl göründüğünü hesaplayanlar manyetik alandan enerjilerini kullanamazlar. Eğer sen de böyle bir karaktersen, unutma ki, manyetik alandaki görünmez ağdan çoğunlukla olumsuz mesajlar yollarsın. Hayatının her alanı yavaşlar ve istediklerini çok zor elde edersin.

Erkekler genelde yatakta tutuk davranma ihtimali olan kadınlardan kaçma eğilimi gösterirler. Hatta bunu kadına açıkça anlatmazlar çoğu zaman. Sadece bir anda çok işleri çıkar, çok çalışmaya başlarlar, hatta kendilerini o kadına layık görmezler.

Yatakta partnerini yetersiz bulan kadınlar ise, daha gizli bir ajandayla hareket edebilirler. Bazı kadınlar, yine de bir erkekle uyuyup uyanmak adına, erkeğin cinsel performansını beğenmiş gibi davranabilir. Bazen de âşık olmadım sana diyerek çekip gidebilirler.

Ne yazık ki bu iletişimsizlik, çoğu zaman yaptığımız hataları düzeltebilmemizi engelliyor.

Catherine

Parti zamanı gelip çatmıştı. Saat artık gecenin on birine yaklaşmış olmasına rağmen, hava hâlâ aydınlık gibiydi. Salon yavaş yavaş eve gelen misafirlerle dolmaya başlamıştı. Perdeler sıkı sıkı kapanmış, evin ışıkları gecenin ilerleyen saatlerinde yaşanacaklar için ayarlanmıştı. Salonun tam ortasında yere çakılmış birkaç demir aksam ile tutturulan tahtadan iki haç, hafif bir eğimle birbirine bakar şekilde yerleştirilmişti. Eve gelenlerden bazıları deri kıyafetler, aksesuvarlar, topuklu çizmeler ile ortalıkta dolanmaya başlamışlardı bile.

Catherine, midesinde endişe mi yoksa korku mu olduğunu ayırt edemediği gergin bir yumruyla, kapının hemen dışındaki bahçede sigara içiyordu. Öğleden sonra yaşanan kavga sonucunda, nasıl yaptılarsa, Albin ile Karen yaşananları tatlıya bağlamayı başarmışlardı. Salona geri döndüklerinde her ikisinin de yüzlerinde tatlı bir mutluluk ve zevk karışımı bir ifade hâkimdi. Gelen misafirler, kapıya yakın duran genç kadına selam vererek, gülümseyen yüzlerle eve girmeye devam ediyorlardı. Az sonra bunlardan birkaçının canının yanacağını, kırbaçlanacağını ürpererek düşünen Catherine, sabahtan beri yaşadıklarına anlam veremez olmuştu.

Bir süre sonra genç kadın da içeri girdi. Artık bütün davetliler gelmişti. İçkiler içiliyor, sohbetler ediliyor, yavaş yavaş insanlar birbirleriyle yakınlaşmaya başlıyorlardı. Her şey çok düzgün ilerliyordu. Genç kadının hayretle izlediği durum, ortalıkta dönen her olayın, yaşanan yakınlaşmaların ya da ilişkilerin, tüm grup tarafından benimsenmiş ortak kuralları olduğuydu. Sanki hepsinin kabul verdiği bir etik hâkimdi ortama.

Kendi içlerinde hem madde kullanıp hem de içki içiyorken, Catherine'e ikram etmemeye özen gösteriyorlardı. Genç kadın kendisini, az sonra tanrılara kurban edilecek bir bakire gibi hissetmeye başlamıştı. Saatler ilerlerken, kadınlar ve erkekler birbirlerine yakınlaşırken, çarmıh olarak hazırlanmış tahtalara, yani kırbaçlanmak üzere ortaya çıkan gönüllülere gelmişti sıra. Albin yanına gelerek sordu.

"Bağlanmak ister misin Cathy?"

Genç kadın panikleyerek reddetti.

"Ah, hayır, henüz hazır değilim."

Catherine bahçeye çıkıp bir sigara daha yaktı. Zaman ilerliyor, ama genç kadın ortaya çıkıp kendisine sunulacak acının içinden geçmeye cesaret edemiyordu. Çektiği nefesin dumanını ciğerlerine doldururken, burada ne aradığını düşündü. Belki de saçmalıyordu. Öğleden sonra Albin ile yaşadıklarını deneyimlemeseydi, çoktan çekip gidebileceğini geçirdi aklından. Belki de bu kadar insanın bir bildiği vardı. Grup, Kuzey Avrupa ülkelerinde var olan seks eğitimlerinden birini almış, sadist-mazoşist cinsel ilişkilerin etik ve düzgün olarak nasıl yaşanabileceğini öğrenmişti.

Parmağındaki acıyı hissettiğinde kendine geldi. Elindeki sigaranın dibine gelmiş, parmağını yakmıştı. En kötü ne olabilirdi ki? Albin yanında olacağını fısıldamıştı kulağına. Bir anda karar vererek sokak kapısını araladı ve eve girdi. Salonun ortasına geldi. Karşılıklı hazırlanmış tahta çarmıhların ortasına fırlayarak ellerini iki yana açtı ve bağırdı.

"Evet, işte buradayım ve hazırım! Beni bağlayın!"

Salondan bir alkış ve uğultu koptu. Herkes genç kadının cesaretini kutluyor gibiydi. Ellerine kırbaçları aldılar. Birkaç erkek ve kadın ortaya çıkarak Catherine'in bedenindeki neredeyse tüm hücrelerini tek tek öperek, okşayarak, uyararak, sevgiyle gözlerinin içine bakarak kıyafetlerini çıkarmasına yardımcı oldular. Genç kadın kendini yeniden olayların akışına bırakmaya koyuldu. Bir damla alkol almadan bu cesareti nereden elde ettiğini anlayamıyordu.

Çırılçıplak kaldığında, iki erkek salonda hazır bekletilen kelepçeleri alıp getirdiler. Genç kadını çarmıhın üzerine kolları, ayak bilekleri ve bacaklarından bağlayarak hazırladılar. Bunu yaparken aralarından birisi sordu.

"Catherine, karşındaki çarmıhta senin için hazır bekleyen bir kız kardeş ister misin?"

Genç kadın şaşkınlıkla gözlerini soru sorarcasına Albin'e çevirdi. Genç adam açıklama yaptı.

"Oraya senin seçeceğin her kimse, aynı senin gibi kelepçelenecek Cathy. Ama ona kimse vurmayacak. Onun görevi, sen acının içinden geçerken, gözlerinle temas kurup, senin için hazır bulunduğunu göstermek. Yalnız kalmayacaksın."

Catherine usulca başını salladı. Aralarından beyaz tenli, yumuşak ama derin bakışlara sahip, otuz beş yaş civarındaki bir kadın seçildi ve Catherine'in tam karşısındaki çarmıha kelepçelendi. Genç kadın boğazını yakan bir panik duygusuyla sarsıldı. Kusmak istiyor, ama bunu yapamayacağını da hissediyordu. Bedeni sahibine ihanet eder gibiydi. Kendi iradesiyle bağlandığı bu çarmıh üzerinde kaçacak, saklanacak herhangi bir delik kalmamıştı. Gözlerini kapattı ve inanıp inanmadığından emin olmadığı bir tanrıya yakarmaya başladı.

İlk kırbaç sırtında şakladığında canhıraş bir çığlık attı. Acımıştı. Hem de çok acımıştı. Ne yapacağını şaşırdı. Grupta sessizlik hâkimdi şimdi. Catherine'i izliyor, onu anlamaya çalışıyorlardı. Yeterince hızlı vurmadıklarını düşündüğü sırada kırbaç yeniden şakladı. Bu kez yeniden bağırırken, dişlerini ve yumruklarını sıktı. Ağlamamaya çalışıyordu. Gözlerini yumdu ve başka bir yerde olduğunu hayal etmeye çalıştı. Kalabalıktan uğultular yükseliyordu. Bir anda Albin'in dokunuşlarını bedeninde hissetti, fakat bu dokunuşlarda umduğu şefkati bulamadı.

"Geri dön Cathy. Bedeninden kaçıyorsun. Acını hissetmekten kaçıyorsun. Eğer böyle yapmaya devam edersen, seninle oyun oynamayı hemen keseriz."

Catherine ürkekçe gözlerini açmaya çalıştı. Gerçekten de içgüdüsel olarak yaptığı bu hareketle birlikte, hissettiği acıyı bir nebze hafifletmişti. Tüm salon nefesini tutmuş, çıplak vücudunu inceliyordu. Oynadıkları oyun istediği gibi gitmediği için mızıkçılık yapan çocuklar gibi davrandığının farkına vardı. Aklından geçen düşünceler, kendisini bile şaşırtıyordu.

"Bana ne! Siz ne yaparsanız yapın, benim canımı acıtamayacaksınız!" der gibiydi.

Bunu fark eder etmez, hayatındaki tüm acılardan, sadece fiziksel değil, duygusal olanlardan da nasıl kaçtığını, içlerine girmeyi reddettiği her seferinde, bedenindeki tüm duyuları nasıl kapattığını algıladı. Ruhunun dar bir kılıfın içinde yaşamaya çalışmasını, hayatın onu nasıl sınırlandırdığını fark etti. Sonsuzluğun içinde müthiş bir sıkıntı hissediyordu sanki. Hayattan kaçmakla hayatın içinde olmak arasında gidip geliyordu. Sevmediği bölümleri reddediyor, sevdiklerini yakalamaya uğraşıyor gibiydi.

Bu yüzden ruhunda bölünmeler oluşmuştu. Beyazperdedeki bir filmi, belli kareleri aradan çıkarttığı için kesik kesik izlemeye benziyordu. Her şeyi olduğu gibi, yaşanacakları da kontrol etmek, ayıklamak, reddetmek veya zorla kendine getirmeye çalışmaktı bütün arzusu. Ne uğruna bölünüyordu? Sadece acı çekmemek için. Oysa belki de acı çekmek, bundan kaçmadığı müddetçe, endişe ettiğinden çok daha kısa sürebilirdi.

Tuhaf bir şekilde gözleri yanmaya başlamıştı. Yoksa ağlıyor muydu? Boğazından yükselen hıçkırık, yeniden vücudunun içine döndüğünün bir işareti sayıldı. Tüm grup onu alkışlarken, gözlerini karşısında bağlanmış duran kızın gözlerine çevirmeyi akıl etti. Yemyeşil gözleri, neredeyse havuç renginde kızıl saçları vardı. Yüzü müthiş bir anlayış ve şefkat hissiyle doluydu. O gözlerin derinliğine dalarak, kendini sarıp sarmalanmaya bıraktı. Hıçkıra hıçkıra ağlıyor, annesiyle babasıyla yaşadığı problemler, eski eşi ile yaşadıkları sırasında katlandığı davranışlar, bir bir aklına düşüyordu. Yok sayılmıştı. Bencilce davranılmıştı. Hep kendisinden güçlü olması, fedakârlık yapması beklenmişti. Duyguları zaten hiç görülmemişti. İnsanlar onu, işlerine geldiği gibi görmeye alışmışlar, böylece Catherine gerçek varlığını, güçlü savunma mekanizmalarının ardına saklamıştı. Görülmüyordu, ama hiç olmazsa acı da çekmiyordu.

Ama bilmiyordu ki, acı çekmekten kaçtıkça, kendini büyük zevklerden, hazlardan, huzurdan, rahatlıktan, akışta kalıp hayatın her alanından zevk almaktan da alıkoyuyordu.

Albin'in sesi hayal meyal duyuluyordu.

"Hazır mısın Cathy?"

Başını salladı. Gözlerini bir an olsun karşısındaki kadının gözlerinden ayırmaksızın bekledi. Kırbaç yeniden şakladığında, tuhaf bir biçimde fiziksel olarak hissettiği acı azalmıştı. Bu nasıl bir mucizeydi böyle? Ağlamaya devam ediyor, duygusal acılarıyla fiziksel olanların belki de aynı merkezden yönetiliyor olabileceğini düşünüyordu. Bir süre sonra bağırdı.

"Daha şiddetli vurun!"

Kırbaçlar daha hızlı şaklamaya başladı. Genç kadın gittikçe güçlendiğini hissedebiliyordu. Nasıl da tuhaftı... Eskiden güçlü olmak için kaçındığı duyguların, kendisini daha da zayıflattığını, asıl gücünün şimdi, içinden geçerek ortaya çıktığını yeni fark ediyordu.

Bir süre sonra daha da tuhaf bir şey gerçekleşti. Tüm bedeni acı duymak bir yana, müthiş bir zevk dalgasının içine düşmüş gibi sarsılıyordu. Karşısındaki kadının gözlerinde gizemli bir yolculuğa çıkmış gibiydi. Enerjileri birbirine karışmıştı. Birden gözleri yaşardı. Göğsünde kocaman bir taş kapak açılıyorcasına hafifleme olmuştu.

O gözlerin içinde yaratıcıyı gördüğüne yemin edebilirdi. O gözlerin derinliğinde annesi, babası, toprak ana, gökyüzü, yıldızlar, evren, tüm yaratılanlar ve Tanrı'nın kendisi vardı. Yanaklarındaki yaşlar bu kez sevgi ve mutluluktan akıyordu. Bir anda içinden hayatı boyunca sarf etmediği cümleler geçmeye başladı:

"Ah, Aman Tanrım! Ben ne kadar güvendeyim. Ben yeryüzünde ne kadar güçlüyüm. Neyin içinden geçersem geçeyim, her şey mükemmel olacaktır. Her şey zevk ve hazdan ibarettir. Ve Tanrı her yerdedir. Hayat ne kadar da harika... Dünya ne kadar da güzel... Ve ben sonsuz güvendeyim."

Vücudu titreyerek sarsıldı.

Hayatındaki en uzun ve yüksek orgazma varmıştı.

Kendisine dönen tüm yüzler, şefkat, sevgi, kardeşlik ve "Merak etme arkanda ve yanında biz varız" mesajı veriyordu. Olay boyunca tüm duygularını izlemişler, her duygusunun karşılığını vermişlerdi.

Hayata yeniden doğmuş gibiydi.

Âşık olmaya, sevmeye, sevişmeye yeniden hazırdı şimdi.

Acıdan Kaçmak Esarettir

Catherine'in deneyimi, kontrolü bırakabilmek için uygulaman gereken bir yöntem *değildir*. Bunu önermiyorum. Sadece o, bize görmemiz gereken bazı gerçekleri, farkına varmamız gereken bilgileri, güçlü bir şekilde yaşayarak göstermiştir. Ona hem cesaretinden hem de hikâyesini seninle paylaşmama müsaade ettiğinden dolayı sonsuz teşekkürlerimi sunuyorum.

Baştan sona gerçek olan bu hikâyeden çıkarmamız gereken iki tane ders var:

1. Fiziksel acı kadar, duygusal acıdan da kaçıyoruz. Bu kaçış, bize esaret getiriyor.

2. Nasıl bir deneyim yaşarsak yaşayalım, kalbimizdeki sevgi ile yaşamalıyız.

Öncelikle, acıdan kaçmanın bize nelere mal olduğunu gözden geçirelim. Kastettiğimiz kaçış, olumsuz duygular hissetmekten korkmaktır. İnsanın her bir duygusu, iki zıt kutuptan oluşur. Örneğin, mutluluk ve mutsuzluk iki zıt kutuptur. Hiç kimse sürekli mutlu ya da sürekli mutsuz olamaz. Bu iki karşıt duygu arasında gelgitler yaşar.

Coşku ile *depresif* ruh hali, *aşk* ile *nefret*, *affetmek* ile *intikam* duygusu, *acı* ile *orgazm* birbirinin zıt kutuplarıdır. Eğer, olumsuz duyguları yaşamak istemez de bastırırsan, yok sayarsan, yüksek olanı da yakalayamazsın.

Bu yüzden, acı çekmeyi baskılarsan, orgazm olmakta, mutsuzluğu yok sayarsan, mutlu olmakta zorlanırsın.

Başa çıkamadığımız olumsuz duygular için kullanılan ilaçların, bizi durgunlaştırması, cinsel isteğimizi azaltması da hep aynı prensibe dayanır.

Catherine, modern çağda yaşayan pek çok güçlü ve çalışan kadın gibi, orgazm olamıyordu. Üstelik cinsel hayatta aktifti. Tabuları yoktu. Buna rağmen, o hazza ulaşamamasının ardında yatan neden, kontrol etme ihtiyacıydı. Duygularını kontrol ediyordu. Güvenmemeye çalışıyor, fazla sevmemeye, bağımlı olmamaya uğraşıyordu.

Bunu pek çok Türk kadını da yapıyor. Peki bu kadar efor neden?

Acı çekme ihtimalinden kaçmak için.

Egomuz bizi acı çekmekten böyle korunulduğuna inandırır. Ama bu bizim hayatı çok sınırlı bir kutunun içinden yaşamamıza sebep olur. Yüksek duyguları arayıp dururuz. Âşık olmak isteriz. Kolayca birini arzulayabilmek, coşmak isteriz.

Bunu sen hissedemezsen, hayatına gerçek aşkı çekemezsin. Mıknatıs etkisi oluşturamazsın.

Duygusal acılardan geçmek demek, endişe ettiğin, korktuğun, katlanamadığın bir duygunun içinden, tepki vermeden ama farkındalıkla geçmek demektir. Bu duyguyu sonuna kadar hissedersen, engellemezsen, korkmazsan, bir süre sonra bir daha yaşamadığını, yok olup gittiğini göreceksin.

Sadece kısa sürede yok olmakla kalmayacak, bir daha asla böylesine üremeyecek.

Korku hissinin zıt kutbu güvendir. Korku esareti getirir, güven ise özgürlük kapısını açar. Çünkü korktuğun zaman, huzursuz olmamak için, onları yapmaktan, yaşamaktan vazgeçersin.

Hiç kimseye fiziksel acı çekmesini elbette ki önermiyorum. Ama duygusal acılarımızı yenmek için, korkumuzun içinden cesaretle yürüyüp geçmek, faydalı bir yöntem olabilir.

Bu yöntemi, kitabın son bölümünde bulabilirsin. Ama daha detaylı öğrenmek ve her alanda uygulamak istersen, *Duygu Simyacısı* adlı kitabımı okumalısın.

Londra Deneyimi

İki yıl önce bu konuda araştırma yaparken, Malcolm Gladwell'in *David & Goliath* (Davut ile Golyat) adlı kitabında bir bilgiye rastlamıştım. İkinci Dünya Savaşı sırasında yaşanan bir gerçekten yola çıkarak, insan duygularının nasıl korkudan özgürleşebileceğini anlatıyordu. Hikâyenin özeti şuydu:

İkinci Dünya Savaşı sırasında, Almanya'nın Londra'yı yoğun bir bombardımana tutması bekleniyordu. İngiliz yetkililer, bu bombardıman sırasında, Londra halkının nasıl davranacağı konusunda birtakım öngörülerde bulunuyorlardı.

Yetkililere göre, şehir halkının önemli bir kısmı, kuzeye doğru göç edebilirdi. Şehirde işe gidenlerin sayısı azalabilir, çocuklar okula gitmeyebilir, marketler yağmalanabilirdi.

Tüm bunların yanı sıra, şehrin kuzey bölgelerine, psikolojik çöküntüye, travmaya uğrayabilecek kişiler için de hastaneler kurmaya başlamışlardı. Kısa süre içinde, bu beklentilerden yola çıkarak, Londra halkı bombardımana hazırlanmıştı.

İlk bomba atılırken, şehirde sirenler çaldı. İnsanlar başlarına gelecekleri anlayarak, önceden evlerinin içinde hazırlamış oldukları sığınaklara girdiler. Yıkılan yapılar, yaralanan birkaç kişi oldu. Ama bir süre sonra, yetkililerin şaşkın bakışları altında, halk normal yaşamını sürdürmeye başladı. Kimse hayatını savaş sebebiyle, hele ki ölüm korkusuyla kısıtlamıyordu. Hatta şehrin kuzeyinde hazır tutulan psikiyatri hastaneleri, yaralanan askerler için kullanılmaya başlanmıştı.

Çünkü bir iki kişi haricinde pek de başvuran olmamıştı.

Savaş bittikten sonra, Londra halkına neler olduğunu merak eden psikologlar ve psikiyatrlar, durumun sebebini tartışmaya başladılar. Sonunda Kanadalı bir meslektaş, yaşananları açıklayabildi. Çıkan sonuç şuydu:

Londra halkı, bir insanın en derindeki "ölüm korkusu" ile yüzleşmişti. Bu korkusunun içinden mecburen geçmiş, daha ilk bombardımandan sonra, "Bana bir şey olmaz" diye düşünerek hareket etmeye başlamıştı. Yani, en yüksek korku kutbunun içinden korkmadan geçmiş, kısa süreli bir panik, acı yaşamış, ama sonunda güven kutbuna erişerek çok rahat davranmaya başlamıştı.

Bu gerçek olay, psikologlara da çok şey anlatıyordu. İnsan duygularının da bir matematiğinin olduğunu, acıdan, yüzleşmekten korktuğumuz her seferinde, istemediğimiz kutupta hapsolduğumuzu, bu yüzden duygusal özgürlüğümüzü, coşkumuzu, yüksek aşkları, orgazmları fazla yakalayamadığımızı öğretiyordu.

Ölüm vakalarına şöyle bir bak. Erkek bedenlerinde daha kolay fark edilebilen bir durum oluşur. Ölüm anında, her insan en çok korktuğu şeyin içinden mecburen geçtiği için, pek çok erkek bedeni, ereksiyon halinde bulunur.

Bizim istediğimiz fiziksel acılar çekmek, ölümü hissetmek *değildir*. Ama duygusal acıların içinden *doğru şekilde* geçebilirsek, ilişkilerimizi derinden etkileyen, kime âşık olacağımıza karar veren *kaybetme korkusu*, *yalnız kalmak*, *terk edilmek*, *reddedilmek*, *aldatılmak*, *değersizleştirilmek*, *yok sayılmak* gibi korkularımızı yok edebiliriz.

Bunun doğru bir yöntemi vardır. Acıyı kısa, az ve öz yaşayarak, olumsuz duygunun içine saplanıp kalmadan, depresyona girmeden, kendimizi özgürleştirebiliriz. Hep arzu ettiğimiz aşka kavuşabiliriz.

Flört sanatında bu bilgiyi cesaretle kullanacağız.

Ki, ilişkimizin kaderini değiştirebilelim.

İkinci Seviyede Aşk

Hoşlandığın insanda duygu oluşturabilmek, sevmek ve sevilmek, ikinci seviyedeki flört etme biçimi ile oluşur. Şimdi bu seviyeyi birlikte detaylı bir şekilde inceleyelim.

✔ Kendin ol ve taktik yapma.
Ama kaybetme korkunu, değersizlik duygunu, alınganlığını ona yansıtmamak için flört et.

✔ Takdir et. Onun olumlu yanlarını arayıp bul.
Ama asla onu yalandan pohpohlama.

✔ Güzel giden anıları yeniden düşünüp duygusunu hatırla. Şükret.
Ama gelecekle ilgili, onun söz vermediği şeyler üzerine hayaller kurma.

✔ Ona hayat enerjisi aşıla. Kendi enerjini ona tattır.
Ama ona verirken, senin kendi hayat enerjini çaldırma. Buna müsaade etme.

✔ Almak ve istemek sanatını öğren, uygula.
Ama asla istismar etmeye, maddi değeri yüksek hediyeler aldırtmaya çalışma.

✔ Hayal kurmasına yardımcı ol.
Ama onu da kendini de olmayacak, yalan beklentilere sokma.

✔ Oyun oyna. Flört oyunları, yakınlaşma sağlar.
Ama bunlar çocuksu, bebeksi değil, kadınsı ve erkeksi oyunlar olmalıdır.

✔ Gerektiğinde sınır çiz ve reddetmen gerekenleri geri çevir.
Ama asla onu kırmamaya, suçlamamaya, öfke patlaması yaratmamaya özen göster.

✔ Maske takıldıysa, muhakkak onları çıkartmaya çalış.
Ama onun kişisel alanına tecavüz etmemeye, saygısızlık, dedektiflik yapmamaya dikkat et.

✔ Köprü kur. Ortak alanlar, yakınlık ve aşk doğurur.
Ama onun her fikrine ortak olmaya, her istediğine evet demeye çalışma. Taviz verme.

✔ Flörtün bir oyun olduğunu hatırla, eğer senin için uygun bir aday değilse, hoşlandığın kişiden vazgeçmeyi unutma.
Ama bunu bağlanmamak, acı çekmekten kaçmak için bir bahane olarak kullanma.

Gamze ve Mert – Mayıs 2015

Çıtı pıtı denilebilecek bir kadındı. Standart giyimi, sarı röfleli kestane rengi saçları, sokakta ve toplum içindeki duruşuyla sıradan bir kadın gibi görünebilirdi. Oysa ruhundaki farklılığı, gizemi, dalgalanmaları, gözlerinin içindeki o keskin parıltıda, yürürken ayaklarını yere sağlam ve kararlı basışında ve o tuhaf gülüşünde görebilirlerdi. Ailesinin kendisini ne yapıp edip okutması ve işinde kendisinden beklenmedik bir başarıyı yakalayışı, onu çetin ceviz bir kadın haline getirmişti. Yüzündeki hatlar tek başına güzel değildi belki; geniş bir ağzı, uzun bir burnu vardı ve gözlerindeki kısıklık, ona hafif Uzakdoğulu havası katıyordu. Ama toplamda kendi çekiciliğinin farkında olan bir kadının edasını taşıyordu.

Zekâsı ortalamanın üzerinde olan her kadın gibi, o da işinde ve ilişkilerinde farklı bir şeyler arıyordu. Yoksa hayattan beklentileri mi yüksekti? Şöyle derin sohbet edebileceği, kendisini şaşırtabilecek bir erkek her zaman karşısına çıkmıyordu. Özellikle de güçlü kadınlardan ürküp, uzun vadeli ilişkiler kurmaktan kaçınan onca erkek etrafta dolanırken...

Ailede tek çocuk olmak, genç kadına kendine ait küçük ama hiç kimsenin giremediği bir hayat kurdurtmuştu. Evin bir köşesinde evcilik oynayan komşu kızlarına inat, yaşından beklenmeyecek fantastik bir dünya yaratmak, her çocuğun yapacağı bir şey olmasa gerekti. Ancak Gamze bu farklılığını, yetişkin bir kadın olduktan sonra görebilmişti. Bu, tıpkı yaşadığı dünyayı siyah, beyaz ve grinin çeşitli tonlarından oluşan renklerle algılayan bir toplumda, gökkuşağının tüm renklerini aynı anda görebilen birinin varlığını anımsatıyordu. Herkesin kırmızı ve yeşilin güzelliğinden zevk aldığını sanırken, bir sabah uyandığında kendisinden başka kimsenin bu güzellikleri fark edemediğini anlamak nasıl bir şeydi?

Hem bir topluma ait, hem de sadece küçük bir azınlık olarak yaşamak... Kalabalıklar içinde bulunup kendini yapayalnız hissetmek... Herkesi anlamak ama bir elin parmakları kadar insan tarafından anlaşılabilmek... Kırmızının güzelliğini birilerine anlatmaya çalışmak, hiç olmazsa bir Allahın kuluyla daha aynı güzellikleri birlikte takdir edebilmek arzusuyla yanıp tutuşmak... Bazen de herkes tarafından görülemeyen güzellikleri onlara anlatmaya, öğretmeye çalışmak, ama anlamsız bakışları karşısında öfke nöbetlerine kapılmak... En önemlisi de, acılarının, hayal kırıklıklarının, üzüntülerinin, bazen de kırılmışlıklarının kimse tarafından fark edilmemesi. Kim bilir, belki de önemsenmemesi... Umursanmaması... Sonuçta güvenebileceği kimsesinin olmayışı...

Böylesine bir hayatın içinde, cesur, kolayca adım atabilen derin bir ruhun, küçük ve kadınsı duygularının arasında korkunun güçlü elektriğine kapılarak ilişkilerinde yenik düşmesi, acı vericiydi. Nasıl bir düş kuruyordu? Belki de belirgin bir düş kurmayı çoktan bir kenara bırakmıştı. Basit bir güven, sağlamlık, sevgi, mütevazı zevkler ve kendilerine has küçük bir cennetin içinde kurulmuş güzel bir ilişki ile hayatı anlamlandıran yeni keşifler getirecek maceracı erkekler arasında gidip geliyordu. Çok büyük bir holdingde genel müdür asistanlığı yaparken, marjinal yanlarını, her zaman yapmaya alışkın olduğu gibi, gizlemeyi uygun buluyor, ama evde tek başına karanlığın içinde kendisiyle yüzleştiğinde, tüm çılgınlığını hoşlandığı erkekler üzerinde denemekten korkuyordu.

Bir yanıyla evlenmek isteyen, geleneksel, anneliği tatmayı hayal eden bir kadın, diğer yanıyla bağlanırsa özgürlüğünün yitip gideceğinden korkan bir gezgin gibiydi. Oysa henüz hayatında herhangi bir maceraya atılmış, müthiş keşif seyahatlerine katılmış bile değildi... Öyleyse Gamze kimdi? Kim bilir belki de bunu ancak bir erkeğin hayatındaki yakın varlığıyla bulabilirdi. Her ilişki, kişiye kendini gösteren bir ayna değil miydi?

Mert'ten çok hoşlanıyordu ama ondan aynı zamanda çok da korkuyordu. Bir yanı ile müthiş çekici geliyor, diğer yanlarıyla itiyordu adeta. Gamze hâlâ genç adam hakkında ne düşüneceğini, ne hissetmesi gerektiğini bilemiyordu. Mert'in gizemli bir havası vardı. Kendi bedenine tezat, uzun boylu, hafif göbekli, iri sayılabilecek bir adamdı. Bakışlarındaki zekâ pırıltıları, Gamze'ye karışık mesajlar veriyor, duygusal bir masumiyet ile kurnazlık arasında gidip geliyordu.

Flört etmeye başlayalı yaklaşık beş ay olmuştu. Birbirlerini arzuladıkları hissedildiği halde, henüz herhangi bir adım atılmamıştı. Sadece tuhaf bir şekilde Mert, kendisine cinsellikle ilgili sorular soruyor, ama bunu doğrudan genç kadınla ilgili değilmiş gibi, bir film sahnesi ya da üçüncü şahıslar üzerinden yapıyordu. Konuştukları her kelime, vücutlarını biraz daha titretiyor, tenlerindeki ateşi körüklüyordu.

Garsonun masadaki kuruyemişlere takviye yapmasını beklerken garip bir sessizlik oldu. Uzunca bir süre whatsapp'tan yazıştıktan sonra nihayet ilk kez buluşmuşlardı. Genç kadın gözlerini Mert'in gözlerinde, dudaklarında ve omuzlarında hafifçe gezdirdi. O anda genç adam hiç beklenmedik bir soru sordu.

"*Grinin Elli Tonu*'nu okudun mu?"

Gamze şaşırmıştı. Evet, o kitabı okumuştu, içinde sürekli sevdiği erkeğin kadına işkence edercesine davrandığı, sadist ve mazoşist cinsel oyunların anlatıldığı bir kitaptı bu. Ama sonunda kadın kahraman ile erkek birbirlerine âşık oluyor ve romantik bir biçimde evleniyorlardı. Erkek kahraman, nihayet kalbini gerçek sevgiye açarak, sadist cinsel oyunlar oynamaktan vazgeçiyordu.

Kim bilir belki de başarılı yazar, erkek kahramanın adını Gri koyarak, hiçbir şeyin siyah ya da beyaz olmadığını, bir şeyin yargılamadan kabul edilmesi durumunda, grinin tonlarının, gerçekte rengârenk kırmızılar, maviler, sarılara dönüşebileceğini göstermeye çalışmıştı.

İlk kez yüz yüze geldiklerinde Mert'in böyle bir kitaptan bahsetmesini yadırgamıştı. Konuyu değiştirmeye çalışırcasına yumuşak bir tonda konuştu.

"Biliyor musun? Seninle muhabbet etmek çok zevkli. Gerektiğinde derin sohbetler yapabiliyoruz. İyi ki varsın."

Eliyle uzanıp şarap kadehini aldı ve bir yudum içti. Mert sanki onu duymamış gibiydi.

"Okudun mu?"

Gamze genç adamın ısrarı karşısında şaşırmıştı. Böyle bir kitapla neden bu derece ilgili olabilirdi ki?

Daha önceki sohbetlerinde de Mert buna benzer konular açmıştı. Merak tüm hücrelerini sararken, endişelerle dolu düşünceler ve olası tüm kötü ihtimaller, birer birer beyninin kıvrımlarına yerleşiyordu. Sanki bir yanından heyecan, diğer yanından huzursuzluk aynı anda genç kadını zıt yönlere çekiştirir gibiydi. Kim bilir, belki de Mert'in kendisine olan ilgisi güçleniyordu. Tıpkı kitaptaki gibi, ne kadar sert bir şekilde kendisiyle birleşmeyi istese, hatta hükmedebilse, o kadar çok arzulandığını hissedecek gibiydi. Bu düşünce Gamze'yi ürpertti.

Gamze'nin bakışları, genç adama konuyu uzatma cesareti verdi.

"O kitabın filminde bir sahne vardı; adam sevdiği kadının ellerini arkadan bağlayıp diz çöktürüyordu. Çiftin birlikte bu tarz sert ve acımasızca oynanan oyunlar için hazırlanmış özel bir odası vardı. Ve sevdiği kadından o odanın kapısının önünde diz çökerek, elleri arkasından bağlanmış bir şekilde beklemesini istiyordu. Etrafımda da böyle talepleri olan pek çok kadın olmuştu. Üstelik de kültürlü, kariyeri sağlam, güçlü kadınlardı bunlar."

Sertlikle arzulanmak fikri hoşuna gitse de, böyle bir anda başka kadınlardan bahsetmek, Gamze'nin canını sıktı.

"Ben olsam asla bedenime acı verilmesine müsaade etmezdim. Bu beni mutlu etmezdi herhalde. Acıdan nasıl zevk alınabildiğini anlayamıyorum. Bana kalırsa burada aşktan söz edilemez. Yani hiç kimse beni aşağılamamalı, ellerimi arkadan bağlayarak ya da başka bir şekilde vücuduma acı vermemeli."

Mert'in koyu birer kömür parçası gibi parlayan derin ve enerjik gözleri, biraz genç kadından kopmuştu sanki. Belli belirsiz uzaklık, flört ederken kurdukları diyaloglardaki yakınlaşmaya aykırı duruyordu. Gamze genç adamı yakalamaya çalıştı. Ses tonu kısılmıştı.

"Ama ben senin fikrini merak ediyorum şimdi."

Mert biraz mekanik bir tavırla cevapladı.

"Bana böyle bir şeyi yapar mısın dersen, bilmiyorum. Yapabilirim de, yapamayabilirim de... Bu, anlık bir şey. O an anlarım. Ama kitabın filmini de seyrettim ve rahatsız etti beni. Kim bilir, belki de, tıpkı duygusal acıların içinden geçtiğinde bir süre sonra onlar yanıp yok oluyorsa, belki fiziksel acı da, hiç korkusuzca içinden geçtiğinde hissedilmemeye başlıyordur. Belki de yerini zevke bırakıyordur."

Genç kadının tüyleri ürperdi. Göğsü hafif bir korkuyla ağırlaşmıştı sanki. Belki de yüreğini ağırlaştıran his, hayal kırıklığıydı. Aşk, sevgi, ilgi, göz göze bakışmalar, hatta uzun, tutkulu öpüşmeler yaşamak istediği adam, adeta işkencelerden bahsetmeye başlamıştı.

"Ben aslında sevgi dolu bir beraberlik isterdim. Acı veren değil."

Genç adam daha enerjik bir ses tonuyla konuşuyordu şimdi.

"Seni çok iyi anlıyorum ben. Mesela kırbaç mevzuu... Kırbaç ile sevgi kelimelerini pek de yan yana kullanamam ben. Çok zormuş gibi geliyor. Belki de o anki refleksle olabilecek bir şey..."

"Böyle bir deneyimde sevgi var mıdır, bilemiyorum. Belki de o tarz insanlar, her şeyi yaşamış olup, sıradan birleşmelerle mutlu olamıyorlardır."

Konu kapanmıştı. Gamze'nin hafifçe gerilmiş bedeni rahatladı. Yüz ifadesinde belli belirsiz bir hüzün vardı şimdi. Mert ile bir süredir sadece flört değil, hayattan da, diğer film ve kitaplardan da konuşmuşlar, her seferinde ulaştıkları zihinsel derinlik, ikisini de tıka basa doyurmuştu. Zamanın unutulduğu sohbetlerin sonunda ilk kez yüz yüze geldiklerinde yaptıkları bu cesur konuşma, her ikisini de adeta görünmez bir gerginliğe sürüklemişti.

Gamze şüphelenmeye başladı. Yoksa genç adam kendi özel dünyasından ipuçları mı vermeye çalışıyordu?

Bir sonraki kadehler doldurulurken, artık iş hayatları üzerine sohbete başladılar. Mert'in ara sıra parmaklarının ucuyla genç kadının eline dokunuşları ve bakışlarındaki elektrik haricinde, başka bir yakınlık izinin olmaması şaşırtıcıydı. Kim bilir, belki de ilk kez Mert, içindeki sırları paylaşmak ve gerçek yüzünü göstermek üzere bir adım atarak, hafif bir utangaçlığa girmişti.

Buluşmanın sonuna doğru genç adam vedalaştı.

"Uzun süre İstanbul'da olamayacağım. Ama döndüğüm an ilk yapacağım şey, seni görmek olacak."

Flörtte Mıknatıs Etkisi Yaratmak

Hoşlandığın kişi hep seni yüceltip hayat enerjisi veriyor. İltifat ediyor, ama sen tutuk davranıyorsun.

Sıkıcısın demektir. Manyetik alanın tersine çalışır ve hoşlandığın kişiyi itersin.

Beğendiğin kişi hep seni yüceltip hayat enerjisi veriyor. Sen de bunu her yaşadığında coşuyorsun. Kendi hayat enerjini, onun kadar olmasa da ona geçirmeyi başarıyorsun. Ama o pasif tarafa geçtiğinde neye uğradığını şaşırarak, korkulara kapılıyorsun. Seni istemediğini, aldattığını, ilgisinin geçtiğini düşünüp, küskün, öfkeli, tepkili, uzak, tutuk davranmaya başlıyorsun. Aktifleşemiyorsun.

Yine sıkıcısın. Hatta korkutucusun. Çünkü hoşlandığın kişi, seni mutlu etmek zorundaymış gibi bir hisse kapılıyor. Bu kez, manyetik alandaki enerji bir çekip bir itiyor. Karışık mesajlar veriyorsun. Ama verdiğin en *net mesaj*: Ben senin hayat enerjine bağımlıyım. Mutluluğum sana bağlı. Sen ilgini çekersen, ben aynı aktif rolü oynayamam.

Son ihtimalde ise, sen hem aktif hem de pasif rolü mükemmel alabiliyorsun. Ne zaman geri çekileceğini de iyi biliyorsun. Adeta hissediyorsun. İlişkinin ve flörtün, hayat enerjisi akışının sorumluluğunu ve yönetimini alabiliyorsun. Öyleyse parlıyorsun. Manyetik alanda tam bir mıknatıssın.

Yatağa girmesen bile, potansiyel olarak iyi bir partner olduğunu da hissettirmiş oluyorsun.

Böyle davranabilen bir insana kim çekim duymaz ki?

Gamze ve Mert – 20 Nisan 2015

İlk Tanışma

Gamze heyecanlıydı. Uzun süredir ilk defa okuduğu kitaplar ve seyrettiği dizilerden kafasını kaldırıp sohbet etmek isteyebileceği bir adamla yazışıyordu.

En yakın arkadaşı Merve'nin marifetiydi bu. İki kadın ta üniversite yıllarından beri arkadaş ve sırdaştılar. Her ikisinin de aileleri varlıklı değildi ve okurken bile yarızamanlı çalışmak zorunda kalmışlardı. Hüzünleri, aşkları, acıları paylaşmışlar, çalışma hayatları boyunca da birbirlerinden kopmamışlardı.

Geçen yıllar her ikisinin de iş hayatlarında paralel yükselişler, başarılar getirse de, aşk hayatlarında aynı benzerliği yaşayamamışlardı. Gamze kısa vadeli ilişkiler, hayal kırıklıkları arasında bunalırken, Merve hayatının aşkı ile tanışarak evlilik kararı almıştı. Genç kadın, en sevdiği dostunun düğününde hüzünlü bir kuğu gibi, beyaz, dar elbisesi ve saçlarına taktığı taçla gelin odasına gelmişti. Son kez sarılıp, bekârlık günlerindeki yoldaşlıklarına veda edeceklerdi.

Gelin odasına girdiğinde, uzun boylu, kömür gözlü genç bir adam, Merve ile sohbet ederek gülüyordu. Başını kaldırıp selam verdi. Göz göze geldiklerinde genç kadın tuhaf bir elektriğin aktığını hissetti. El sıkıştıklarında, parmakları arasından kıvılcım çıktığına yemin edebilirdi. Merve ikisini manidar bir tavırla tanıştırdı.

"Gamze'ciğim, sana Mert'i tanıştırmak istiyordum. Ali'nin yakın bir arkadaşıdır."

Genç adamın da kendisinden hoşlandığını hissediyordu. Midesinde garip bir heyecan dolanıyordu. Gece boyunca onunla dans etmek, sohbet ederek tanımak isterdi, ama düğün başladığında birbirlerinden ayrı düştüler. Yine de genç kadın, Mert'in koyu ve keskin gözlerinin kendisini bir şekilde izlediğinin farkına varmıştı.

Gecenin sonunda, Mert vedalaşmak için yanına geldiğinde, genç kadını facebook'tan ekleyip ekleyemeyeceğini sormuştu. Bu, Gamze'nin arayıp da bulamadığı fırsat olabilirdi.

İlk günlerde, sıradan başlayan sohbetler, yerini kuvvetli bir çekime bırakmıştı. Zaten birbirlerini ekleyeli sadece bir hafta olmuştu. Genç kadın bu adama diğer kendisine özelden mesaj atan erkekleri baştan savdığı gibi davranamıyordu.

Mert:

Seni merak ediyorum. Her ne kadar Ali ile Merve seni bana anlatmış da olsalar, henüz seninle baş başa görüşmeden, sadece bana özel bir fotoğraf çekip yollamanı isterdim.

Gamze:

Ne kadar güzel bir fikir. Aslında ben de seni merak ediyorum. Senin hiç görünür bir resmin yok. Facebook üzerinden paylaştıkların çok az ve küçük. Neden böylesini tercih ettin?

Mert:

Ha ha ha ha, bu soruyu sorarak, beni geçiştiriyormuşsun gibi geliyor bana. Aslında sayfamı karıştırırsan birkaç adet bulabilirsin.

Gamze:

Ben de sadece senin için en yakın zamanda fotoğraf çekeceğim. Ama şu an için seninle bir oyun oynayalım, ne dersin?

Mert heyecanlanmıştı. Hevesle sordu:

Tabii, olabilir. Nasıl bir oyun?

Gamze kendi kendine gülümsedi. Kendini bir an için on yedi yaşında, utangaç bir kız gibi hissetmişti. Aynı zamanda genç adama belki de en güzel haliyle görünmek arzusundaydı. Çelişkili duygular vücudunu sarmış bile olsa, oyunu güzelleştirmeye hazırdı.

Senin aklında benimle ilgili bir imaj oluşmuştur mutlaka. Ben sana özel bir resim yollayana kadar, şu an gördüklerin üzerinden bir değerlendirme yapar mısın? Ben doğru veya yanlış diye seni düzeltirim. Bakalım beni doğru hissedebiliyor musun?

Mert heyecanlanmıştı. Gerçekten de kafasında genç kadınla ilgili bir imaj vardı, ama bunu söylemenin ne derece doğru olduğundan emin değildi. Aralarında oluşan enerjiyi bozmak istemiyordu. İlk yorumunu yaptı:

Ben nedense, senin çok şık bir giyim tarzın olduğunu düşünüyorum. Doğru mu?

Gamze:

Ooo, ne kadar güzel bir iltifat! Mutlu oldum, teşekkür ederim.

Mert:

Doğru bir tanım değil mi bu peki? Sadece iltifat olarak alma.

Gamze:

Zevkler ve renkler tartışılmazmış. Ama demek ki bizim tarzlarımız birbirine yakınmış.

Mert:

Galiba haklısın. Senin tam tarzını bilmiyorum ama tahmin ediyorum ki çok etkileyicidir. Hani sadece senin bildiğin, sana özel bir stil oluşturursun ya, sanki bu var sende.

Gamze:

Ne güzel tanımladın! Evet, sadece bana özel bir stilim var.

Mert sorularını daha da belirginleştirdi. Bu, genç kadınla, Gamze'nin sandığından daha fazla ilgili olduğunun göstergesiydi:

Hakikaten, şunu daha çok merak ediyorum şimdi; mesela beraber yurtdışına seyahate çıkmış olsaydık ve akşam birlikte yemeğe gidiyor olsaydık, nasıl bir tarza bürünürdün?

Gamze:

Hımmm... bu harika bir hayal! Benim muhakkak üzerimde ipekli bir şeyler olur. Mesela ipek bir gömlek ya da bluz. Deri pantolon ya da etek giymeyi de çok severim. Ya da basit bir blucin üzerine ipek bluz ve deri mont giyebilirim. Ama benimle ilgili minik bir sır vereyim mi sana? Ne giyersem giyeyim, muhakkak küçük, süslü bir detay eklerim. Ya simli bir cep, pullu bir yaka gibi...

Mert:

Görünür ya da görünmez detaylar... Hımmm... ne kadar güzel anlattın kendini. Sıra dışı bir kadın olma ihtimalin yüksek demek ki...

Gamze kendi kendine gülümsedi. Çok tatlı bir sohbet oluyordu. Mert'in ortalama erkeklerden çok daha detaycı ve ilgili olduğunu düşünüyordu:

Peki Avrupa'da hangi şehirde olmamızı isterdin?

Mert:

Ben Roma hayranıyım. Floransa da olabilir.

Gamze devam etti:

Biliyor musun? Ben henüz Roma'ya gitmedim. Ama Floransa'yı biliyorum. O küçük şehri sadece iki günlüğüne ziyaret etmiştim.

Mert:

Roma'yı henüz görmediysen çok şey kaçırdın demektir.

Gamze:

Olabilir. Bir gün mutlaka gideceğim.

Mert:

Peki Floransa için ne düşünüyorsun?

Gamze:

Floransa bana bağnazlıkla kurnazlığın, özgürlükle esaretin çarpıştığı bir yermiş gibi geldi. O zengin ve güçlü ailelerin sanata verdikleri önemle halka verdikleri zarar arasında nasıl bir bağ olduğunu anlamaya çalıştım. İki günlük gezmemin sonucunda bambaşka bir Gamze olarak geldim İstanbul'a...

Mert:

Hımmm... bana nasıl bir Gamze olduğunu anlatmalısın.

Gamze:

Ooo, memnuniyetle. Ne kadar hoş sorular soruyorsun bana. Seninle sohbet etmek bir harika. Ama şimdi benim uyumam lazım. İstersen bunu daha geniş bir zamanda anlatayım. Şimdilik iyi geceler diliyorum.

Mert:

Beni yarım bıraktın ama peki, öyle olsun. İyi geceler.

Bir İlişkinin Başlangıç Dönemi

Şimdi hayal et.

Çok hoşlandığın biriyle tanıştın. Hatta ilk görüşmede her ikiniz de birbirinizden elektrik aldınız. O gün kelimenin tam anlamıyla bir harikaydı. Uçarak eve geldin. şimdi ne yapmalısın?

Manyetik alandaki enerji iplerinin lehine çalışmasını istiyorsan, şu kurallara dikkat etmelisin:

1. Hemen en yakın arkadaşını arayarak, olan biteni anlatmamalısın. Onun kendine ait korkularını sana empoze etme riski var. İlk buluşmadaki yüksek cinsel enerji, her ikinize de çok büyük bir hayat enerjisi aşıladı. Bunu çevrene yansıt, ama yaşadıklarını hemen anlatma. Çünkü sen anlattıkça, çekim merkezi olmanı sağlayacak cinsel enerji gücün de dağılacaktır.

2. Hoşuna giden tüm olayları, bir günlük defteri tutarak yazmaya başla. İyi olanları tut. Kötü olayları ise yazdıktan sonra yırtarak çöpe at.

3. Onunla yeniden böyle güzel bir şeyler yaşamak istediğin zaman, defterindeki güzel anıları yeniden oku. Onların duygusu ve cinsel enerjisi hâlâ manyetik alandaki ağın içinde bir yerlerde duruyor. Biliyorsun, enerji asla yok olmaz, sadece form değiştirir. O duygunun, coşkunun, heyecanın içine girerek adeta yeniden yaşa ve bu kez "Tüm bu güzellikleri yeniden ve devamıyla yaşamaya hazırım" diyerek mutlu ol. Sakın özlem ya da kendine acıma duygularına sapma.

Özetle, beklentini yönetmelisin.

Dikkatini çekiyor mu?

Hoşlandığın kişinin beklentisini *değil*, kendi beklentini yönetiyorsun.

Aksi takdirde hâlâ birinci seviyede kalmış olursun.

Danışanla Sohbet – Beklentileri Kesmek

Ayşe: Beklentilerimi nasıl geri çekerim ki? Beklentilerim var maalesef. Onunla sevgili olmak, bire bir ilişki kurmak, ortak bir hayatın içerisinde olmak gibi bir sürü hayalim var. Nasıl geri çekeceğim bunları şimdi?

Seda: Neden oluştu Ayşe'ciğim?

Ayşe: Çünkü ihtiyaçlarım bunlar.

Seda: Haklısın, bunlar senin ihtiyacın olabilir, ama bu adam sana bunları sağlayacağını söyledi mi?

Ayşe: Hayır.

Seda: İleride yapacağının sözünü mü verdi?

Ayşe: Hayır.

Seda: İmasını mı etti?

Ayşe: Hayır.

Seda: Hımmm... o zaman bunları beklemeyeceksin bir tanem. Bu yanlış.

Ayşe: Ama ben bunları yaşayacağımızı varsaydım.

Seda: Haklı olabilirsin. Normalde her kadın hoşlandığı erkekle bunları yaşamak ister. Ama varsayım yapmak çok yanlıştır. Gerçeklerle varsayımlar arasındaki farkı ayırt edip, beklentilerimizi ona göre daha küçük şekillendirmek zorundayız. Kadının klas olanı, iyisi, güçlüsü de budur. Güçlü kadın olmak demek, varsayımla hareket etmeksizin, gerçek olanı, sadece verileni alıp, buradan problem çıkartmamak demektir.

Bırak bir gün o sana gelsin. "Lütfen senin hayatına girmeme izin ver" diye o sana ısrar etsin. "Sen öyle bir kadınsın ki, senin yanında olabilmek için, hayatının her alanıyla ilgilenmek istiyorum" demeli.

Ayşe: Pekâlâ, varsayımda bulunmayacağım. Başka?

Seda: Hayal de kurmayacaksın. Gelecekte olmasını istediğin şeyleri değil, sadece yaşadıklarınızı hayal edebilirsin. Yeniden yaşayabilir, duygusunu hatırlayabilirsin. Ama hepsi bu kadar.

Ayşe: Anlıyorum.

Seda: Unutma, hayal kurması gereken o. Yani sen ona hayal kurdurmalısın ki seni daha çok düşünsün. Kim daha çok hayal kurarsa, o daha çok duygu hissetmeye başlar. Sen hem kendin hayal kurup, ona kurdurtmuyorsun, hem de neden ben ona âşık kaldım ama o bana duygu beslemiyor diye soruyorsun.

Ayşe: Konunun en önemli vurgusu, bence beklenti.

Seda: Evet öyle. Erkek de bir kadını beklentiye bilerek ve isteyerek sokup, sonra onu gerçekleştirmediğinde, haksız olur. O kadına manevi olarak borçlanır. Daha sonra vebalini ödemek zorunda kalır.

Ayşe: Peki ama var olan oluşmuş beklentiyi nasıl kesebilirim?

Seda: Bunu ancak kısa vadeli, bilinçli olarak acı çekmeyi göze alarak başarabilirsin. Kendine belki de bir hafta kadar süre tanıyacaksın. O süre içinde, yaşama özlemi çektiğin şey her ne ise, önce topraklanacaksın.

Ayşe: *Duygu Simyacısı*'nda anlattığın topraklama tekniğini uygulayayım, değil mi?

Seda: Evet, o tekniği uygulamalısın. (Kitabın sonunda bulabilirsiniz.) Gerçekleşmeyecek bir beklentiye girdiğinde, bundan kurtulmanın bedeli biraz ağlamaktır. Ama topraklamayı ve teslimiyet tekniğini kullanırsan, acı çekme süren çok kısalır. Beklentilerinden vazgeçmeye çalıştığında, neye kabul veremediğini, ancak topraklamayı bitirdikten sonra anlayabilirsin. Kabul veremediğin şeyi bul. Kabul verdiğinde çok acı çekeceğini bildiğin için, bazı taktikler geliştirirsin. Bu taktiklerini de fark edip fişini çekmelisin. Teslimiyete gir ve acı çek.

Önden bu çalışmaları yapmadan, beklentilerinden vazgeçmeden acı çekersen, acın çok uzun sürer, hayatında hiçbir şey değişmez. Hatta o erkeğe karşı öfke, nefret, intikam duyguları beslersin. Affedemezsin. Bu da sana pahalıya mal olur. Çünkü bu sefer yeniden âşık olmak, sevmek ve hayatına daha iyi birini çekme kabiliyetini yok edersin. Beklentini kesmediğin erkekle uğraşır, etrafta daha iyi birisi yok ki diye düşünerek üzülüp durursun. Bu bir esaret gibidir. Buradan çıkmak için, kötü duygularından kurtulmak zorundasın.

Ama söylediğim çalışmayı yaparsan, içinden geçeceğin acı, yüksek dozlu ama kısa süreli olacaktır. Belki de bir iki gün boyunca birer ikişer saatlik acılar hissedip, sonra muhteşem bir özgürlüğe ulaşacaksın. Beklentin de kendiliğinden, doğal olarak bitecek.

Kendi hayat enerjini sadece kendinde toplayacaksın. Otomatik olarak yeniden bir çekim merkezi haline geleceksin. Hiç kimse senin enerjini çalıp vampirleşemeyecek.

Savunma mekanizmalarını, taktiklerini, öfken, intikam duygun, alınganlığın, küskünlüğün yüzünden her ne tepki veriyorsan, bunları tam olarak yapmayı kesmen gerekiyor. Kesmediğin müddetçe kısa vadeli rahatlarsın ama yine hayatına birisi giremez. Eğer kesebilirsen, o zaman beklentin tamamen geçer ve iç huzurun, sevgi dolu hislerin, coşkun, mutluluk hissin yerine gelir.

Sadece hoşlandığın erkeğin sana çizdiği çerçevenin içindeysen, hayal kurabilirsin.

Ayşe: Ama bana kahve içelim birlikte diye bir teklifte bulundu. Sonra bir daha beni davet bile etmedi. Hiçbir şey yazmadı. Şimdiye dek başka şehirlerde yaşıyorduk. Ama artık benim bulunduğum şehre taşındı. Bunu da mı beklemeyeyim?

Seda: Kahve davetini beklemekte haklısın. Ama sürekli endişe ederek değil. Bilmen gereken şey şu: Gerçekten söz verdiği ama tutmadığı için oluşan beklentilerin için sen acı çekersen, sana borçlanmış olur. Bu yüzden sen onu kafandan atıp huzura kavuştuğun an, seni arayacak, mutlaka mesaj atacaktır. Bu, *ilahi adaletin* işleme şeklidir.

Eğer huzura kavuşup davet etmesini beklemeyi unutamıyorsan, yine sana anlattığım beklentini kesme tekniğini topraklanmaktan başlayarak uygulayabilirsin. Hemen seninle irtibata geçtiğini görebilirsin.

Ayşe: Peki şöyle bir ihtimal yok mu? Beklentimi kestim ama beni hiç aramadı.

Seda: Olabilir. Ama çok küçük bir ihtimal. Bundan endişelenme. Sen sadece bir hafta süre tanı. Duygusal çalışmanı bitirip huzura erdikten sonra bir hafta. Hâlâ ses yoksa sen ona "Nasılsın? Ses versene özledim" diye bir mesaj atabilirsin. Ama bir sitem, soğukluk, öfke, alınganlık taşımamalı ve ona da yansıtmamalısın.

Ayşe: Peki buna da cevap vermezse tamamen onu unutmalı mıyım?

Seda: Evet. Böyle bir durum, ondan vazgeçmeni gerektirir. Sen *ilahi* olarak da elinden gelen her şeyi yapmış oldun. Hâlâ ondan bir yanıt alamadıysan, bu artık başka birinin özgür iradesine aykırı davranmak demektir. Bırakmalı ve unutmalısın. Yoksa sen takıntılı kalırsın. Oysaki özgür kalmalısın. Hoşlandığın erkeğin de duyguları ve seçimlerine saygı duymalısın. Aksi takdirde, manipülasyon yapıyor hale gelirsin. Sen onun adına, "Biz bunları yaşarsak çok güzel olur, öyleyse yaşayalım" diyerek, onu bir şeyler yaşamaya zorlayamazsın.

Gamze ve Mert – 25 Nisan 2015

Oyun Kurmak

Bir cumartesi öğleden sonra yapacak bir şey bulamaması ilginçti. Sabahtan Bebek'teki kuaförüne giderek, saçlarına bakım yaptırmış, bedenini şımartmak için çeşitli kremler satın almıştı. Bu hafta sonunu sadece kendine ayırmalıydı. Çalışmaktan bitap düşerek evine döndüğü her akşamın inadına, bugün dinlenecek ve hayatı yavaşlatacaktı.

Oysa yavaş bir hayat, hiçbir zaman genç kadına göre olmamıştı. Soğuk nisan güneşinin bedenini ürpertmesine aldırmadan kuaför çıkışında güzel bir kafeye giderek kendine ziyafet çekmişti. Yapacak fazla bir şey bulamaması ne kadar da ilginçti. Kendi kendine gülümsedi.

"Demek ki Merve hayatımda çok fazla yer kaplıyormuş" diye düşündü.

Yemek sonrasında arabasıyla küçük bir sahil turu atarak evine döndüğünde, saat henüz hâlâ üç buçuktu. Tatlı bir gerginlik hissine bürünen midesine aldırış etmeden yatağının üzerine yüzükoyun uzandı. Mert ile sohbet etmeye başladıklarından bu yana, genç adamın arada sırada attığı kısa mesajlar bile hoşuna gidiyor, onları tekrar tekrar dinlemeye bayılıyordu.

Eline telefonunu aldığında, genç adamdan yeni bir mesaj geldiğini gördü. Yüzü memnun olduğunu gösteren bir gülücükle aydınlandı.

Mert:

Eğer bu hafta iş için yurtdışına çıkacak olmasaydım, seni sinemaya davet ederdim.

Gamze ne düşüneceğini bilemiyordu. Genç adam kendisiyle yüz yüze gelmek için hiç de acele etmiyordu. Konuşabilecekleri her şeyi facebook üzerinden birbirlerine anlatıp, gerçek buluşma heyecanını kaybetmeyi ise hiç mi hiç istemiyordu. Bundan korkuyordu. Bu yüzden kendi hayatını, işini, ailesini, okuduğu okulları ona anlatmak ya da sormak yerine, sohbeti bir oyuna çevirmeye karar verdi.

Gamze:

Mımmm... bu çok hoşuma giderdi. Seninle film izlemek ve sonrasında birlikte yorumlamak harika olurdu bence.

Mert:

Bence de...

Gamze:

Öyleyse bu benim alacağım olsun.

Mert:

Tamam. Seni bu yaptığımız sohbetler sırasında tanımak da güzel.

Gamze, gerçek anlamda buluşmak yerine, internet aracılığıyla konuştuklarında sohbet konusu ne olursa olsun, alacakları zevkin yarı yarıya azalacağına emindi. Gel gelelim, genç adam buluşmayı ertelediğinden, birbirlerinden kopmamaları gerekiyordu. Şimdilik bu duruma müdahale edemiyordu. Öyleyse biraz heyecan katmak fena fikir olmazdı:

Bak ne diyeceğim, geçen gün benden özel bir resim istediğinde, benimle ilgili çok güzel tahminlerde bulunmuştun. Şimdi biraz daha farklı ve daha heyecanlı bir oyuna ne dersin?

Mert şaşırmıştı:

Çok değişik bir insansın. Sürekli oyun mu oynayacağız?

Gamze omuzlarını silkti:

Buluşamadığımıza göre, bakışlarının, ses tonunun, yakınlığının verebileceği heyecanı bana borçlusun.

Mert:

Ooo... heyecanlı olacak yani. Peki söyle bakalım, bu kez nasıl bir oyun var aklında?

Gamze:

Sadece oynayacaksan açıklarım. Cesaretin varsa yani...

Mert:

Evet var! Oynayabilirim. Bekliyorum.

Gamze:

Ne kadar güzel... Demek cesursun. Öyleyse kuralları açıklıyorum. Birbirimize beşer tane soru soracağız. Sorular, aklına gelebilecek her şey hakkında olabilir. Ama cevap veremeyen, soru sorma hakkını kaybeder. Oyunun sonunda, birbirimiz hakkında analiz yapacağız.

Mert:

Hımmm... ama ben zor sorarım, haberin olsun.

Gamze kendi kendine gülümsedi:

Kabul ediyorum. Ama dikkat et, ben de seni zorlayacağım.

Mert:

Oyun sahibi olarak ilk soruyu sen mi soracaksın?

Gamze gülümseme ikonları atarak devam etti:

Yoooo... :-) Bu benim icadım olduğuna göre, kuralları da ben koyarım. İlk soru senden gelecek.

Mert:

İtiraz hakkımı kullanıyorum. İlk soruyu sen soracaksın. Önce soru altında ezilmeyi yaşamalıyım.

Gamze ısrar ediyordu:

Ha ha ha ha, ama bu oyunda cesaret tam da burada lazım. Heyecansız oyunu neden oynayalım ki? Oyunbozan ne olacak. Cevabım hayır.

Mert:

Peki kabul, ilk ben sorayım. Ama üçkâğıt seziyorum burada. Sanki kaçacakmışsın gibi...

Gamze şaşırmıştı:

Yok canım, olur mu hiç öyle şey? Bunu da nereden çıkardın?

Mert:

Buna da peki öyleyse... İlk sorumu soruyorum. Hiç, herhangi bir ilişkinde, sevişmeden önce, Teoman'ın "Bazı Yalanlar" şarkısındaki gibi bir ruh haline girmiş miydin?

Gamze bir an için durakladı. Şarkının sözlerini aklından sessizce geçirdi:

Yorgun görünüyorsun, biraz uzan istersen
Sever gibi yapma artık
Daha henüz vakit varken
Birkaç yaralı ruh
Birkaç bira şişesi
Elimizde bunlar var
Mutlu olmaya yetmez ki

Birkaç uyku hapı
Birkaç kıskançlık krizi
Elimizde bunlar var
Mutlu olmaya yetmez ki

Bazı yalanlar güzel, bazı gerçekler acıymış
Bazı ölümler uzun, bütün hayaller kısaymış
Çalışmış, kaybetmiş, koşmuş, yorulmuştuk
Birbirimize içmeden dokunamaz olmuştuk
Birkaç kalp ağrısı, birkaç imdat çağrısı
Elimizde bunlar var, mutlu olmaya yetmez ki

Genç kadın tuhaf bir şekilde ürperdi. Kastettiği, bir erkekle içki içmeden birlikte olamayacak raddeye gelip gelmediği miydi? Yoksa mutlu ya da âşık olup olamadığını mı sorguluyordu? Her ikisi de, Gamze'ye hoşlandığı adam hakkında ipuçları veriyordu. Yoksa genç adamın kendisi mi aşkı ve arzuyu hissedemez olmuştu?

Eğer öyleyse, bu gerçekten çok üzücü bir durumdu. Genç kadın hem Mert hem de kendisi adına bir an için hayal kırıklığı hissetti. Eğer karşısında hayattan ve aşklardan yorgun düşmüş, heyecanlarını tüketmiş birisi varsa, işi çok zor demekti. Kendi şüphelerini, daha uygun bir zamanda yeniden ele almak üzere bir kenara bıraktı ve sorunun cevabını vermeye koyuldu:

Gerçekten de çok zor bir soru sordun. Ben bu kadar derin ve mahrem bir konuyu nasıl cevaplarım?

Mert zafer kazanmış bir tavırla gülümsedi:

Kendin kaşındın. Zor soracağımı söylemiştim.

Gamze hayıflandı:

Peki, tamam. Şimdi anlatıyorum.

Derin bir nefes alarak kısa bir süre düşündü. Sonra cesaretini toplayarak yazmaya koyuldu:

Evet, birbirimize içmeden dokunamaz olmuştuk kısmını bi-

raz yaşadım. Ama duruma katlanmak yerine, ilişkiyi bitirdim. Uzatmanın anlamı yoktu.

Mert: *Hımmm... bu konularda da cesursun bakıyorum.*

Gamze:

Evet, öyleyim. Eğer sevişiyorken ve her şey yolundayken içki içmeye başlıyorsan, bu fark ettirmeden sevişmenin kalitesini bozabiliyor. Çünkü içkiliyken, normalde cüret edemeyeceğin şeyleri yapma riskin artıyor. Özgürlük güzel ama, sonrasında pişmanlık da duyabilirsin. İşte ben pişman olmayı hiç sevmiyorum. Ve içe içe bir gün bir bakmışsın, o doğal elektriği kaybetmişsin.

Mert:

Peki teşekkür ederim. Gerçekten dolu bir cevap oldu. Şimdi sıra sana mı geçmiş oldu?

Gamze:

Evet... :-) Ama şimdi TV'de çoktandır beklediğim film başladı. Ne zaman müsait olursak devam edelim. Benim sorum da kolay olmayacak.

Mert:

Of, sen de oyunbozansın. Peki bekleyeceğim. İyi seyirler.

Hayatla Flört Etmek

Manyetik alandaki cinsel enerji ağının bir kuralı vardır. Kural şu:

Merkez *sen*'sin.

Öyleyse merkez olarak kalırsan, kuvvetli bir çekim gücüne de sahip olursun.

Peki, nasıl merkez kalacaksın?

Bu çok basit. Diyelim ki, gerçekten sevdiğin kişiyle harika bir zaman geçirdin. Her ikiniz de birbirinizdeki pozitif yanları gördünüz, bunları birbirinize duygunuzu geçirerek ifade ettiniz. Cevap aldınız. Derin muhabbet edebildiniz. Zamanın nasıl geçtiğini anlamadınız. Elbette birbirinize dokunmak için yanıp tutuştunuz, yani, aranızda kuvvetli bir elektrik oluştu.

Eve döndüğünde, manyetik alanındaki cinsel enerjiyi aktif tutman gerekir. Bunun için hoşlandığın kişiyle flört etmeye devam etmen bile gerekmiyor.

Cinsel elektrik şöyle çalışır:

1. Sen hayatına geri döner, hoşlandığın kişiyi düşünmeyi, onunla ilgili hayaller kurmayı bırakırsın. Zaten bu zevki, bir günlük defteri tutup, orada olan olayları yeni baştan yaşayıp duygusunu hissederek tatmıştın. Olanı düşünebilir, yeniden yaşayabilirsin. Özlemini bitirene kadar devam edebilirsin. Ama yeni beklentiler yaratacak hayaller kurmaktan kaçınmalısın. Bu senin tüm elektriğinin bedeninden dışarıya, hoşlandığın kişiye akmasına sebep olur. Merkez olmak isterken, tüm gücünü kaybedebilirsin.

2. Hayatında o an her kim varsa, bu annen olabilir, iş arkadaşların, dostların hatta varsa evladın olabilir, onunla ve hayatla flört etmeye, yani tüm oluşmuş hayat enerjini onlara akıtman gerekir. Bunu nasıl yapacaksın? Onları takdir ederek. Ama düz takdir değil, ifade biçiminde gözlerinden, mimiklerinden ve tüm beden dilinden hissettiğin hayranlık duygusu canlı canlı akacak.

3. O an yanında her kim varsa, ya da neyle uğraşıyorsan, varlığının yüzde yüzünü ona odaklayacak ve akıtacaksın. Cinsel enerjin, bu şekilde kalbe yükselerek hayat enerjisine dönüşecek. Hayat enerjin hem yanındakileri besleyecek, hem de senin bedenindeki kabı daha da dolduracak. Bu sana, görünmez bir ışık ve çekicilik sağlar. Deneyerek görmelisin. Ama bunu uygularken, asla hoşlandığın kişinin seni daha fazla beğenmesi için böyle davranmak gibi bir hırsa saplanmamalısın. O zaman enerjini kaçırmış, akımın terse işlemesini sağlamış olursun. Yani, her şey senin aleyhine işler.

Aslında çok da fazla hoşlanmadığın, kaybetme korkusu hissetmediğin kişilerin sürekli sana daha fazla bağlanmasına yol açan gerçek kaynak budur:

✔ Yani, manyetik alandaki merkez *sen* olduğun için.

✔ Dikkatinin yüzde yüzünü o anda yanında olanlara akıttığın için, cinsel enerjin kendinde kalır.

✔ Hayat enerjinle yanındakileri beslediğin için seninki de yükselir.

✔ Sen yanındakilere hayat enerjisi verdiğinde, flört ettiğinde, sevdiğin kişinin enerjisi sana çekilir. Çünkü artık güçlü bir merkez haline geldin. Ne zaman? Senin manyetik alandaki merkezin, onun merkezinin çekim gücünden fazla hale geldiğinde...

Merkez olduğunda, belki de kafanı taktığın kişi değil, çok daha cazip kişiler de sana gelecek, ışığını ve çekiciliğini fark etmeye başlayacaktır. Sadece sevgi vermek değil, bu kez almaya da başlayacaksın.

Annenle Bile Merkez Yaratabilirsin

Bir gün önemli bir şirketin üst düzey çalışanları ile söyleşi yapıyordum.

"İnsanın merkezi her zaman kendisi olmalıdır" dediğimde vermek istediğim mesajı belki beni dinleyen 100 kişi 100 farklı şekilde algıladı. Bunun üzerine bir örnek vermek istedim.

Farz edelim, annemle kahve içmek için buluşacağız. Ama benim aklım eşimde. Seyahate çıkmış ve orada benim arkamdan ne işler çevireceğini bilemiyorum. Kendimi endişeye kaptırırsam, annemle buluştuğumda varlığımın yüzde yüzünü ondan esirgemiş olurum. Elbette, kendi hayat enerjimin büyük bir miktarını eşime kaptırmış olur ve onun çekiciliğinin, ışığının daha da artmasına sebep olurum.

Annem aslında çok canlı bir kadındır. Yemyeşil gözleri, gülerek, neşeli bir ruh halinde sohbet ettiğinde gerçekten daha belirginleşir ve ona yetmiş yaşının üzerinde bile farklı bir çekicilik katar. Ama kendine acıdığı, hayata küstüğü dönemlerde ise aynı gözlerin içlerine bakmak bile zordur. Karanlık ve saldırgan bir ifade gelip oturur.

Annemi o yeşil gözlerinin etrafına çektiği kalemin verdiği belirginlik ve rengini destekleyen yeşil ipek fular, onu boynunda şık bir şekilde tutturan zarif broş ile hayal edin. Onu o haliyle gördüğümde, eğer sakin ve sıradan bir ses tonuyla, "Anneciğim bu fular sana çok yakışmış. Güzel olmuşsun" dersem, bu onun hayat enerjisine çok fazla katkı sağlamaz. Çünkü içinde duygu ve elektrik yok. Duygu, enerjiye ivme veren en önemli araçtır.

Ama şu şekilde söylersem, işler tamamen değişir: Tüm bedenim, zihnim ve varlığımla onun gözlerine bakıp, "Hiii, anneee! Ne kadar güzel olmuşsun. Dön bakayım sana şöyle. Mımmm... bayıldım. Harika görünüyorsun bugün. Hadi gel seninle bir kahve içelim de annem olduğun için gurur duyayım seninle" dersem.

İşte bu, başka bir elektrik yayar. Hem anneme hem de bana hayat enerjisi akıtır ve ikimizi birden yükseltir. Bu durumda annemle de flört etmiş oluyorum. Cinsel enerjimi hayat enerjisine çevirmiş ve her ikimizi birden mutlu etmiş oluyorum. Hatta annemin bana sevgisini akıtması için zemin hazırlıyor, daha da önemlisi, hayatımın merkezi haline gelip, eşimin de bana görünmez manyetik bağlarla daha fazla çekilmesini sağlıyorum.

Dikkatini çekti mi?

Eşimin beni düşünüp daha fazla bağlanması için, illa ki sürekli onunla flört ve yazışma halinde olmam gerekmiyor. Ama flörtün diğer tüm prensiplerini yerine getiriyor olmalıyım.

Şirket çalışanları bu söyleşi sırasında sessizleştiler. Belli ki kendi hayatlarındaki bazı olayları, verdiğim bilgilerle kıyaslıyorlardı. Gözleri uzaklara dalıp gitmiş gibiydi. Hemen bir kahve molası verdim. Kendime de güzel bir kahve ve bir bardak soğuk su alarak keyif yapmaya başladım.

Beş dakika içinde yanıma genç bir kadın geldi. Hafif balıketinde, kumral saçlı, işyerinde resmi giyimiyle çok fazla ortaya çıkmaya çalışmadığı belli olan bir kadındı. Ama güldüğünde dişleri ve gözleri adeta gizemli bir ışık saçıyordu. İşte ben en çok bu ışığın çekici olduğunu bildiğimden, genç kadına hayran kaldım. Zaten bana yaptığı kısa konuşma da bunu kanıtlar gibiydi:

"Seda Hanım, biraz önce anlattıklarınızı kendi hayatımda nasıl deneyimlediğimi fark ettim. Ben öyle şirkette en güzel, en popüler, en seksi kadın olmaya aday değilim. Ama bu ofiste çalışmaya başladığım ilk günden beri, pek çok kişi günün çeşitli zamanlarında yanıma uğrar. Çay içeriz, sohbet ederiz. Birisi değişik bir kıyafet giyse, saç stilini değiştirse, hemen bana gösterir, önümde minik bir gösteri yapar, şöyle bir döner. Her zaman kısmetim bol olmuştur. Hem parasal açıdan bereketim vardır, hem de en hoş erkekler muhakkak bana ilgi göstermişlerdir. Sebebini bugüne dek merak ediyordum. Ama şimdi çok iyi anladım. Ben tam sizin söylediğiniz gibi hayatla, iş arkadaşlarımla tüm elektriğimi kullanarak konuşurum. Duygularımı belli ederim ve insanların olumlu yanlarını görür onları takdir ederim. Bize bu bilgiyi verdiğiniz ve farkındalığımızı geliştirdiğiniz için teşekkür ederiz."

Takdir Etmek Aşkı Canlandırır

Yıllar önceydi. Eşim iş değişikliği yapma kararı almıştı. Bu, bizim ailemiz için parasal bir risk almak anlamına geliyordu. Çünkü yıllarını verdiği bir başka şirketten ayrılmış, kendi elleriyle kuracağı başka bir şirkette görev almaya başlayacaktı. Aradaki kuruluş aşamasında, öyle bir dönem geldi ki, hem kendisi hem de ekip olarak çalışacağı anahtar kişilerle, bu şirketin yurtdışındaki sahibi olan aile arasında anlaşmazlık doğdu. Bir akşam eşim eve geldi ve bana, "Seda, belki de şirket hiç kurulmayabilir. O zaman başka iş ararım" dedi.

İçimde bir burukluk oluşmuştu. Ama sesimi çıkarmadım. Bunu söylerken bir bildiği vardı elbette. Eşimin para sahibi aile ile birlikte çalışacağı ekibin arasındaki ilişkiyi doğru yöneterek sorunu çözmesi gerekiyordu. Benim için bu son derece zor ve ilginç bir durumdu. Ne de olsa, ailedeki ilişki uzmanı bendim. Eşime söyleyebileceğim pek çok fikrim vardı. Ama bunların hiçbirini söylemedim.

Eşim ise benim içimde kopan fırtınalardan habersiz, olan biteni arada sırada bana anlatıyordu. Sessiz kaldım. Bir hafta sonu, hayatımızdaki belirsizlik devam ederken, bir AVM'ye giderek kafamızı dağıtmak istedik. Yolda yürürken eşim bana yeniden döndü ve sordu:

"Problemler bitmedi, ama istersen sana son durumu anlatayım."

Koridorun ortasında durdum. Başımı kaldırarak, benden tam 27 santim uzun olan eşimin yüzüne baktım ve şöyle söyledim:

"Ömer'ciğim, benim endişelenmeme gerek var mı sence?"

Ömer o güne dek yüzünde hiç rastlamadığım bir şefkat ve sevecenlikle bana eğildi. Başımı göğsüne yasladı ve saçlarımı okşamaya başladı.

"Sen hiç merak etme bir tanem. Ben hallederim. Senin endişelenmene gerek yok."

Göğsü öylesine güzeldi ki, o kollardan yayılan özgüven ve cesareti hissedebiliyordum. Bunu ona, kendimi tam anlamıyla teslim ederek ben vermiştim. Mırıldandım.

"Öyleyse sakın anlatma Ömer'ciğim. Bilmek istemiyorum. Durum sonuçlandığında anlatırsın."

Aradan üç hafta geçti. Gerçekten de eşim ne yapıp etmiş, durumu idare etmişti. Her şey yoluna girdikten sonra, küçük bir kutlama yaptık ve hayatımız eski huzuruna kavuştu. Ama ben Ömer'in en derinlerde bir yerde, ne kadar başarılı, insan ilişkilerinde arabuluculuk vasfının ne kadar gelişkin olduğunu yeni fark ediyordum.

Bir insan, sevdiği partnerinin en derinindeki güzellikleri görmeli ve bunu ona dillendirmelidir. Hatta takdirini düz bir şekilde değil, cinsel enerjisini kullanarak, hayat enerjisini ona geçirerek yapmalıdır.

Ona herkes iltifat edebilir. Kaşı gözü güzel, yakışıklı olabilir. Herkesin görebildiği ve hayran olduğu özelliklerin takdir edilmesi, seni özel kılmaz. Ama herkesten daha derinindekini görebilirsen, işte bu seni iki adım öne çıkartacaktır.

Bir akşam evde televizyon seyrediyorduk. O kanepede uzanmış maça bakarken, ben de koltuğumda kıvrılmış uyumak üzereydim. Sonunda pes ederek yatmaya karar verdim. Üstelik üzerimde hiç de seksi kıyafetler yoktu. Gayet eski rahat bir pijama, gözümde miyop gözlüklerim, saçımda kocaman bir tokayla yanına gittim.

"Ömer'ciğim, artık yatalım mı?"

Doğal olarak bana şöyle söyledi:

"Sen yat canım, ben maç bitince yanına geleceğim."

Durakladım. Sonra kafamı salladım.

"Peki canım. Ama sana bir şey söylemek istiyorum. İşindeki problemi öylesine güzel ve rahatlıkla hallettin ki, öylesine usta olduğunu bana gösterdin ki, şu an sana çok daha fazla güveniyorum. Bunu bilmeni istedim."

Bunu söylerken ses tonum da duygusallığımı yansıtıyordu. Gözlerim onun gözlerinin içindeydi. Yüz ifadesinden çok mutlu olduğunu okuyabiliyordum. Devam ettim.

"Yanıma geldiğinde eğer uyumuşsam beni uyandırır mısın? Başımı omzuna almanı, saçlarımı okşamanı istiyorum. Şöyle sırtımı sana yaslayayım ve beni öyle bir daha uyut Ömer'ciğim. Sana olan güvenim ve huzurumun keyfini çıkarayım."

Ömer derhal ayağa kalkarak televizyonu kapattı.

"Öyleyse şimdi geliyorum."

Bu, sevdiklerinizi nasıl takdir etmeniz gerektiğine dair bir ipucu vermelidir. Sevdiğinizin, herkesin göremeyeceği, en derinindeki güzellikleri keşfedin ve bu şekilde dillendirin. Sonuçlarını seveceksiniz.

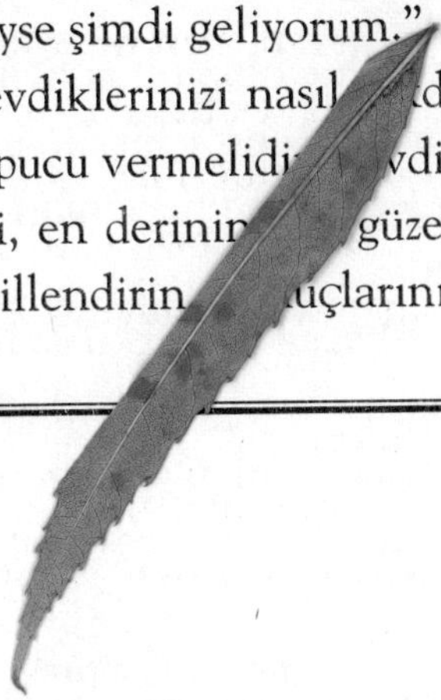

Gamze ve Mert – 26 Nisan 2015, 01.00

Soru-Cevap Oyunu ve Takdir Etmek

Gamze, genç adamın online olup olmadığına bakmadı bile. İzlediği film sona ermişti. Mert'e bir mesaj yollamaya karar verdi. Cevabı için kendisine ne zaman döneceğini dert etmeden şunları yazdı:

Film bence çok güzeldi. Senin de ilgini çekebilir diye düşünüyorum. İzlemeni tavsiye ederim. Ben şu an hâlâ etkisindeyim.

Gönlündeki rahatlığın ve hemen cevap alamasa bile önemsemeyişinin aksine, genç adam beş dakika sonra yanıtlamıştı:

Peki, aklıma yazdım. Boş bir anımda izlerim.

Gamze onun varlığından güç alarak oyunu yeniden başlatmayı denedi:

Eğer müsaitsen sorumu sormak isterim.

Mert:

Tabii ki...

Gamze haince sırıttı. Heyecan, zevk ve onu zorlamanın verdiği tatmin yüzünden adeta okunuyordu:

Hayatındaki en büyük sır nedir? Kimseye anlatamadığın sırrını şimdi benimle paylaşmanı istiyorum.

Mert hemen yanıtlayamamıştı. Soru ağır gelmiş olmalıydı:

Evet çok önemli bir sırrım var.

Mesajın gerisi gelmiyordu. Gamze soluğunu tutmuş bekliyordu. Genç adam devam etti:

Ama bunu sana söyleyemem. Hayatta sadece iki kişi biliyor. Biri babam, diğeri de çok yakın bir dostum.

Gamze bozulmuştu:

Ama seninki düpedüz oyunbozanlık. Oyunun kurallarını hatırla. Cevap veremeyen soru sorma hakkını kaybeder demiştik.

Mert:

Bunu bir sır değil de, gizli kalması gereken bir zorunluluk gibi düşün. Benden ziyade, o arkadaşım hakkında... Bakarsın uygun bir zamanda söyleyiveririm. Ama bunu asla yazılı olarak yapamam. Yüz yüze gelmemizi beklemelisin.

Gamze'nin hevesi biraz kırılmıştı, ama yine de aldırış etmeden devam kararı aldı:

Pekâlâ, sen soru hakkını kaybettin. Şimdi ikinciyi soruyorum.

Mert:

Hazırım.

Gamze:

Hayatta en çok neyi yapmak isterdin, ama yapamadın? İçinde ukde kalan en büyük şeyi bilmek istiyorum.

Genç adam bu kez hiç düşünmeden yanıtlamıştı:

Tanıdığım, tanımadığım, ama para sıkıntısı olduğunu bildiğim insanların, aynı gün borçlarını habersiz kapatma dileğim var. Henüz o kadar yüksek bir hayır yapamadım. Ama küçük meblağlarda yardımlar yapmışlığım var. Bundan zevk alıyorum.

Gamze çok şaşırmıştı şimdi. Kalbi neredeyse bir güneş gibi ısınıyordu:

Çok tatlısın... Senin hiç kendi borcun olmaz mı?

Mert zekice yanıtladı:

Olur tabii. Mesela az önce en büyük sırrımı sana verme borcum oluştu.

Gamze:

Ha ha ha ha, tahsil edeceğimden emin olabilirsin.

Mert:

Peki, borcum borç... Öyleyse ben de ikinci sorumu sorabilirim. Hayatın boyunca en inanılmaz tabir ettiğin günde neler yaşadın?

Gamze heyecanlanmıştı. Aslında cesur bir kadın olarak pek çok inanılmaz olay anlatabilirdi. Ama hangisi genç adama çekici gelirdi acaba:

Bu, içimdeki hangi Gamze'ye sorduğuna bağlı olarak değişir. İnanılmaz diyebileceğim pek çok şey yaşamış olabilirim.

Mert:

Offf! Bu çok heyecan verici. Ben senin içindeki tüm Gamze'leri dinlemek istiyorum şimdi.

Gamze:

Ha ha ha ha, çok tatlısın. Teşekkür ederim. Ben sadece bir tanesini anlatacağım. Bundan iki yıl önce, birisi bana tantra eğitimini önermişti. Ve ben yurtdışına giderek böyle bir grup eğitimine katıldım. Bana kalırsa hayatımdaki en inanılmaz gün, orada geçirdiğimdi.

Mert:

Tantra mı? Ben hiç eğitimine katılmamakla birlikte, ne olduğunu duymuştum. Şimdi bana çok daha ilginç geldin. Merak ediyorum.

Gamze:

Olanların hepsini sana anlatmam imkânsız. Ama uygula-

mak bana çok zor geldi. Zaman içinde öğrendiklerimi denedim ancak başarılı olduğum söylenemez.

Mert:

Peki hiç mi olağanüstü bir deneyim yaşamadın?

Gamze:

Evet yaşadım. Ama bunu sana anlatmak beni utandırıyor.

Mert:

Utanman çok güzel. Sana yakışıyor. Ama bence senin gibi cesur bir kadın bana her şeyi anlatabilir.

Gamze gülümsedi:

:-) Dur, beni dolduruşa getirme! Sadece şunu söyleyebilirim ki, bir kez kundalini meditasyonu denerken, kendimi müthiş yüksek bir hazzın içinde buldum. Öylesine uçuyordum ki, başım dönüyor, etraftaki objeler adeta yok oluyordu. Ayağa kalksam, düşebilirdim. Ve bu haz, yaklaşık yarım saat kadar sürmüştü. O olaydan sonra, belki de sıradan ilişkileri beğenmez oldum ve hayatımda daha seçici olmak zorunda kaldım. Zaten seçiciydim ama, çok daha özenli, daha yüksek kalitede ilişkiler arar oldum.

Mert:

Bu anı çok güzelmiş.

Beklediğinden daha kuru bir yanıt almak, Gamze'yi şaşırtmıştı. Yine de sesini çıkarmadı.

Mert:

Hadi şimdi sıra sende.

Gamze:

Hayatındaki en büyük korku nedir?

Mert:

Bir zamanlar bir psikiyatr ile görüşmüştüm. Orada fark ettim ki, çocukluğumdan beri annemle babamdan birine kötü bir şeyler olur ya da ölürler diye hep korkmuşum. Eğer şimdiki hayatımı soruyorsan, gerçekten de hiçbir şeyden korkmuyorum. Ciddi anlamda beni korkutabilen bir şey yok.

Bu cevap Gamze'ye gerçekdışı gibi gelmişti. Korkusuz olmak demek, neredeyse *ermek* gibi bir şeydi. Ama ısrarcı olmak istemiyor, genç adamın korkmadığını düşünmesini değiştirecek kadar ileri gidemeyeceğini biliyordu.

Mert:

Seninkiler kolay oluyor. Benimkiler fazla zor kaçtı. Derecesini düşüreyim.

Gamze tam itiraz edecekken Mert soruyu sordu:

Kıskançlık. Ne ifade ediyor senin için? Hiç, birisini çok kıskandığın bir an oldu mu?

Bu soru Gamze'yi şaşırtmıştı. Bir an için canı sıkılır gibi oldu. Kıskançlık sorusunu soran biri, muhakkak çok derinlerde bir yerde kendisi de öyle hissediyor olabilirdi. Fazla detaya girmeden, bu soruyu yanıtladı:

Evet oldu. Normalde çok da kıskanç biri değilimdir. Ama öyle bir olay oldu ki, zıvanadan çıktım.

Mert:

Olayı söyleyecek misin?

Gamze:

Yok, olayı söylemeyeyim. Ama zıvanadan çıktığımda neler yaptığımı öğrenmek istersen, anlatayım. Avazım çıktığı kadar bağırdığımı, isyan ettiğimi, hatta olayları engelleyebilmek ve kontrol altına alabilmek için epeyce tehdit savurduğumu hayal meyal hatırlıyorum.

Mert:

İlginçmiş! Seni bu kadar çığırından çıkaracak nasıl bir olay olabilir?

Gamze:

Ha ha ha ha, beni öyle hayal bile edemezsin. Aynı ofiste çalıştığımız bir erkekle flört ediyorduk. O erkeğin bölümünde çalışan bir başka kadın arkadaşımız da onu baştan çıkartmaya çalışıyordu. Kadın bunu bile bile yaptı, çünkü aslında o adamın benimle ilgilendiğinin farkındaydı. Uzatmayayım, adam bana bir gün, o kızı övmeye kalkışınca, kendimi kaybettim.

Mert:

Aman, iki kadının arasına bir erkek olarak asla girilmemeli! Arkadaşın bunu öğrenememiş galiba.

Gamze:

Galiba :-)

Mert:

Peki, sıra sende.

Gamze:

Tamam. Söyle bakalım, hayatta asla kabul edemeyeceğin şey nedir?

Mert:

Neredeyse 20-25 yıldır uğraştığım ama asla kabul veremediğim şey, insanların sahip olmaları gereken özgürlüğünün farkında olamaması. Buna sahip çıkmaması. Keşke bunu herkese öğretebilseydim.

Gamze'nin kafası, her soru ve cevaptan sonra bir kez daha karışıyordu. Satır aralarında okudukları, genç kadını ürkütebilirdi. Acaba kıskanç bir adam mıydı? Ya da sadist mazoşist oyunları seven, eli kırbaçlı bir zorba mı? Yoksa, yufka yürekli, mazlumlara yardım etmekten zevk alan, modern bir Süpermen mi? Bilemiyordu. Kesin olan bir şey vardı ki, Mert gitgide genç kadına, daha çekici geliyordu.

Mert:

Peki, sıra bende... Bir iç çamaşırı mağazasına girseydin, ilk ne dikkatini çekerdi? Bir restorana gitsen, mönüde ilk neye bakarsın?

Gamze:

Bu ikisi çok farklı şeylermiş gibi geldi bana. İç çamaşırı mağazasına yurtdışında gidersem, hayal gücümü çalıştıracak, farklı ürünlere bakardım. Örneğin bir fantezi oyun kostümü gibi... Türkiye'de ise sadece kendi bedenime uyanları bulur çıkarım. Restorana gidersem, mönüde ne var diye bakmaktan ziyade, vücudum ne istiyor diye kendime sorar, sonra o kategorideki en sıra dışı yemeği ısmarlardım.

Mert:

Peki teşekkür ederim. Sorumu alabilirim.

Gamze, genç adamın böyle seksi sorular sorduktan sonra, cevapları hakkında fazla yorumda bulunmamaya özen gösterdiğini fark etti. Sesini çıkarmadan sorusunu sordu:

Bugüne dek maddi değil ama manevi olarak birine verdiğin en önemli hediye neydi?

Mert:

Hayatını verdim birisine.

Gamze:

Ne?

Mert:

Şimdi detaylarını vermeyeyim. Birisine gerçekten hayatını verdim.

Gamze:

Kan mı verdin mesela?

Mert beklenmedik bir aceleyle oyunu sonlandırdı:

Hadi şimdi hazırsan yorumlara geçelim mi?

Gamze tatmin olmamıştı. Neden sanki genç adam sürekli gizemli bir alan bırakmak zorundaydı ki? Hınzırca kendi gündemini araya yerleştirdi:

Elbette. Burada ilk sırayı ben alıyorum. Bakalım sen beni nasıl analiz edeceksin? Eğer yeterince derin ve doğru analiz yapabilirsen, bir sonraki oyunumuz çok daha heyecanlı ve seksi olabilir.

Mert:

Meraklandırıyorsun beni. O seksi tarafa geçebilmek için elimden geleni yapacağım.

Gamze istediği ilgiyi aldıktan sonra yorumuna başladı:

Bir kere gözlerim kamaştı, çünkü manevi değerlerin çok yüksek. Senin gibi insanlar çok az. İyi ki varsın. Kim bilir kaç kişiye iyiliklerin dokunmuştur.

İkincisi, hayatında en çok önemsediğin şey, özgürlüğün olmalı. Başkalarınınkini bu denli dert ettiğine göre, kendininkine çok fazla önem veriyorsundur. Ama oldukça kontrolcü bir yapıya sahip olduğunu da düşünüyorum.

Bu tip insanlar, özgür kalabilmek için radikal şeyler yapabilirler, ama bir o kadar da yalnızlık çekerler. Nereden mi biliyorum? Elbette ki kendimden...

Yargılayıcı bir tip de olabilirsin. Suçlayıcı bir kişiliğin var sanki. Aynı zamanda da büyük bir cezacı... ne dersin?

Mert:

Birçok şeyi tutturdun. Şu an şaşkınlık içindeyim.

Gamze:

Daha bitmedi... Ahlaki değerlerinin de yüksek olduğunu sanıyorum. Hayatın renklerini, tatlarını keşfedip denemeyi seviyorsun. Eğer bunları yapamazsan, yaşamdan alacağın zevk çok azalır.

Ama şimdi aklımda şöyle bir şey var: Keşke karşı karşıya gelsek de bu özgürlüğünü nasıl kullandığını anlatsan.

Mert:

Çok etkileyici bir analiz. Seninle mutlaka karşı karşıya geleceğiz. Bundan şüphen olmasın.

Gamze Mert'in kendisini görmek istediğini seziyordu elbette, ama bunun zamanını, yerini tamamen kendisi belirlemek istiyordu. Bu da Gamze'yi huzursuz eder gibiydi:

Kendine ait gizli bir dünyan olmalı. Epey ketum birisin. Baksana sırrını ne yaptımsa da ağzından alamadım. Ama kendine ait bir hayatının olması çok güzel bir şey. Benim de var mesela. Ona iyi bakmalısın.

Kısa bir an durakladıktan sonra ekledi:

Benden bu kadar.

Mert:

Mükemmel. Beni çok şaşırttın. Şimdi sıra bende, ama seni tatmin edebilir miyim bilmiyorum. Deneyeceğim.

Gamze:

Hadi o zaman.

Mert:

Bir kere çok sevgi dolu birisin sen. Bunu fark edebiliyorum. Hayatının rahat olmasını seviyorsun. Karşına çıkan şeylerin önce güzelliklerini görüyorsun. Ama eğer biri ya da bir şey sana sıkıntı verirse, ondan hemen vazgeçebilirsin. Bu da güzel bir durum.

Gamze:

Şaşırttın beni... Evet kolay vazgeçebilirim. Lütfen devam et.

Mert:

Tahminen dokunmayı çok seviyorsun. Şöyle söyleyebilirim; sanırım kıskançlık konusunda da benim gibi düşünü-

yorsun. Ben kıskanç olamıyorum. O duyguyu herhangi bir yere koyamıyorum. Biri beni aldatıyorsa, bu aldatmaya girer. Onun dışında hiçbir şey önemli değildir benim için. Sen de böyle düşünüyorsun gibi geliyor bana.

Genç kadın kıskançlık konusunun yeniden gündeme gelmesinden dolayı yeniden huzursuzluk dalgasına kapıldı.

Mert:

Ben geçenlerde bir ev aldım. Mesela, bu evi döşerken senden fikir almam gerekir diye düşünüyorum. Yaratıcısın. Nasıl anlatayım, çok sakinsin. Bu harika bir özellik. Sakin ve düşünerek konuşuyorsun.

Gamze biraz rahatlamıştı. Kendini genç adamın evini döşerken hayal ederken kıkırdadı.

Mert:

Bir şey daha söyleyeceğim. Senden içeride bir sen daha var. Belki de o şu an çalıştığı şirkette asistanlık yapan kadın değil. Belki çok yaramaz birisi o. Kesinlikle çok tutucu bir kadın, ama aynı zamanda yaramaz bir yanı da var. Her şeyi üç dört farklı yerinden düşünerek yapabiliyor, kolaylıkla empati kurabiliyorsun.

Gamze etkilenmişti. En gizli yönlerini, üç dört soruyla nasıl anlayabilmişti? Genç adam her geçen gün hayallerinde daha fazla yer edinecek gibiydi. İçini çekti. Nasıl fazla abartmadan ona olan duygularıyla başa çıkacağını düşündü:

Tebrik ediyorum seni. Hepsi de doğru. Üstelik o bana ait gizli Gamze'yi kimse bilmez. Ben çok iyi saklarım o yaramazı. Çok zevkliydi seninle oynamak, çünkü bu oyun ancak akıllı insanlarla oynandığında anlam kazanıyor.

Mert:

Bunu senin gibi bir kadından duymak çok güzel. Aklımda son bir soru kalmıştı ama soramadım.

Gamze meraklanmıştı:

Neymiş o?

Mert:

Kıskançlıkla alakalı sorumun devamı gibiydi bu. Mesela, sevgilin var ve yurtdışındasınız. Tatildesiniz. Aşk var güven var, memnunsunuz hayatınızdan... Bir gece bara gidildiğinde sevgilin diyor ki, bu gece beni çok kıskandırmanı istiyorum. Kızar mısın yoksa bu oyunu oynar mısın?

Oyun Hakkında Yorum

İyi bir flört dönemi, sanal ortamda olmamalı.

Neden mi? Çünkü birbiriniz hakkında her şeyi öğrenmiş, yüz yüze geldiğinizde sohbet konularınızı tüketmiş olma riskiniz var. Sonunda buluştuğunuzda, hazır olsan da olmasan da, görüşme çok daha hızlı bir biçimde cinsel içerikli olacaktır.

Ama eğer sen de Gamze gibi buluşmanın uzun süre ertelendiği bir flört dönemi geçiriyorsan, o zaman dikkat etmen gereken bazı şeyler var.

1. Gerçek hayatta bir araya geldiğinizde yaşanabilecek maksimum yakınlaşma ile yazışırken hayal ettiğiniz maksimum yakınlaşma arasında çok büyük farklar olmamalı. İkisi arasındaki makas açılırsa, buluşmadan sonra rahatsız olabilirsin. Yine olaylar senin hazır olduğundan daha hızlı gelişebilir.

2. Kendi hayatın hakkında çok fazla bilgi vermek yerine, Gamze'nin yaptığı gibi oyun kurabilirsin. Eğer dikkatini çektiyse, Gamze'nin oyun oynayış biçiminde, muhakkak gizem, merak, hayal kurdurma vardı. Yani hayatı hakkında ipuçları verse de, bunlar sadece konu başlıkları olarak kaldılar. Derin bilgi içermediler. Bu Mert'in daha çok meraklanmasına sebep oldu.

Örneğin, "Bu soruyu hangi Gamze'ye sorduğuna bağlı" cümlesi, Mert üzerinde etkileyici oldu.

3. Flört etmeyi bir oyun olarak görmeyi unutmamalısın. Yoksa sabırlı davranamazsın.

Mert'in gerçek hayatta buluşmayı erteliyor olması, Gamze'nin sinirini bozmadı. Hesap sormadı. Israrcı davranmadı. Bilakis, bundan çok da fazla etkilenmedi. Çünkü Mert'i ne kadar önemsiyor olursa olsun, onunla flört etmeyi sadece bir oyun olarak görebildi. Böylece, manyetik alandaki merkezini sağlam tutabildi.

Danışanla "Sonuç Yaşatmak" Üzerine Sohbet

Danışan: Erkekler benim kapımı hiçbir zaman çalmıyor. Yani ben bazı şeyler için kendim çaba harcamak zorunda kalıyorum, ama onlar asla benim için aynı kararlılığı göstermiyorlar. Neden acaba?

Yanıt: Bunun yanıtını ezberden vermem doğru değil. Şu soruları kendine sormalısın:

1. Acaba hayat enerjimi karşımdaki kişiye aktarabiliyor muyum? Yoksa düz, sıradan, monoton mu davranıyorum? (Burada, hoşlandığın kişiye, mutluluğum sana bağlı imajını verirsin ve o kişiyi sıkmış olursun.)

2. Flört ederken oyun kurabiliyor muyum? Yoksa sadece o benimle ilgilendiğinde mutlu oluyor, ilgisini keserse endişeyle kenara mı çekiliyorum? (Eğer oyun kuramazsan, hoşlandığın kişi seni kendi eşiti gibi göremez.

Sen ne kadar entelektüel olarak, bilgi olarak, hobilerin, zevkin ve yaşam şeklin ile kendini onun eşiti olarak da görsen, bunlar yetmez. Oyun kurucu olman, hayat enerjini onunkiyle eşit kuvvetle ona aktarabilmen gerekir.)

3. Kendimi ifade biçimim saldırgan, öfkeli ya da küskün ve aşırı sessiz mi? Yoksa kalbimdeki gerçekleri tarafsızca ve yargılamadan ona açıklayabiliyor muyum?

4. Sadece fedakârlık, kabul verici davranışlar mı sergiliyorum? Yoksa almasını, istemesini biliyor muyum?

Danışan: Ben hiçbir zaman kendim için bir şeyler istemeyi bilemedim Seda Hanım. Hep fedakârlık yaptım. Bir erkek bana ilgi gösterdiğinde, benden uzaklaşmasından korktum. Onu memnun etmeye, eğlendirmeye çabaladım. Bakın siz de sıkıcı olmayın diyorsunuz. Erkeğin eşiti ol, onu eğlendir diyorsunuz. Arada nasıl bir fark var?

Yanıt: Bu soruların cevabı çok önemli. Ama 4. madde üzerinde biraz daha konuşalım. Son dönemde, erkekler kadınlara ne yaparlarsa yapsınlar, kadınlar o erkeği silmek yerine, hâlâ elde edebilmek için diğer kadınlarla rekabete girmeye devam ediyorlar. Onun hatalarını görmezden geliyorlar.

Burada, Türk kızlarına, sürekli erkekler, özellikle ailede ağabey, baba, amca, kuzen gibi kimliklere karşı hizmet etmek, alttan almak, fedakârlık etmek öğretildiği için, bu alışkanlık flört ederken de devam edebiliyor. Kimi zaman o ne isterse, hak etsin veya etmesin, sınır çizmeden, hayır demeden vermeye devam ediyor. Hatta etraftaki diğer kadınlardan daha da fazla verici olmaya çabalıyor.

Benim erkekle oyun oyna dememin sebebi, onu eğlendirmek değil. Sadece hayat enerjini ona geçirebilmek. Gizem, merak ve heyecan yaşatmak. Senin hakkında hayal kurmasını sağlamak. Bu onun seni daha çok düşünmesine, duygu hissetmesine sebep olacaktır.

Fedakârlık yapmak, onu eğlensin, gülsün, rahat etsin ve gitmesin diye sürekli hoş tutmak, aynı şey değil. Fedakârlık, yerli yerinde, hak edene yapılır.

Erkek veya kadın olsun, eğer bir insan sana saygısızca davranıyorsa, sen hayat enerjini 80 birim akıtırken, o sana 30 birim akıtmakla kalıyorsa, ona sonuç yaşatmak zorundasın. Bu bir cezalandırma *değildir*. Tam tersine, hayat enerjini korumak senin görevindir. İlgini kesmek, ve pasif beklemek zorundasın. Bu kişiye fedakârlık yapman, alttan alman yanlıştır.

Almak Bir Sanattır

Türk kadınları, genelde bir şeyler isteyebilmek, alabilmek değil, daha çok vermek üzerine eğitim görürler. Bu yüzden, her ne kadar bu hakkı kendilerinde görseler bile, bunu dillendirirken zorluklar yaşarlar. Kimi zaman bir şeyler istemek için *itici* bir dil kullanırız. Kimi zaman da *dırdır* eder, öfkelenir, neden bize istemeden verilmediği üzerine sorgulamalara başlarız.

Oysaki, almak sanatı, veren kişiyi mutlu etmekten, onurlandırmaktan geçer. Eğer öfkelenmeden, küsmeden, cezalandırmadan, hesap sormadan, intikam veya kin duymadan arzunu dile getirebilirsen ve karşı taraf sana bunu vermediği halde alınmayacak bir tavır takınabilirsen, çoğunlukla kimse seni kırmaz. İstediğini alırsan, mutlaka veren kişiyi sesli olarak takdir etmeli, onu mutlu etmelisin.

Bir İzmir seyahatimde, bir erkekle görüşme yapmam gerekiyordu. Bu güzel şehre sabah saatlerinde varmıştım ve akşam 19.00 uçağı ile geri dönecektim. Bu da bulunduğum yerden en geç saat 17.00'de yola çıkmamı gerektiriyordu. Sabah saatlerinde görüşme yapacağım kişi beni arayarak, "Seda, bir toplantım çıktı, muhtemelen sana ancak saat 16.30 gibi gelebilirim" dedi.

Çok üzülmüştüm. Ben zaten yarım saat içinde kalkıp gitmek zorunda kalacaktım. Bunun için içimde bir hayal kırıklığı oluşmasına müsaade etmedim. Bu adam benim uçağımın erken saatte olduğunu da biliyordu üstelik. Öfkelenmedim. Küsmedim. Sessizce kabullenmedim. Sadece ona durumumu hatırlatarak bir çözüm önerisi sundum.

"Hay Allah, benim bugün havaalanına saat 17.00 gibi yola çıkarak gitmem gerekiyor. Peki bugünlük, benim için o toplantıdan erken çıkamaz mısın?"

Bunu yumuşak bir tavırla söyledim ve hayır dese bile ona kızmayacaktım. Şaşırtıcı bir şekilde, o fikir değiştirdi ve sadece şunu söyledi:

"Peki."

Sözleştiğimiz saatten de önce geldi ve biz görüşmemizi rahatlıkla tamamladık.

Flört Sırasında Ne İstemelisin?

Aslında kız çocukları, erkek nesline hizmet etmek, alttan almak, fedakârlık yapmak üzere yetiştirildiğinden, kadın sadece nasıl isteyeceğini değil, neyi alması gerektiğini de tayin edemiyor. Erkek de kadınına bir şeyler vermesi gerektiğini idrak edemiyor.

Birinci seviyedeki, sevgiyi mükemmellikle, estetikle, parayla, güçle arayan grupta, erkekler kadınları tanımıyorlar.

Bu seviyedeki kadınlara "Erkekten ne istemelisin?" diye sorduğumda, muhakkak parasal değeri olan şeylerden başlıyorlar. Şöyle bir restoranda yemeğe götürsün, bu kulüpte eğlendirsin, seyahate götürsün, masraflarımı çeksin, benim için alışveriş yapsın gibi... Tüm arzu ettiklerini almasına alır da, gerçek sevgiyi erkeğinin kalbinde bir türlü yakalayamaz. Yakalasa bile bu çok kısa süreli olacaktır.

Bu açıdan bakıldığında, ikinci seviyede flört eden, uygun olmayan kişiden vazgeçmeyi öğrenmiş kadın ve erkekler, acaba birbirlerinden ne istemelidirler?

İsteyeceğin şeyler, görüşmeleri ilişkiye, aşka, duygusallığa dönüştürebilecek durumlar olmalı. Para, mekân, estetik değil.

Örneğin, ilk görüşme ile sevişme anı arasında geçmesi gereken, ihtiyaç duyulan süreyi talep etmek bile bir istektir. Nasıl söylediğin çok önemlidir.

Bunun için birlikte sinemaya gitmeyi ya da hoşlandığınız sanatsal mekânlara, konserlere, dansa gitmeyi talep edebilirsin. Ya da onun arkadaş çevresine tanıtılmak, sadece sohbet ederek sabaha kadar bir gece geçirmek gibi durumlar olabilir. Bir kadın için, arabası bozulduğunda, kaza yaptığında, su borusu patladığında, görüştüğü erkeğe akıl danışmak, ondan yardım istemek olabilir mesela. Erkek için ise kadın arkadaşından, hasta olduğunda bir çorba istemek iyi bir fikirdir.

İstemek belki aklına geliyordur ama bunu nasıl söylediğinin çok büyük önemi var. Bir şey talep ederken, verecek olan kişiyi mutlu etmek çok önemlidir. Bu bir "kazan kazan" durumu olmalıdır. Örnek vermek gerekirse, esprilerini beğendiğin bir erkeğin, bir sonraki buluşmada seni arkadaş çevresine sokmasını istiyorsan ve bunun için yeterli zaman geçtiğini, birbirinizi tanıdığınızı düşünüyorsan, laf arasında onun bir esprisine gülerken şunu söyleyebilirsin:

"Ne kadar çok güldürüyorsun beni. Esprilerine bayılıyorum. Seni arkadaşlarının arasında görmek lazım. Kim bilir ne kadar seviyorlardır seni."

Burada onun pozitif yanını görmüş, söyleyerek takdir etmiş, duygunu ona geçirmiş, hayat enerjisi vermiş, aynı zamanda emir kipiyle değil de, altyazıyla ona ne istediğini söylemiş oluyorsun.

Sohbet – Derdini Doğru Şekilde İfade Etmek

Soru: Benimle sürekli yazışıyor, mesajlaşıyor, ilgisini ve iletişimi kesmiyor, ama bir türlü yüz yüze görüşmüyor. Ne yapmamı önerirsin? Onunla konuşmak ve sormak istiyorum.

Yanıt: Elbette, bunu ona sorabilirsin.

Soru: "Nedir senin derdin?" desem?

Yanıt: Bunu hiç önermem. "Nedir senin derdin?" diye sorman demek, sen hatalısın demektir. Altyazıyla ona suçlu olduğunu ima ediyorsun. İletişim şeklini değiştirmelisin. Neyi nasıl ifade ettiğin, sonucu bile değiştirebilir.

Soru: Neden öyle düşünsün ki? Belli ki benimle yüz yüze gelmemek için uğraşıyor.

Yanıt: Bu doğru bile olsa, şu anda emin değilsin. Her türlü iletişimde altın kural şudur: *Asla varsayımla hareket etme*. Seninle yüz yüze gelmekten kaçınıyor olduğunu şu an varsayıyorsun.

Aslında insanların en büyük hatası, varsayımlarla hareket ederek, önemli kararlar almaktır. Sonra gidip bunu uygular. Muhatabına sormadan, doğruluğunu öğrenmeden, kendince "Bitti!" demek ya da görüşmeme kararı almak buna en iyi örnektir. Karşı taraf, onun bu hareketine bakarak başka bir harekette bulunuyor.

Bu sefer, yeni harekete göre başka bir varsayımla yeniden kararlar alıyor. Ne yazık ki böyle davranışlar, ilişkide içinden çıkılamaz kısırdöngüler yaratıyor. Duygusal travmalar oluşuyor.

Yapman gereken, "Ben kırıldım. Bana bir şey söylemek ister misin?" manasına gelen, kalpten bir konuşma yapmaktır.

Yine hatırlatalım ki, görüşmek istemeyen birisine takıntı yaratmak, ısrarcı davranmak, en az ona danışmadan çekip gitmek kadar zararlı ve yanlıştır. Burada, sevdiğimiz kişiden aldığımız dürüst yanıta göre hareket etmeliyiz.

Oyun Kurucu Olmak

Flört ederken, hoşlandığın kişinin âşık olabilmesi için yapabileceğin en güzel şey, oyun kurucu olmaktır. Şimdi, oyun oynayan çocuklar hayal et. Hepsi de tamamen zamanı unuturlar. Heyecan hissederler. Yarış yapar, hafiften kaybetme korkusu, tatlı bir kazanma hırsı duyarlar. Oyunun içinde eğlence vardır. Aralarında kimler gerçek oyun kurucu ise, onlar lider haline gelir. Oyun kurucular, oyunu oynayan diğer kişilerden iki adım öndedir. Diğerleri ona hayranlık duyar. Aranan kişi olurlar.

Kısacası, oyun kurucu, doğal bir karizma ve çekim merkezi oluşturur.

İyi bir flört oyunu nasıl olmalıdır?

Her iki kişi de eğlenmelidir. Oyun oynanırken, cinsel enerji, hayat enerjisi, bilinmezlik, merak, gizem muhakkak olmalıdır. Nasıl bir oyun oynayacağınıza sen karar vermeli ve kurallarını koymalısın. Bu konuda yaratıcı olabilirsin. Hiçbir zaman başkalarının oynadığı oyunu ezberleme.

Şimdi birlikte daha önce oynanmış benzer bir resim oyununun farklı bir örneğine bakalım.

Arkadaşlık Sitesinde Tanışma Sırasında Oyun

Nilüfer ve Süpermen lakaplarını almış bir kadın ve bir erkek, ünlü bir arkadaşlık sitesinde birbirleriyle iletişime geçerek tanışmaya karar vermişlerdi. Süpermen, Nilüfer'in resmini görmek istiyordu, ama genç kadının o anda hazırda gösterebileceği bir resmi yoktu. Kim bilir belki de kendisini bu kadar erken açık etmeye hazır değildi. Onların arasında geçen gerçek bir oyun sohbetini, genç kadının oyun kuruculuktaki yaratıcılığını görelim:

Süpermen:
Demek sen de Anadolu yakasında oturuyorsun.
Nilüfer:
Evet... Ama ofisim Avrupa yakasında.
Süpermen:
Ooo, sen de benim gibi her sabah köprü trafiğinden geçiyorsun anlaşılan.
Nilüfer:
Maalesef buna engel olamıyorum.
Süpermen:
Ha ha ha ha, esprili bir kadınsın. Seni daha da merak ediyorum şimdi. Belki de bazı sabahlar arabalarımız yan yana geçiyordur.
Nilüfer:
Olabilir. Plakanı verirsen, seni gördüğüm yerde mesaj atarım.
Süpermen:
Plakayı ne yapacaksın? Sen beni resmimden de tanıyabilirsin. Ama ben seninle ilgili henüz bir şey bilmiyorum.
Nilüfer:
İstersen kapı koluna kırmızı kurdele bağlayayım.
Süpermen:
Ha ha ha ha. Onun yerine bir resmini görmek istiyorum. Buradan yollayabilir misin?

Nilüfer:

Hay Allah, bunu çok isterdim ama şu an ofis bilgisayarımdan konuşuyorum. Burada özel bir fotoğrafım yok. Ama en yakın zamanda söz senin için bir fotoğraf ayarlayacağım.

Süpermen:

Hımmm...

Nilüfer:

Bak ne diyeceğim, gel biz seninle bir oyun oynayalım şimdilik. Ne dersin?

Süpermen:

Oyun mu? Nasıl bir şeyi kastediyorsun?

Nilüfer:

Şu an resmim yok ama eminim kısa da olsa sohbet edebildiğimiz için, senin zihninde benimle ilgili bir imaj oluşmuştur. İstersen sen tek tek bana söyle, ben evet ya da hayır diyeyim.

Süpermen:

Olabilir. Gerçeğini görmeyi tercih ederdim ama yine de oynayalım bakalım.

Nilüfer:

Harikasın. Hadi başla o zaman. Bekliyorum.

Süpermen:

Saçların bence omuzlarının hizasında. Düz ve kumral.

Nilüfer:

Hımmm... düz ve kumral olduğunu profilimde yazmıştım zaten. Ama uzunluğu konusunda yaklaştın, saçlarım şu an yumuşak bir şekilde omuzlarımdan bayağı aşağıya, sırtımın ortasına kadar uzanıyor.

Süpermen:

Mımmm... uzun saç severim bir kadında.

Nilüfer:

Öyle mi? Demek benim saçlarımı sevebilirsin.

Süpermen:

Boyun 1,62.

Nilüfer:

Yaa, ama kopya çekiyorsun. Profilimde yazmadıklarımı bilmeni istiyorum.

Süpermen:

Ha ha ha ha... Çok zor bir şey istiyorsun.

Nilüfer:

Peki ben sana soru sorayım. Söyle bakalım, sence ben etek mi yoksa pantolon mu giymeyi tercih ederim?

Süpermen:

Hımmm... bak bu hoş bir soru. Bence senin gibi bir kadın her ikisini de giyer. Ama seni şu an mini bir etekle hayal ediyorum. Ve bu çok hoşuma gidiyor.

Nilüfer:

Ha ha ha ha, evet etek giymeye bayılırım. Ama çok da mini olmaz. Peki, sence ben düz babet tarzı mı yoksa topuklu ayakkabı mı giymeyi tercih ederim?

Süpermen:

Topuklu ayakkabılar giyersin.

Nilüfer:

Yerine göre değişir. Eğer etek giymişsem, topukluyu tercih ederim. Peki, sence benim en etkileyici yerim neresi?

Süpermen:

Bunu hissedebiliyorum. Sen çok akıllı ve heyecan verici bir kadın olmalısın. Özgüvenin de yüksek. Bence şu anda karşımda olsan en çok gözlerinden etkilenirdim.

Nilüfer:

Offf! Çok etkilendim doğrusu. Yoksa gizli bir kameran falan mı var?

Süpermen:

Ha ha ha ha. Evet seni gözlüyorum. Mesela şu anda hafifçe utandığını görebiliyorum.

Nilüfer:

Evet biraz. Allahtan yüz yüze değiliz.

Bu kısa örnekte bazı detaylara dikkat edebiliriz:

1. Nilüfer, elinde fotoğraf olmamasına rağmen, illa ki kendisini görmek isteyen Süpermen ile bir polemiğe girmiyor. Ustaca, onun dikkatini bir oyunla dağıtarak, sohbetin her ikisi için de eğlenceli olmasını sağlıyor.

2. Nilüfer, Süpermen'in onu aslında daha da merak etmesini sağlıyor.

3. Genç kadın yine Süpermen'in onun hakkında hayal kurmasını, bedenini çeşitli kıyafetler içinde görüntülemesini sağlıyor.

4. "Mıımmm..." (beğeni göstergesi), "Offf!" (etkilenme belirtisi) gibi duygularını hoşlandığı kişiye geçirmeye çalışıyor.

5. Özgüvenli davranıyor, ama kendisinde olmayan bir özelliği, varmış gibi abartarak söylemeye çalışmıyor.

6. Nilüfer, Süpermen'in kendisiyle ilgili ne hakkında düşünmesini, heyecanlanmasını istiyorsa, oraya hafif yönlendirmeler yapıyor.

7. Her ikisinin de cinsel enerjileri aktif kalıyor ama açık saçık bir konuşmaya girmeden bu enerjiyi heyecan, merak, coşku, eğlence gibi tatlı duygular yoluyla hayat enerjisine dönüştürüyorlar.

Gamze ve Mert – 15 Mayıs 2015

Kıskandırmak Bir Oyun mu?

Mert, ilk kez birlikte şarap içtikleri günden sonra genç kadına tam iki kez buluşma sözü vermiş, ama her ikisinde de kendisi iptal etmek zorunda kalmıştı. Sohbetleri flört evresi için oldukça uzun ve derin hale gelmişti. İçinde hem şehvet, arzu, hem de sevgi ve derinlik vardı. Gamze hayatı boyunca hiç bu denli sohbetten zevk aldığı birinden elektrik almamıştı. Mert'in de aynı duyguları paylaştığını sanıyordu. Yine de çok emin olmamak gerekirdi. Zamanın neler getirebileceği belli olmazdı.

Hoşlandığı adamla bir türlü buluşamamak bir yana, genç adamın kendisine dokunmayı bu kadar rahatça erteleyebilmesi içini burkuyordu. Oysa bugüne dek Gamze, hep erkeklerin kendisine dokunmalarını ertelemeye uğraşmaya çalışmıştı. Bazılarını adeta tacizkâr bulmuş, rahatsızlık hissetmişti. Ama bu kez, tam tersine, dokunmak için çıldırdığı adama ulaşamıyordu. Yoksa kendisi mi uzanıp almalıydı?

Endişe etmek istemiyordu. Çünkü her ne zaman endişe edip kafasında onun kendisini yeterince önemsemediğine dair kurgulama yapsa, bütün büyü bozuluyordu. Belki de Mert, genç kadını zor elde etmek ihtiyacındaydı.

Ürperdi. Bu doğru olabilir miydi? Yoksa kolayca sevemeyen, hissedemeyen, aşırı uyarılmaya ihtiyaç duyan zor tiplerden miydi?

Genç kadın, o akşam evde yalnızdı. TV seyretmek hiç mi hiç içinden gelmiyordu. Modern ve minimal tarzda döşenmiş salonda konforlu görünen tek koltuğa oturmuş, ayaklarını önündeki sehpaya uzatmıştı. Ekranda sürekli değişen renkli ışıklara aldırmayarak bütün dikkatini telefonuna, whatsapp'a vermişti. Mert ile bu kez seks hakkında konuşuyorlardı.

Artık aralarındaki çekim elle tutulur, gözle görülür hale gelmişti. Garip bir şekilde, Mert ile hâlâ sadist mazoşist ilişkiler üzerine sohbet ederken buldu kendini. Bu kez kaçmak, konuyu kapatmak yerine, her şeyin açıkça konuşulmasını tercih ediyordu. Gittikçe bağ kurduğu genç adamın gerçek yüzünü bilmeli, belki de bitmesi gereken bir durum varsa, çok geç kalmadan, fazlaca acı çekmeden kurtulmalıydı.

Birden Mert sordu:

Sen böyle bir şeyi dener miydin?

Gamze:

Sana söylemiştim, ben çok farklı şeyler denemeyi seviyorum. Böylesine vahşi ve can acıtıcı bir deneyim, asla benim tercihim olamaz. Başkasını yaparken seyrediyor olsam bile ruhum yara alır. Birisinin başka bir insana bilerek ve isteyerek acı vermesini seyredemem.

Mert:

Peki sen nasıl şeylerden hoşlanıyorsun?

Gamze düşündü. Tantra eğitimlerine gitmiş ama henüz bunları layıkıyla hayatına geçirecek bir partner bulamamış bir kadın olarak, fazla atıp tutmamalıydı. Olabildiğince kalbindeki gerçekleri yansıtmaya çalışarak cevapladı:

Sevişmek benim için bir oyun belki de... Öyle bir şey ki, sonucunu yaşamak zorunda değilsin. Tıpkı bir çocuk gibi, her anının tadını çıkarmak gerekir. Tıpkı bizim sohbetlerimizden zevk aldığım gibi...

Mert:

Hımmm... bu harika... Peki ya seks kulüpleri ya da swinger partileri?

Genç adamın sorduğu soruların kendisini hayal kırıklığına uğratmasına izin vermedi. Kalbinin sesini dinleyerek yanıtladı:

Mesela beni onlar da hiç çekmiyor. Her şey belli. Ne yaşayacağın belli. Herkes çırılçıplak. Hiçbir heyecan, bilinmezlik, merak, gizem yok. Her şey dümdüz ve duygusuz yaşanıyor. Bence önemli olan o yaşanan anın hazzıdır. Hem ben şehvete teslim olmak istemiyorum ki, duygularıma teslim olmak istiyorum.

Mert sessizliğe bürünmüştü. Kim bilir, belki de genç kadının söylediklerini hazmetmeye çalışıyordu. Gamze devam etti:

Tıpkı senin oyunun gibi Mert. Kıskandırılmak, gıcık edilmek istiyorsun. Bu da bir nevi acı çekmektir. Ama bu öylesine yapılsın ki, doğal olsun, sen hiç beklemiyorken yapılsın ama tüm duygular ayaklansın istiyorsun. Önemli olan aldatmak ya da aldatılmak değil, önemli olan çeşitli duyguların uyandırılması. Öyle ki, sonunda şehvetin getirdiği orgazmın çok daha kuvvetli olsun.

Mert nihayet sökülmüştü:

Eh, tabii bu doğru. Benim sana söylediğim şeyi de gerçek aşkın olduğu, güvenli bir yerde yaşamak lazım. O kadın da bana yapılan kıskandırma oyununda karşı taraftan değil de benden etkilenecek. Çünkü oyun beni etkilemek için oynanmış olacak. Beraber çıkacağız o mekândan ve belki de koşarak kendimizi odaya atıp sevişeceğiz. Belki de kahkahalarla güleceğiz. Anlatabiliyor muyum?

Gamze:

Tabii ki, çok iyi anladım. Anlamak değil, hissediyorum zaten ne demek istediğini...

Mert:

Nedense bir şey var aklımda. Bu oyunu sen çok güzel oynarmışsın gibi geliyor bana. Dozuyla, şekliyle ve ne istediğini bilmenle...

Gamze artık şaşırmıyordu. Zaten genç adam son konuşmalarını da bu soruyu sorarak kapatmamış mıydı? Artık neredeyse, genç adamın kırbaçla bile arkadaş olabileceğini düşünmeye başlamıştı. Gamze için bu kadarı fazlaydı. Kendisi ile ilgili genç adama sınır çizmesi gerekebilirdi:

Ha ha ha, evet doğru. Bu oyunu oynayabilirim, çünkü aslında hedef başka bir adam değil, sen olursun. Senin hislerine oynamak gerekiyor. Böyle bir kadının flörtü çok sevmesi ve bu konuda çok iyi olması gerekir. Dozajı ve sınırı çok iyi çizebiliyor olmalı. Belki kadının da hoşuna gidebilir bu oyun, çünkü her kadının ruhunda biraz olsun teşhircilik vardır.

Mert:

Tabii ki öyle... Bakışlarıyla bile yapabilir bunu. Sınırı

kendisi bilip çizecek. Ama hafif hafif o sınırı zorlayacak da. Yanlış mıyım?

Gamze:

Evet, ama bunun sınırlarını çizebilmesi çok önemli. Bir anda işin tadı kaçabilir.

Mert:

Kesinlikle öyle. Keşke bu oyunu seninle bir gün oynayabilsek. Bence sen bunun için doğru bir kadınsın. Herkesle yapılmaz, ama senin düşüncelerini ve neler yapabileceğini merak ederim.

Gamze:

Hımmm... bu nasıl bir şey olurdu, biliyor musun? Bunu yaşadıktan sonra, kıskandıktan sonra koşarak odaya gidersin ve konuşarak sevişirsin. Ama tabii ki bunları yaşayabilmek için duyguların karşılıklı olarak üremesi lazım. Aşk ve güven lazım. Yoksa paramparça olabilirsin.

Mert:

Sen hiç böyle bir oyun oynadın mı daha önce?

Gamze:

Beni çok zorluyorsun. Ben beş yıl kadar önce, bir adama âşık olmuştum. Ama aramızda bir türlü o yakınlaşma gerçekleşemedi. Çünkü onun hayatında başka bir kadın vardı. Bir gece aynı düğüne davet edildik. Ben o düğüne başka arkadaşlarımla gittim. Grubumuzda çok samimi olduğumuz bir erkek arkadaşım vardı. Aramızda asla cinsel bir çekim yoktu. Bir müzik çalmaya başladığında, ben ayağa kalkarak, o arkadaşıma bakarak çok özel figürlerle dans ettim. Hatta öyle ettim ki, bakışlarımı belli belirsiz sevdiğim adama dikerek, sanki onun için dans ettiğimi görmesini ister gibi dans ettim. Bu bir kıskandırma değildi, ama sevdiğim adama mesaj vermeye çalışıyordum.

Mert heyecanlanmıştı:

Evet işte, tam olarak böyle bir oyunu kastediyordum. Daha fazlası değil. Seninle çok şeyler yaşamak istiyorum Gamze.

Hayal Kurdurtmak

Haz adlı kitabımda bahsetmiştim. Ünlü, çapkın bir erkekle yaptığım sohbet sırasında, bana şöyle demişti:

"Seda, Türk kadınlarının anlaması gereken şey, biz onlarla sevişmekten daha çok sevişme hayalini kurarak âşık oluruz."

"Peki bu hayali nasıl kurdurtabilir?"

"Bilmiyorum. Belki bacak bacak üstüne atışı, belki saçlarını savurma biçimi ya da gülüşü, bize sevişirken nasıl olabileceğini düşündürebilir. Kadınlar, biz erkeklerin üzerinde nasıl bir etkiye sahip olduklarını bilmiyorlar. Aslında çok görsel varlıklarız. Ama ya kendilerini saklayarak ya da birdenbire yatağa girip teslim olarak hemen hayal kurma arzumuzu bitiriyorlar."

Bu cümlenin içini biraz açalım.

Elbette ki her kadın kendi bedenini teşhir etmek zorunda değil. Hatta buna belki de hiç gerek yok. Burada kastedilen, kadının hangi kıyafeti giymiş olursa olsun, isterse kara bir çarşaf altında olsun, duruşu, bakışı, oturuşu, dişi ve kendinden emin olması. Burada algılanan ve erkeği etkileyen gerçek güç, manyetik alandaki enerji akımıdır.

Bu akımı her erkeğin ya da her kadının önünde harekete geçirenler, enerjilerini dağıtmakla kalmazlar, aynı zamanda, o hayal kurdurdukları kişilere manevi anlamda borçlanırlar. Manyetik alanda enerji bazında dengesizlik yaratırlar, çünkü her alışın bir verişi olmalı. Aksi takdirde, enerji alanında dengesizlik meydana gelir, birisinden aldığını ya o kişiye ya da başkasına ödemek zorunda kalırsın. Bundan kaçışın yoktur.

Cinsel enerjinle, herkesle ve hayatla flört ederken, *sadece* takdir etmek ve duygu geçirerek hayat enerjisi aşılamayı kullanacağız.

Ama hayal kurdurtmayı, *sadece* hoşlandığımız kişiye yapacağız.

Şimdi daha önemli bir yere gelelim. Hayal kurdurtmak, illa ki bedenle, görsellikle sınırlı değildir. Oyun oynarken de bunu başarabilirsiniz. Resim isteyen Süpermen ile ona oyun oynatarak kendisi hakkında hayal kurduran Nilüfer'in sohbeti buna güzel bir örnek teşkil ediyor.

Hayal kurdurtmak, sadece flörtün ilk aşamalarında olmaz. Evli bir çiftin bile birbirine bunu yapabileceğini, çeşitli, eğlenceli oyunlar kurabileceğini unutmayalım.

Gamze ve Mert – 18 Mayıs 2015

Seni Soymak İstiyorum

Kolundaki saate baktı ve huzursuzca yerinde kıpırdadı. Oturduğu siyah deri koltuk, geniş masasının üzerindeki laptop ve patronunun önüne yığdığı işlerin listesi bile kafasını yeterince meşgul edemiyordu. Yönetici asistanlığı öyle kolay bir meslek değildi. Müthiş bir dikkat ve detaycılık gerektiriyordu. Sabah sekiz buçukta başladığı mesaisi boyunca, neredeyse saat dört buçuğa kadar, kafasını kaşıyacak zaman bulamıyordu, ama bunun genç kadını mutlu ettiği söylenemezdi. Çoğu zaman hayatı kaçırıyormuş gibi bir hisse kapılıyordu.

Mert ile yazışmaya başladıklarından bu yana, hemen hemen her gece, onun hakkında bir detayla ilgili düşünürken buluyordu kendini. Gün içinde iş dışında herhangi bir konuyu aklına getirebilecek vakti olmuyordu, ama akşamlar genç kadına aitti. Birçok arkadaşı, geniş bir ailesi vardı, ama yalnız yaşıyordu. Bu, onun tercihiydi. Çalıştığı şirket ve patronu tarafından seviliyordu. En son âşık olduğu erkek arkadaşı ile dört yıl önce ayrılmış, bir daha bağlanmaya hazır bir erkekle karşılaşmamıştı. İlk kez kalbinde kıpırtılar uyandıran biriyle tanışmış olmak, genç kadına inanılmaz zevk veriyordu.

Öte yandan, ona bağlanıp sonradan acı çekerim diye

bir düşünce, ufaktan beynini kemirmeye çoktan başlamıştı bile...

Flört etmeyi seviyor, hatta bunu gayet güzel bir şekilde uyguladığını da düşünüyordu.

Arkasına yaslandı ve masasında duran çayından bir yudum aldı. Patronu yurtdışına çıktığı için, çalışmasını gerektirecek acil bir durum görünmüyordu. Gözlerinin önüne Mert geldi. Genç adamın en çok düğünde ayakta iken dik ve özgüvenli durduğu haline hayran kalmıştı. Bir de o derin, dipsiz kuyu gibi görünen, ama bir o kadar da karanlık bakışlarına... Onu bir daha ne zaman görebilecekti acaba?

Evet... Genç adamın karanlık bir parçası vardı, ama bunun ne olduğunu henüz anlayamamıştı. Ruhunun bir tarafı sert, inatçı, gözü kara, cezalandırıcı, hatta intikamcı olmalıydı. Gamze başını iki yana sallayarak kendine acıdı.

"Nedense, hep karanlık ve gizemli erkeklere çekiliyorum. Bir kerecik de bana huzur ve güven veren birine âşık olsam da kurtulsam ne olurdu sanki?" diye hayıflandı. Gözleri hüzünle bakıyordu şimdi.

Sonra durakladı. Zihninin derinliklerini kemiren bir şüphe ortaya çıkıyordu. Belki de genç adam çok tehlikeli biriydi. Gerçi yalancı birine benzemiyordu. Derin bir nefes alarak başını iki yana salladı. Çözemediği bir bilmece gibiydi...

Bilgisayarına gelen mesajın sesiyle kendine gelerek daldığı hüzünlü dünyadan kendini koparmaya çalıştı. Şöyle bir ekrana baktığında mutluluk içinde gülümsedi. Kalbi bir anda heyecanla çarpmaya başlamıştı. Mesaj, Mert'ten geliyordu. Gizemli ve karanlık adam, her zaman olduğu gibi seyahatteydi. Ve bu seyahatler sırasında ne yaptığını asla söylemiyordu. İçindeki flörtçü kadın yeniden uyanıyordu. Son konuşmalarından beri, genç adam ne zaman aklına gelse, heyecanlanıyordu:

Merhaba Gamze. Umarım iyisindir. Seni merak ettim, nasıl olduğunu sormak istedim.

Genç kadının yüzü geniş bir gülümsemeyle aydınlandı. Sıkıcı bir akşamüstü, bir anda yerini tatlı bir heyecana bırakmıştı. Yazışmaya başladılar. Gamze'nin uzun süredir devam eden bu sohbetlerdeki en hoşuna giden şey, belki de sadece cinsellik üzerine açık saçık konuşmak değil, tam tersine entelektüel ve derin muhabbet kurabilmeleriydi. Zira son iki yıldır, açık saçık konuşmalar yaptığı erkeklerin pek çoğu, kendisine sadece yatak arkadaşlığı için yaklaşmıştı.

Tuhaf bir şekilde aralarındaki çekimin gücü yükselmişti. Gamze artık Mert'in kolay dizginleyemeyeceği, kontrol edemeyeceği bir erkek olduğuna karar vermişti. Bir an genç kadını çok arzuladığını hissettiriyor, başka bir an uzak ve mesafeli davranıyordu. Konuşmaları çoğu zaman çok saygılı, şefkatli ve sevgi dolu olmasına rağmen, bazı özel zamanlarda, genç adam sert, acımasız bir kişiliğe bürünerek hayatı, insanları ve ülkenin gidişatını sorgulayabiliyordu. Kafası iyiden iyiye karışmaya başlamıştı. Oysaki genç kadın gerçek sevgiyi bulmak istiyordu artık. Bunu da mesajının bir yerine yerleştirdi:

İnsanlar son zamanlarda duygusal olmayı unuttular. Bana kalırsa, bir ilişkide duygu üremesi için zamana ihtiyaç var. Ama çoğu kişi aceleyle kendini yatakta buluyor. Sanki bir yere kaçıyormuş gibi. Bu artık bana uymuyor.

Mert'in buna nasıl yanıt vereceğini merak ederek gözlerini ekrana dikti. İyi bir flört diyaloğunun doğrudan değil, dolaylı yoldan isteklerini anlatması gerektiğini çoktan öğrenmişti:

Tabii ki, sana çok katılıyorum. Aşkı artık yaşayamıyorlar. Neden biliyor musun? Kime neden âşık olacaklarını, olmaları gerektiğini bilmiyor insanlar. Şimdi kafalarında bir insan çeşidi var. Şöyle olsa böyle olsa diye birtakım fiziksel özellikler arıyorlar. Ama bu doğru yöntem değil ki. Öyle gelmiyor aşk.

Genç kadın şaşırmıştı:

Erkekler mi yoksa kadınlar mı?

Mert:

Bir taraf, diyelim ki kadın, aşkı anlamıyor. Karşı taraf çok âşık. Ya da birisi tutkuyu anlamıyor ama karşı taraf tutkuya âşık. Eksikleri var, hiç tam değiller ki. Bir yerden patlak veriyor. Biliyorsun vıcık vıcık aşk da her zaman faydalı olmuyor. Nedeni aslında benim için tek. Bir şeye ulaşmanın zor olması gerekiyor. Zor olacak. Eğer bir şeye çok zor ulaşırsan farklı oluyor.

Gamze uzun zamandır ilk kez zor ulaşılabilen kadınları tercih eden bir erkek görüyordu. Genç adama olan ilgisi giderek artıyordu. Mert devam etti:

Mesela 90'lı yılların sonuna kadar internet de yoktu akıllı telefon da…

Mert yazmaya devam ediyordu:

Yani insanların doyumla da alakası yok. Bundan 25-30 ya da 50 sene önce Grinin Elli Tonu'ndaki şeyleri Türkiye'de bir kadına yapabilir miydi sence erkek? Hani, yapanlar da çok az bir zümredir. Şu anda benim sokakta gördüğüm sıradan bir kadın bile, o kitapta okuduğu ilişki modelini denemek iste-

diğini söylüyor bana. Yani bunların hepsi algıyla ilgili şeyler. Kolay ulaşabilirsen bir şeye, hemen bitirebilirsin. En güzeli ulaşmamaya çalışmak. Ulaşmamaya çalışacaksın. Ben öyle yapıyorum.

Gamze, Mert'in konuyu sadist ve mazoşist ilişki isteyen insanlara yeniden getirmesi karşısında şaşkınlıktan donakaldı. Artık endişelenmeye başlamıştı. Yoksa kendi içinde de böyle bir eğilim mi vardı? Genç adamın anlattıkları, neden gitgide daha çok merak uyandırıyordu ki?

Başını şiddetle iki yana sallayarak kendince karar aldı. Bunu konuşsalar bile asla denemeyecekti. Düşüncelerini çok da hissettirmemeye çalışarak mesaj yazdı:

Algı diyorsun yani?

Mert:

İnsanların kafasına işleniyor bunlar. Sen şu arabaya binmelisin, şu telefonu kullanmalısın. Mutlu olman için şu tatil köyüne gitmen gerekiyor. Senin kendini çok mutlu hissetmen için şu yemeği şu restoranda yemen gerekiyor. İşte bunlara alıştı insanlar artık. Toplumsal bir algı yaratıldı. Çok rahat oynarsın insanların algısıyla.

Aşk da algıya döndü artık. Benim yanımdaki erkeğin burnu kalçası şöyle olmalı yanımdaki kadının göğsü şöyle olmalı ki ben mutlu olayım. Kafa bu artık insanlarda.

Gamze, Mert'in algısının öyle olmamasını diledi içinden. Kendisi de artık eskisi kadar görüntüye, markaya önem vermez olmuştu. Aşk sadece erkeğin değil, kadının da yakalayamadığı bir şeydi. Uzun süredir ilk kez Mert'ten etkilenmeye başlamıştı.

Konuyu değiştirdi:

Benim bir erkek arkadaşım var. Hayatına bir kız girdi. İki ay sonra ben sana âşık olamadım diye ayrılmak istemiş. Erkek arkadaşım, bu kız benimle iki saat el ele tutuşarak film izledi, seviştik de, nasıl olur da hâlâ âşık olamaz bana diye çok şaşırdı.

Mert cevap yazmakta gecikmedi:

Sebebi pek çok şey olabilir. O çocuk için söyleyemem bunun cevabını. 1. Belki de kız, adamın salak olduğunu fark etmiştir. 2. Hiç güzel sevişemiyordur. Bunu fark etmiştir. 3. Kadın hoppa bir kadındır, günlük ilişkileri seven bir kadındır. 4. Arkadaşın belki pısırık bir adamdır. Kadın öyle pısırık birini sevmiyordur. 5. Kıskanç bir adamdır mesela. Onu çok kısıtladığını falan düşünüyordur. 6. Ya da erkek sığ biridir. Hayatta pek düşüncesi olmayan bir adamdır. Yani anlatabiliyor muyum? Bunu sana bunu sorması komik.

Sevginin hemen öyle elini tutmakla hemen sevişmekle hiçbir alakası yok. Aşk bitti diye bir şey yok. Zaten başlamamıştı ki... O zaman sevişmeseymiş. Kız zorla mı yapmış? Komik! :)

Gamze genç adamın yazdıklarıyla gülmeye başladı:

Deli!... Çok şefkatli bir insansın bakıyorum. Ondan dolayı değil de, arkadaşım, kızın kendisiyle duygusuzca nasıl sevişebildiğini anlamamış. Ama haklısın. Saydığın her şey olabilir. Bir kadın bu ülkede yani, Türkiye'de yatağa girdiyse, artık seni beğenmedim deme hakkına sahip değil. Gizli bir baskı var bu konuda. Beni rahatsız eden şey de bu.

Mert devam etti:

Bunların temelinde ne var biliyor musun? Nedeni şu: Anne. Çünkü anne kayıtsız şartsız sevmiş. Çünkü anne kayıtsız şartsız her şeyinin peşinden koşmuş. Çünkü anne kayıtsız şartsız her istediğini vermiş. Bu da ona karşı gelmemiş, hatta alışmış. Karşısında annesi var sanıyor.

Gamze oturduğu yerde kıkırdadı. Hiç böyle konuşan bir erkeğe rastlamamıştı:

Sen annene karşı çıkabiliyor musun?

Karşı çıkmak gerekmiyor ki, sadece sınırlarını doğru çizeceksin. Kendi işini kendin görecek ve ona bağımlı kalmayacaksın. Bir kadından alacağın hazla, annenden alacağın sevgi arasında çok büyük fark var. İkisi birbirine karışmayacak.

Gamze gülümseme işareti ile mesaj yolladı:

Hayran kaldım şimdi sana.

Mert teşekkür ederek devam etti. Böyle ateşli şekilde konuşması, inancını tutkuyla anlatışı, her zaman genç kadına çekici gelmişti:

Diyorum ya, belki kadına zevk vermiyorsundur. Budur. Niye kabul etmiyorsun? Kadın başka şeyin peşindedir? Kadın sürekli sana "Offf! Ne mükemmelsin!" mi diyecek?

Gamze:

Çoğu kadının erkeğe yatakta tatmin olmadığını söyleyebildiğine inanmıyorum ben. Hatta erkekler de kadınlara söylemiyor. Başka bahaneler bulup henüz ilişki oluşmadan çekip gidiyorlar. Bazen de kadınlar, sırf başka ajandaları olduğu için yatakta erkeği iyi olmasa bile övüyorlar. Çünkü erkek bunu duyduğunda, duvarları yıkılmaya başlıyor.

Mert:

Türkiye'de bunu duyup da değişecek bir erkek yok.

Gamze:

Belki de bunu da söylemenin bir üslubu vardır. Eleştirerek, aşağılayarak konuşulmamalı. Bilemiyorum.

Kısa bir aradan sonra Mert genç kadına sesli bir mesaj gönderdi. Bu kez ses tonu daha yumuşak ve kısıktı:

"Bak ben sana daha başka bir şey söyleyeyim. İddia

ediyorum ki bir kadın, bir erkek onu soyarken bile orgazm olabilir. Soyarken ya! Üstündekileri yavaş yavaş çıkartırken bile orgazm olabilir. Ben bunu biliyorum."

Bir anda Gamze'nin bütün vücudu titredi. Böyle düşünen, kadına dokunmasını, soymasını, derinliği hissettirebilmesini bilen bir erkekle konuştuğunu düşünmek nabzını hızlandırmıştı. Mutluluk, normalde sert sayılabilecek yüz ifadesine yansımış, hatlarını yumuşatmıştı. Gamze de sesli mesajla devam ediyordu şimdi:

"Mert..."

"Efendim canım?"

"Şu an sana hayran kaldım. Ne kadar etkileyici bir adamsın sen. Farkında mısın?"

Mert sesli bir kahkaha attı:

"Yo, o kadar abartmana gerek yok."

"Abartmıyorum. Sadece seni görüyorum ve takdir etmek istedim."

"Senin gibi bir kadının beni takdir etmesi de benim hoşuma gitti. Çok teşekkür ederim."

Bir süre sessiz kaldılar. Gamze saate baktığında tam bir buçuk saatin uçup gittiğini hayretle fark etti. Kapısından başını uzatan ofis elemanları birer birer kendisine iyi akşamlar dilemeye başlamışlardı. Oysa, genç kadın bu konuşmayı burada kesmeyi hiç istemiyordu:

"Demek sen bir kadına nasıl dokunacağını bilenlerdensin. Bu çok kıymetli bir özellik, farkındasın değil mi? Çoğu insan sevişmeyi çok çabuk tüketecek şekilde davranıyor."

Mert yeniden yazmaya başlamıştı:

İnsanların algısı derken de bundan bahsediyorum. Sevişme

tarzında da algı önemlidir. Mesela ilk açıyor TV'ye bakıyor; adam kadını çevirmiş, arkasını duvara yaslamış sertçe birlikte oluyor. Tamam bu da olabilir ara sıra, ama bu değil ki. Adam TV'de görmüş diye bütün kadınlar bundan hoşlanır zannediyor. Halbuki doğal ol, kendi tarzın olsun. Kendin ol. Çünkü karşındaki seninle alakalı bir şeyi seviyor. Yoksa kadın herkesin yaptığını herkeste bulabilir.

Gamze:

Bir de sırf erken boşalmamak için, aklından bambaşka şeyler geçiren, kadınıyla göz teması ve duygusal bağını kopartanlar var. Kadın kendini çok yalnız hissediyor o zaman.

Kısa bir aralık oldu. Mert umulmadık, bomba etkisi yaratacak bir mesaj daha yolladı. Ses tonu şimdi son derece dikkatliydi. Daha seksi, daha derin ve daha yavaş konuşuyordu. Sanki doğru kelimeleri seçmeye çalışır gibiydi:

Erken boşalmaya o kadar ihtiyacım var ki... Ha ha ha ha.

Gamze bu sözlerden nasıl etkilenmesi gerektiğini bilemedi. Genç adam bu arada, mesajlaşmalarına whatsapp'tan sesli olarak devam etmelerini önerdi. Konular derinleştikçe, duyguyu ve söylemek istediklerini aktarmak güçleşiyordu:

"Bazen boşalamıyorum ve yarısında sonlandırıyorum. Of, kendimle ilgili çok özel bir şey itiraf ettim."

Bu düşünce kısa bir an genç kadının kalbini acıttı. Fakat bu konuyu hemen deşerek genç adama saygısızlık etmek istemedi. Hiçbir şey olmamış gibi konuşmaya devam etti:

"Utandın mı yoksa? Ama artık benden utanmıyorsundur. Bunca konuşmadan sonra..."

Mert itiraz etti. Sesi şimdi yeniyetme, heyecanlı bir delikanlı gibiydi:

"Yo, hayır, senden hâlâ utanıyorum. Senden utanmasam cidden bu kadar güzel konuşamayız. Senden hâlâ utanıyorum."

Gamze duyduklarından etkilenmişti:

"Aslında ben de bazen senden utanıyorum. Ama aynı zamanda seninle tuhaf bir uyumumuz da var."

Mert:

"İşte aynı benim hissettiğim şeyi hissediyorsundur sen de. Çok özel bir şey bu. O utanmayı hissediyorsundur sen de. Bu güzel olan şey zaten."

Biraz durakladıktan sonra bir sesli mesaj daha yolladı:

"Bir de şu var hani onu söyleyeyim sana..."

Yarım dakikalık bir ara daha verdi. Sonra sürpriz bir mesaj geldi:

"Seni soymayı isterdim."

Aralarında bir sessizlik oldu. Gamze'nin bütün vücudu tepeden tırnağa titriyordu.

Mert utangaç bir kahkaha attı. Gülüşünün tonundaki kısıklık, heyecanını eleveriyordu:

"Biraz ani oldu ama..."

Gamze durakladı. Vücudu genç adam tarafından soyulma fikriyle adeta yanıyordu. Epeyce bekledikten sonra toparlanarak cevapladı:

"Evet ani oldu. Dinlerken güm diye boynumdan mideme kadar elektrik aktı. Ama bana kıyafetten çok daha derin bir şey söylediğinin farkındayım."

Mert:

"Evet aynen öyle. Yani iki türlü de anlamışsındır tahmin ediyorum. Anlayacak bir kadınsın sen."

Gamze başını hafifçe eğerek gözlerini kapattı. Yanakları pembeleşmişti. Mert'in yanında olmaması ona biraz cesaret veriyordu:

"Offf! Belki de bana şu an dokunuyor olsaydın bu derece etkileyemezdin."

Mert delikanlı heyecanını koruyan, hatta nefes nefese bir ses mesajı daha yolladı:

"Bu seni heyecanlandırır mı?"

"Hem de nasıl."

"Öyleyse, seni soyduğumu önce hayal etmeni istiyorum senden."

Genç kadın şaşkınlığını gizleyememişti. Aslını yaşamak dururken, hayalini kurdurmak, bir erkekten beklemediği bir davranıştı. Biraz düşündü. Bu adamdan hoşlanıyordu ve hayatında ilk kez onu yönlendirmeye kontrol etmeye çalışmadan akışa teslim olacaktı. Usulca cevapladı:

"Tek bir şartla bunu yaparım."

Bu kez şaşırma sırası Mert'e gelmişti.

"Neymiş o?"

"Eğer sen de beni soyduğunu hayal edersen... sonra birbirimize hayallerimizi anlatırız."

Sınır Çizmek, Hayır Diyebilmek

Tipik bir Türk ailesi, çocuğuna nasıl sınır çizmesi gerektiğini, hayır diyebileceğini öğretmez. Komşusuna, diğer aile fertlerine, en yakın arkadaşlarına, iş çevresine istemediği halde tavizler verir. Hatta çocuklarını da aynı tavizi vermesi için teşvik eder.

"Ayıp olur!" düşüncesini onun beynine yükler. Bir komşu geldiğinde, öpülmek istemeyen çocuğunu zorla öptürten bir aile, kız evladı çekici bir genç kız haline büründüğünde bu defa onun riskli bulduğu erkeklere *hayır* demesini bekler.

Herkes canına tak ettiğinde birisini reddedebilir. Ama bunu üslubunca, kimseyi kırmadan, ve dürüstçe nasıl söyleyebiliriz?

Hayır demeyi, üç aşamada yapmalısın. Uyman gereken en önemli kural, dürüst olmaktır. Samimiyet her sorunu çözer. Asla yalan bahaneler uydurma. Eğer kendini mecbur hissediyorsan, durumu gerçeğe en yakın şekliyle açıklamalısın:

1. İlk aşamada, reddedeceğin kişiyle köprü kur. Köprü kurmak, onunla hemfikir olduğun bir alan bulmaktır. Benzer bir duygu ya da düşünceyi bulup, önce onu söylemektir.

2. Ama diye başlayan gerekçeyi, mümkün olduğunca kalbini açarak, utanıp sıkılmadan söyle. Bunu öfke patlaması, duygusal kırgınlık ile değil, topraklanmış ve duygularını nötralize etmiş bir durumda söylemeyi tercih et.

3. Eğer uygun buluyorsan, gelecek için bir havuç ver.

Konumuz flört ve ilişkiler olduğu için, bana en çok sorulan soruya bir örnek vermek istiyorum. Son dönemlerin ilişkilerinde, flört dönemi çok kısaldığı için, kadınlar, erkeklerin bir an önce sevişmek için çok aceleci davranmasından şikâyet ediyorlar. Bazıları canı istemediği halde, onu kaybetmemek adına peki diyor. Bir kısmı öfkeyle ya da erkeğe karşı "Niyetin beni kullanmak!" iması yaparak sert biçimde reddediyor ve itici hale geliyor. Kimisi yalan söylüyor.

Hayır demeyi dürüstçe yapan ve hayatındaki erkeği kaybetmeyen bir kadının örneğini burada verelim:

Sevgi ile Ayhan – İkinci Yemekten Dönüş

Sevimli, yumuşak görüntülü bir kadındı. Toplumdaki pek çok kadının aksine, cinselliğini yaşamaktan korkmuyor, ama bunu her önüne çıkan erkekle yaşamayı doğru bulmuyordu. Ama son zamanlarda seçici olabilmenin gittikçe zorlaştığının da farkındaydı. Hoşlandığı her erkekle uzun süreli bir beraberlik yaşamak istemeyeceğini, bazılarının uygun olmayacağını biliyordu. Ne yazık ki bu seçimi yapacak kadar zaman tanımıyordu pek çoğu. "Anlamadıkları şey, bir kadının sadece hormonları yüzünden sevişmek ihtiyacı olmadığı. Ben bir süre sonra asla düzgün bir ilişki kurmayı düşünmeyeceğim birine, sırf seks yaptık diye bağlanabilirim. Onlar bağlanmıyor, ama bizim hormonlarımız buna ters" diye düşünüyordu.

Ayhan ise son dönemde hayatına girmeye çalışan pek çok erkekten daha fazla heyecanlandırmıştı genç kadını. Arzu dolu, ama aynı zamanda harika bir sohbetin yaşandığı akşam yemeğinden sonra Ayhan kendisini eve bırakıyordu. Kapının önünde arabayı durdurduğunda genç adam eğilerek dudaklarından öpmüştü.

Sevgi, hoşlandığı adamın bir kahve daveti almak için beklediğinin farkındaydı. Belki de birbirlerine dokunmadan ilişkide ilerlemek zordu, ama bunun için henüz erken olduğunu hissediyordu. Genç adamın gözlerine baktı ve elini kapı koluna götürdü. Ayhan diğer elini yakalayarak fısıldadı.

"Bana bir kahve ikram etmeyecek misin?"

Genç kadın korkmadı, endişelenmedi, kızmadı. O yüzleşme anı gelmişti. Yukarıya eve çağırırsa, ne olursa olsun, yakınlaşma yaşayacaklarından emindi. Belki de genç adamı değil, kendisini durduramamaktan çekiniyordu. Dürüst davranacaktı. İpeksi yumuşak sesiyle mırıldandı.

"Çok isterdim, ama başka bir sefere davet edeyim."

"Neden? Evin mi dağınık yoksa?"

Ayhan en tatlı gülümsemesiyle gözlerini yüzüne dikmiş beklenti içinde bakıyordu.

Sevgi bir kahkaha attı.

"Çok âlemsin! Dağınık değil aslında, ama şu an eğer dağınık olsaydım, beni yargılar mıydın diye düşündüm elimde olmadan."

"Bunu yadırgamazdım ki. Belki de şu an umurumda değil. Seninle biraz daha zaman geçirmek istiyorum."

Uzanıp Ayhan'ın dudağının kenarına bir öpücük kondurdu.

"Bu gece doğru zaman değil. Şimdilik iznini istiyorum. İyi geceler."

Ayhan genç kadının çenesini yakalayarak yeniden dudaklarını öptü. Sevgi biraz paniklemeye başlamıştı. Kendisini ürküten şey, ona hemen vücudunu açıp açmamak değildi. Sadece bağ kurmak için henüz yeterince duygu oluşmamıştı. Ve eğer sevgi, aşk, heyecan, güven gibi duygular oluşmamışsa, sevişerek kuracağı bağ, kendisini dengesiz bir bağımlıya dönüştürebilirdi. Genç adam fısıldadı.

"Ama artık ben sana dokunmak da istiyorum Sevgi..."

Karanlık gecede yegâne parlaklık, arabanın ön camından içeriye süzülen dolunayın ışığıydı. Göz göze bakıştılar. Genç kadın cevapladı.

"Bunu ben de çok istiyorum Ayhan. İnan ki vücudum senin için yanıyor. Ama ben bir kadınım. Duygulara da ihtiyacım var. Bu yüzden biraz daha zaman rica ediyorum senden."

Ayhan'ın yüzüne durgunluk yerleşti. Ama belirgin bir itiraz da göstermedi.

"Ne kadar? Artık bir çocuk değiliz ki. Seks bir pazarlık konusu olmasın sakın. Senin o kadınlardan farklı olduğunu düşünmüştüm."

Sevgi parmağını genç adamın dudağına, susturmak istercesine dokundu.

"Çocuk olduğum için değil, gerçek bir kadın olduğum için istiyorum bu zamanı senden. Sen de biliyorsun, aksi takdirde erkeksi biri olurdum, ama değilim. Çok ciddiye aldığımdan da değil. Ama bunu bir oyun gibi düşün. İki çocuk olsaydık, oyunun her anından zevk alır, sonucunu düşünmezdik, öyle değil mi? Ama sen şimdi bana bu oyunun sonunu, en baştan oynatmak istiyorsun. Benim duygum oluşmazsa, sıkılırım. Çeker giderim. Bir erkek gibi bakamıyorum ne yazık ki."

Ayhan, genç kadının söyledikleri karşısında sarsılmış görünüyordu. Gözbebeklerinden biraz şaşkınlık, biraz saygı, hatta hayranlık seziliyordu.

"Pekâlâ. Ama bu benim için çok zor, bunu anlıyorsun, değil mi?"

Sevgi gülümsedi.

"Benim için de zor, deli! Ama bu soruyu bana bir daha sor. Ya da ben seni doğru anda kendim davet ederim zaten. Seninle kendimi çok farklı hissediyorum. Bu hislerin gelişmesi için zaman tanıdığın için teşekkür ederim."

"İyi geceler."

Sevgi arabadan inerek, gecenin karanlığında apartmanın kapısından içeri girerek gözden kayboldu.

Maskeleri Atmak

İyi bir flörtün seni gerçek bir ilişkiye, aşka götürmesi için şu ana kadar neler öğrendik:

1. Hoşlandığın kişinin hayat enerjisini yükselt.

2. Bunu, onun en derindeki olumlu özelliklerini görerek, takdir edip söyleyerek yap.

3. Takdir ederken, duygularını, hayranlığını, etkilendiğini belirgin şekilde belli et.

4. Görüşmediğin dönemde, onu düşünmek yerine, hayat sahnende o an her kim varsa, varlığının yüzde yüzünü ona akıt. Onunla flört et.

5. Çalışırken işinle ve gezerken hayatla flört et. Yani hayat enerjini çevrene, işine, hayatına akıt.

6. Cinsel enerjini sağa sola, sana yaramayacak, bir ilişki oluşturmayacak kişilere akıtma.

7. Oyun kurucu ol. Böylelikle hoşlandığın kişiyle eşit olduğunuzdan emin ol.

8. Hayal kurmasını sağla.

9. Gerektiğinde, hayır diyebilmeli, sınır çizebilmelisin. Alışveriş dengenizi birbirine denk tut.

10. Tıpkı iyi bir sevişmede olduğu gibi, flört ederken de her zaman pasif ya da her zaman aktif tarafta olma. Aktifliğin ne zaman kendine ne zaman hoşlandığın kişiye geçeceğini hissetmeye çalış. Mümkünse mantığını kullanmadan bunu fark et.

Tüm bunlar, ikinci seviye flört biçimleridir.

Eğer bir ilişki kurduysan, ilerleyen zamanlarda, aşkın ve heyecanın sönmemesi için ne yapmalısın, biraz da bu alana bakalım. Sadece uzun ilişkilerde değil, evliliklerde de hayati önem taşıyan bazı kuralları hatırlayalım.

"İnsan zamanla birbirine olan tutkusunu kaybediyor. Sürekli aynı bedeni arzulayamazsın ki."

Bu düşünce, bazı şeyleri henüz keşfetmeden önce söylenebilirdi. Ama bizler artık biliyoruz ki, çok uzun evlilikleri olan çiftler bile, birbirlerini ilk günkü gibi arzulayabiliyorlar. En güzel sevişmeler, en büyük kavgaların ardından yaşanmıyor mu?

Bir çiftin, birbiriyle yüzeysel olarak çiçek alışverişi, hediyeler, mum ışığında yemekler, aşkın ve sevginin sadece bir ifadesidir. Eğer duygu zaten varsa, tüm bu hareketlerin bir anlamı olur. Ama duygu kaybedilmişse, ne kadar çiçek alsan da boştur.

İyi bir çiftin, birbirine duygusal ve ruhsal maske takmaması gerekir. Yani yüzde yüz gerçek, yüzde yüz savunmasız olmalıdır. Neden evli olan bazı kişiler, sevgili edindiklerinde daha yüksek ve kolay bir aşk ve tutku yakalayabiliyorlar? Çünkü orada maske takmak zorunda değiller. Beklentiler ve sorumluluklar sınırlı. Zor olandan kaçıyor, kolaya sığınıyoruz.

Güzel bir beraberlik yakaladığın zaman, sevdiğin kişi ile birbirinize maske takıp takmadığınızı sürekli izlemelisin. Maske takmak demek, gerçek *yakınlık* duygusunu kaybetmek demektir. Kalbindeki en gizli gerçekleri itiraf edememek, duygularının bir kısmını saklayıp göstermemek, güçlüymüş gibi yapmak, bazı ihtiyaçlarını söyleyememek demektir.

Bunu neden yaparız? Çoğu kez kendi duygu ve ihtiyaçlarımızdan utanır, sevdiğimiz kişiyi kaçırmaktan korkar, onun gözünde değersiz ve zayıf görünmekten çekiniriz. Halbuki güçlü görünmek zannettiğin kadar çekici değildir. Tam tersine, kalbindekileri dürüstçe ifade ettiğinde, daha güçlü görünürsün. Hatta dürüstlüğün sevdiğin kişiye güven verir. Onun sana kalbini, ruhunu ve vücudunu daha rahat açmasına sebep olur.

Güven duymadığın birine vücudunu ve varlığının yüzde yüzünü açamazsın. Bu erkek için de kadın için de aynıdır. Erkek, her ne kadar kolayca yatağa giriyormuş gibi görünse de, varlığının yüzde yüzünü kadınına her zaman akıtmaz. Çünkü o da bilir ve hisseder ki, kollarındaki kadın kendi kalbindeki gerçekleri tamamen erkeğine sunmamıştır. Her iki tarafın da kendisine özel bazı sırları, gizemleri, duyguları, çekinceleri, hayatları oluşmaya başlar. Kim daha kapalıysa, diğer taraf kendini duvara çarpmış gibi hissederek acı çeker. O da kendini bir süre sonra istemeden de olsa kapatacaktır.

Harika bir aşk ilişkisinde hem kadın hem de erkek, birbirinden tam bir odaklanma, adanma, sevgi talep eder. Başka birine gitmeden, enerjisini, ilgisini sadece kendisine yöneltmesini ister. Ama bunu elde edebilmek için, kendi maskelerini tamamen çıkartması gerektiğinin farkında değildir.

Maske Takmak ve Çıkartmakla İlgili Örnek

Eşim Ömer ile evlendiğimizde, henüz Boğaziçi Üniversitesi Ekonomi Bölümü'nden yeni mezun olmuştuk. Ben henüz hayatımın başlangıcında, en büyük idealimin bankacılık alanında çalışmak olduğunu düşünüyordum. Eşim Ömer ise büyük bir uluslararası şirkete girmiş, kendi alanında ilerliyordu.

Birbirimizi çok iyi tanıyor, sorunlarımızı paylaşıyor, harika sohbetler edebiliyorduk. Hatta en güzel anlarımız, baş başa seyahate çıktığımız zamanlarda yaşanıyordu. Dokuz yıl böylece geçti. Bir yıl o bir yıl ben terfi ettik. Hayat harikaydı, ama çocuğumuz olmadığını anladığımızda sarsıldık.

Bu yolculuğun sonunda, ben bankacılığı bırakarak, kendimi tamamen manevi dünyamın içine gömdüm. Eşim Ömer aynı şirkette çalışmaya devam etti. Burada kendimce çok üzüldüm. Kendimi kusurlu, yarım bir kadın gibi hissettim. Hatta hayatta en sevdiği varlığı baba yapamamanın utancını duydum. Bir gün onu başkasıyla evlendirmeyi hayal ediyor, ertesi gün onu kaybetmekten deliler gibi korkuyordum.

Bu hislerimin belki de yarısını ona gösteremedim. Utandım. Sadece ona değil, etrafımdaki pek çok arkadaşıma da maske takarak dolaşıyordum. O devirde, eşim bir akşam yemeği sırasında bana şöyle bir öneride bulundu:

"Seda, ben bu çocuk muhabbetinden çok sıkıldım. Belki de ayrı ayrı seyahatlere çıkmalıyız."

Bu teklif benim için, birbirimizi serbest bırakıp başkalarını bulalım demekti. Beynimden vurulmuşa döndüm. O zamanlar, maskeyi benim taktığımı, Ömer'in bana yani bildiği tanıdığı Bankacı karısına ulaşamadığını ve kendini yalnız hissettiğini anlayamamıştım. Elbette o da çok genç bir yaşta, beni nasıl açabileceğini göremiyordu.

Ben panikleyerek, kendi bilinçaltımda hamile kalmama engel olabilecek herhangi bir sebep olup olmadığını araştırmaya çalışıyor, kitaplar okuyor, kendimi bulabildiğim regresyon terapistlerine emanet ediyordum. O ise şöyle söyledi:

"Kendini bu kadar bu işlere kaptırırsan, bu iş boşanmaya doğru gider. Ben eski bankacı karımı istiyorum."

Ona kalbimi açmak, korkularımı itiraf etmek, belki de önünde ağlayabilmek yerine, kişisel gelişim kitaplarıma daha beter sarılıp, ondan gizli dünyamı derinleştirmeye koyuldum. Ne de olsa haklıydım. Beni anlamayan oydu. Bana göre hassas davranamayan da... Bir psikoloğa gitmeyi istediğimi söylediğimde aldığım cevap da ilginç olmuştu:

"Sen yeterince güçlü bir kadınsın. Gitmene gerek yok. Kendi başına halledebilirsin."

Çok öfkelenmiştim. Artık birbirimizi arzulayamıyorduk. Halbuki tüm bu yüzeysel dönen konuşmaların altyazısı çok farklıydı.

Ben Ömer'e, "Ömer'ciğim, anne olmayı çok istiyorum..." dedim. "Eğer seni baba yapamazsam, kendimi suçlayacak, seni kaybetmekten çok korkacağım. Bir kadın olarak çok değersiz hissedeceğim kendimi. Bu duygularımı yenemiyorum. Tüm bu yaptıklarım birer saçmalık bile olsa, benim bildiğim tanıdığım Ömer olarak arkamda durur musun? Başımı omzuna koyar, okşar mısın? Beni rahatlatır mısın? Sana ihtiyacım var."

Ömer ise şunları söylüyordu:

"Ben seni artık tanıyamıyorum. Çünkü bana kalbini, gerçek duygularını açmıyorsun. Sadece içeride esen fırtınaların sonucunda, bencilce isteklerini bana dikte ediyorsun. Senin alanına giremediğimde, bana güçlü kadınmış gibi davranıyorsun. Oysaki zayıf düşebilirsin. O zaman ben senin yanında olurum zaten. Ama güçlü durup sessizleştikçe, kendine bambaşka, benim hiç anlamadığım bir dünya kurup, benden uzaklaşıyorsun. Üstelik bunu da görmüyorsun. Sana artık arzu duyamıyorum."

Tüm bunların, sağlıklı bir çift arasında birbirini suçlamadan konuşulması, itiraf edilmesi ve birbirlerine seçim hakkı sunulması gerekir. Maskeler ancak bu şekilde yeniden açılır.

O dönem kör topal bir şekilde hamilelikle sonuçlandığında, biz orada aldığımız yaraları örtbas ederek, açıkça konuşmadan yolumuza devam ettik. Aradan yıllar geçti. Ben bambaşka bir kadın haline gelmiştim. Bu kez, kişisel gelişim, bilinçaltı, korku ve duyguları dönüştürmek, yaşam ve ilişki koçluğu, dişilik, kadınlık, flört ve cinsel enerji alanlarında, kendi yürüdüğüm güzel yolun takipçileri için koçluk yapmak kararı almıştım. Bu alanda dünyanın en önemli merkezlerinden eğitim almış, işimi kurmuş, kitaplar yazmaya başlamıştım.

Takipçilerim, okurlarım, benim yolumda yürümek isteyenlerin sayısı çoğalmıştı. Fakat bizim yıllar önce halının altına süpürdüğümüz konu, hayatımız gayet yolundayken yeni baştan önüme sunuldu. Bu kez, Ömer benim evde işim hakkında, ruhsal yolculuğum ve kendi korkularımı dönüştürme yolunda yaşadıklarımla ilgili tek bir kelime bile duymak istemiyordu. Kitap yazarken bile, biraz tek başıma kalmak istesem bana, "Neden acele ediyorsun ki? Yazma o zaman!" gibi cümleler kurabiliyordu. Yakın arkadaşlarımız bana işimi sorduklarında, uzun uzadıya anlatmama engel oluyordu. Bu dönem boyunca, ben kendimi dışlanmış hissettim. Hatta öyle bir zaman geldi ki, varlığımın önemli bir bölümü haline gelen işim yüzünden, kendi evimde ve yuvamda *yok sayıldığımı* hissettim. Bu beni çıldırtıyordu.

Ben Ömer'e içerledikçe, ona karşı soğuyor, söylediğim sözler, hatta dokunuşlarım bile sıradanlaşıyordu. Sonunda bir gün bu konu hakkında yüzleşerek maskemi çıkartma kararı aldım. Yazlıkta tatlı bir öğleden sonra, balkonda oturmuş denizi seyrediyorduk. Benim göğsüme kocaman bir taş oturmuştu sanki.

Planladığım konuşmayı yapmadan önce, çok sıkı bir topraklanmadan geçtim. Maskeleri çıkartmanın en önemli kuralı, önceden tek başınıza topraklanmaktır. Bunu yapmazsanız başarılı olamazsınız. Ama eğer kalpten bir konuşma yapabilirseniz, emin olun eşiniz size karşı kendi maskesini de muhakkak çıkartacaktır.

Sonunda onun kucağına oturdum ve boynuna sarılarak gözlerinin içine baktım. Şaşırmıştı. Bu ani hareketimi beklemiyordu. Ona döndüm ve şöyle dedim:

"Ömer'ciğim. Ben evde seninle işimden, kitaplarımdan, ruhsal yolculuğumdaki keşiflerimden konuşabilmeyi çok istiyorum. Arkadaşlarımın yanında da rahatça kendimi ifade etmek istiyorum. Sence bunu neden yapamıyoruz?"

Kaşları çatılmıştı.

"Bu konular beni sıkıyor, kaç kere söyleyebilirim?"

Sert tepkisinden dolayı gözlerim yaşardı. Ama engel olmadım. Sadece kalbimi açmaya kararlıydım. Topraklama sırasında fark ettiğim birkaç parça gerçeği ona söyleyiverdim.

"Ama sen bunu yaptığında ben kendimi dışlanmış hissediyorum. Kendi evimde var olamıyorum. Halbuki sen benim her şeyimsin. Yuvamsın. Ailemsin. Hayatta en sevdiğim varlıksın. Beni yazdığım kitaplar için, anlatabileceğim bilgiler için dünya âlem alkışlıyor olabilir..." Artık gözyaşlarım sicim gibi akıyordu. Hatta hıçkırıyordum. "... Ama ben sadece ve sadece senin beni takdir etmeni bekledim. Sen beni evde dinlemedikçe, arkadaşlarımın yanında uzun uzun anlattım. Neden biliyor musun?"

Bir an için bile göz temasımızı kaybetmedik. O bana ben ona bakıyor, yüzleşiyorduk şimdi.

"Çünkü ben kendimi sana göstermeye, kanıtlamaya uğraşıyordum. Senin ağzından bir kerecik dökülebilecek bir tatlı söz, bravo benim karıma, neler başardı, seninle gurur duyuyorum. Ellerine sağlık demen için, sadece bir kerecik..."

Burada sözlerim kesildi ve ben ağlarken, Ömer kollarını sıkıca boynuma sardı.

"Ben seninle gurur duyuyorum, sen deli misin? Bunu da nereden çıkardın?"

"Hiç söylemedin ama..."

"Çünkü bu konular açıldığında sen kendini tutamayarak, bana öğretmen gibi konuşuyorsun. Bense senin öğrencin değil, erkeğin olmak isterim. Bildiklerini tabii ki anlatabilirsin. Hatta bazen seni dinlerken hayranlık duyuyorum. Ama beni analiz etmeni, koçluk yapmaya çalışmanı istemiyorum."

Çok şaşırmıştım. Bu kez kabullenme sırası bendeydi.

"Hiç farkında değilim. Özür dilerim."

Ömer bana daha da sıkı sarıldı.

"Bak, belki bu da önemli değil ama ben kendimi nasıl hissediyorum, biliyor musun? Sana hiçbir şey katamıyormuşum da, her şeyi sen biliyormuşsun gibi oluyor. Oysaki benim de sohbetimi dinleyen ve bu alandaki keşiflerimi bilmek isteyenler var. Ama senin varlığın, beni yok ediyor."

"Ömer'ciğim, benim senden öğrendiğim en önemli şey, her konuda çok daha düz, basit ve pratik bir çözüm ve açıklamanın olması. Bense bir kadın olarak aynı konuyu çok fazla detaya boğuyorum bazen. Onun için kitap yazıyor olabilirim. Bari orada kendimi ve bilgilerimi ifade edeyim. Ama seninle sohbet edebilmeyi bu yüzden istiyorum. Benim bazı keşiflerimi sen basitleştirip bana yeniden sunuyorsun bazen. Ne olur böyle konuşabilsek?"

Ömer beni kendine yasladı. Birbirimizi anlamış, kalplerimizdeki gerçekleri itiraf etmiş, maskelerimizi atmıştık. Onunla hızla yeniden bağ kurduk. Yakınlaştık. Birbirimize olan arzumuz, ilk evlendiğimiz günden bile daha sıkı hale geldi. Bu inanılmazdı. Sadece sevgimiz değil, tutkumuz da arttı. Çünkü birbirimizin ruhunun içine yeni baştan girebiliyorduk. Bu konuşmayı belki yıllar önce yapmalıydık.

Burada dikkat etmek gereken bazı kurallar var:

1. Asla kendi başına topraklanmadan konuşma yapmamalısın.
2. Konuşma yaparken, asla suçlayıcı dil kullanmamalı, daha çok kendi hislerini anlatmalısın.
3. Asla güçlüyü oynayarak, ya da yalandan gözyaşı dökerek kandırmaya kalkışmamalısın.
4. Dürüstlük her şeyden önemlidir. Asla kalbinde olmayan bir şeyi söylememelisin.
5. O senden şikâyet ettiğinde bununla yüzleşebilmeli, eğer gerekirse özür dileyebilmeli, değişmeyi göze almalısın. Bu bir pazarlık masası değil. Tek başına, bencilce kendi isteklerini kabul ettiremezsin.
6. Onun söylediklerini de kendi duygularını da yargılamamalı, koşulsuz kabul vermelisin.

Bir kadın maske taktığında, kendine gizli bir dünya yaratır. Dış dünyada ise eşine kendi *egosu* ölçüsünde davranır. Erkek, genelde televizyon karşısında çokça vakit harcar, işkolik hale gelir, kendisini aşırı derecede bir hobiye verir, ama karşılığında eşini ihmal eder.

Her iki taraf da, aşkta ve cinsellikte en önemli unsur olan varlığını birbirinden esirger. Yani yüzde yüz adanmışlık kaybolur. Yerine yüzde elli kapasitede var olan, gerisinin ne yaptığı belli olmayan bir eş haline gelir.

"Ne oldu bizim aşkımıza?" diye birbirinizi yemeyin. Maskelerinizi atın ve attırın.

Unutma! Maskeler en çok yatak odanı etkiler.

Gamze ve Mert – Mart 2015

Sessizlik Bariyeri

Flörtün en korkunç yanı işte buydu. Pek çok kadın ve erkeğin korktuğu, sevdiği insanın bariyerlerine takıldığı, hatta duvarları aşamayarak tökezlediği anlar, sessizliğe büründükleri zamanlardı. Sessizlik, bir kadını daha fazla korkutuyor sanırım diye düşündü genç kadın. Uzanmış olduğu kanepeden kalkarak mutfağa doğru yürüdü. Dingin karanlığın, ruhunu biraz olsun rahatlatıyor oluşuna şaşırdı. Hafifçe gülümseyerek başını iki yana salladı ve kendi kendine söylendi:

"İçsesim çok fazla gevezelik yapıyor galiba... Baksana bu karanlığa bile razı oldum. Huzur arıyorum."

Kime söylediğini bilmiyormuş gibi davransa da, derinlerde bir yerde, Yaradan'la konuştuğunun farkındaydı. Onca güzel sohbetin ardından, genç adamın uzaklaşması, sessizleşmesi tuhaf olmuyor muydu? Uzanıp ocağın üzerindeki ışığın düğmesine basarak, loş bir aydınlığın etrafı aydınlatmasına izin verdi. Çıplak ayakları, yer karolarının soğuk temasından huylanıyor, içmek istediği kahveyi hazırlarken, acele hareketlerle parmak uçlarında yürümeye çabalıyordu. Kahve makinesinin alarm sesini duyduğunda rahatlayarak, bol köpüklü kahverengi sıvıyı fincanına döktü. Mutfağı kaplayan koku, her nedense yüreğini ferahlatıyordu.

Minik mutfağın ortasına yerleştirdiği yuvarlak masaya geçerek iskemleye oturdu. Ayaklarını uzatarak boş bakışlarla duvarda asılı olan küçük yağlıboya tablolara daldı. Çeşitli meyvelerin resmedildiği dört adet tablo, bir arada asılmış, tam ortasına üzerinde kıpkırmızı kamber biber resimlerinin olduğu termometre ile uyum sağlamışlardı. Genç kadın ne zaman canı sıkılsa, bu görüntüyü seyrederek, derinlere dalardı. Televizyonun rahatsız edici gürültüsünden uzak, kendi içsesini dinleyebileceği harika bir alan yaratmış olmanın verdiği tatminle, ayaklarını diğer iskemleye uzatır ve hayallere dalardı.

Ocağın üzerindeki bakır çaydanlık, pastel yağ yeşili rengindeki duvarlar, koyu bej rengindeki mutfak dolapları, kahve makinesi ve geçenlerde aldığı parlak portakal rengindeki sürahi yan yana dizilmiş, kendisine göz kırpıyorlardı şimdi. Kahvesinden bir yudum alarak düşünmeye başladı.

"Bir erkek neden en güzel zamanda sessizliğe bürünür ki? Bunu anlayamıyorum. Acaba beni arzulamaktan vaz mı geçti? Ya da belki konuştuğumuz konular üzerine söylediklerim ona itici geldi. Korkuyorum. Ne zaman bir erkeği sevsem, kendimce bu adam bana uygundur, bir şeyler yaşayabilirim diye düşünsem, benden uzaklaşmaya başlıyor. Neden ama neden? Artık bu oyunlardan çok yoruldum. Hadi, eğer oradaysan, bu adamı getir bana. Onu istiyorum. Hatta seviyor muyum acaba? Daha şimdiden? Bana yardım et."

Başını arkaya yaslayarak gözlerini kapattı. Zihnini sessizleştirmek arzusuyla kıvranıyor, ama bunu başaramıyordu. Bir süre zihnine üşüşen cümlelerin, düşüncelerin, üzerinde başka teoriler üretmeden, cevap vermeden akıp gitmelerine müsaade etti. Bu yöntem her zaman işe yaramıştı. Bir müddet sonra zihni yavaşlamaya başladı. Gerçekten de korku dolu düşüncelerin kafasına üşüşme sıklığı azalmış, araları açılmıştı. Şimdi kendini daha rahatlamış hissediyordu. İstifini bozmadan öylece durmaya devam etti. Yatağa girip uyumaya çalışsa, asla böyle rahatlayamazdı.

Öylece beklerken, tuhaf bir şekilde gönlünde ferahlama hissetti. Birkaç saniyelik ferahlık ve serinlik duygusunu, kafasında bir paket açılmış gibi ortaya çıkan yeni ve rahatlatıcı fikirler izledi. Bir sanatçının, eserini meydana getirirken yaşadığı o ilham kaynağı nasıl farklı açılımlar yaratıyorsa, genç kadının kafasında da benzeri bir bilgi akışı oluşuyordu. Gözlerinin önünde bin bir tane kapı vardı şimdi. Hepsi güzel, rengârenk ve çekiciydi. Ama bir tanesi aralanmış gibiydi. O kapının içine doğru ilerlemek ihtiyacı duydu.

Zihninde aralanmış geçide doğru yaklaştı. Açık mavi, tahtadan yapılmış, tepesi yuvarlak, eski görüntülü bir geçidin kapısı gibiydi. Kahverengi, paslanmış demirden yapılma iri tokmağı üç kez tıklattı. İçeriye süzülürken, kendisini masalsı bir vadinin ortasında buluverdi. Hayal dünyası onu zengin bir nehrin güldür güldür aktığı, yaşlı bir çınar ağacının enfes gölgesinde serinleyebileceği, tam kıvamında esen tatlı bir meltemin ensesini yaladığı bu yeşillik alana getirmişti. Ağacın gölgesindeki zümrüt yeşili otların üzerine uzandı. Ve içsesini dinlemeye koyuldu.

"Sadece sen korkmuyorsun. Bu dünya, hayat sadece senin etrafında dönmüyor. Kendi küçük dünyandan biraz sıyrılıp etrafına bakabilirsen, hoşlandığın ve birlikte olmak istediğin erkeğin de korkuları olduğunu görebilirsin. Onu takip et. Anla. Daha önemlisi, onun korkusunu sen nasıl tetikliyorsun, bunları fark et. Sen de kontrolcü bir kadınsın. Ve bağlanmaktan en az onun kadar korkuyorsun. Her bağ kuracak kadar hoşlandığın erkeğe rastladığında, oluşan yakınlığı sabote edecek bir şeyler yapıyorsun. Kendini onun yerine koy ve karşındaki kadına bak. Nasıl birini görüyorsun?"

Bu çok garip bir oyundu. Bir anda kendisini dışarıdan farklı ve yabancı bir kadın olarak incelemeye koyuldu. Hatta bir erkek gözüyle bakmayı denedi. Gözleri ürkütücü gibiydi. İnsanın içine işliyor, koymak istediği savunma duvarlarını bir anda delip geçebiliyordu. Açılmaya hazır olmayan bir erkek için, bu kadar çabuk delip geçen gözler, makbul değildi. Biraz daha incelemeye devam etti. Bu kez, her şeyi bildiğini sanan, kendi istekleri olmadığı zaman kolayca uzaklaşıveren, adeta şımarık sayılabilecek bir kadının ne kadar itici görünebileceğini keşfetti. Pek çok adımı karşı taraftan bekleyen, gelmediğinde kırılıp, bir süre sonra kendisi adım atmaya kalkıştığında, erkeğin burnundan getiren, suçlayıcı, aşağılayıcı tavırlar alan bir kadın görüyordu. Bir erkek olarak midesi bulandı.

Bu fikir genç kadını kendi benliğine bir anda geri getirmişti.

"Ama, ben bunların hiçbirini Mert'e uygulamadım ki..."

"Uygulamasan bile içinde bu eğilimler varken, bunu karşı tarafa apaçık bir kitap gibi yansıtırsın. Ve o seni okur, ona göre hareket eder. Senin erkeklere yansıttığın duruşa bir bak. Onlara güçlü görünerek, duygularını kısıtlayıp bazılarını kendine saklayarak aslında ona her an gidebilecek bir kadın gibi görünüyor olabilirsin."

O cennet vadinin görüntüsü gitgide uzaklaşmaya başlamıştı. Mavi kapı artık görünmüyor, içsesi bir fısıltıya dönüşüyordu. Bilincine kuvvetle hücum eden son fikir şu oldu:

Belki de Mert, kendisini hayatının merkezi yapmaktan kaçınıyordu. Onu kaybetmekten korkuyor olabilir miydi? Ağırdan alarak, aslında kendisinde duygu uyandırmaya çalışıyor olabilir miydi?

Gözlerini açtı. Üzerinde oturduğu iskemle ve içinde bulunduğu mutfak şimdi genç kadına yabancı bir mekânmış gibi geliyordu. Az önceki vadide huzur ve güven vardı. Aradığı soruların cevaplarını orada bulabilirmiş gibiydi. Bilincine adeta bir yağmur gibi yağan farkındalık, genç kadını şaşırtmıştı.

"Mert beni okuyabildiyse bile, bunu bilinçaltıyla yapmıştır. Zihniyle tüm bunları düşünebileceğine inanmıyorum. Ama o soru-cevap oyununu oynarken, çok fazla ve çok erken onu analiz etmiş olabilirim. Kim bilir belki de bu kadar çabuk çırılçıplak kalmak, bir erkek için bile zor olabilir."

Kendi kendine güldü. Kadınlar için erkeğin karşısında erkenden fiziksel olarak çırılçıplak kalmak nasıl zorsa, erkekler için de ruhen ve duygusal olarak hoşlandığı kadının karşısında aynı durumda olmak korkutucu olabiliyordu demek...

Ayağa kalkarak salona doğru yürüdü. Yarım bıraktığı kahvesi, masanın üzerinden kendisini izliyor gibiydi. Kanepeye geri dönerek telefonunu eline aldı. Evet, genç adama mesaj atacaktı. Böyle korkup içine kapanmasına ya da ona tavır almasına gerek yoktu:

İyi geceler Mert'çiğim. :-) Nasılsın? Hadi bana müsait olduğunda sesli bir mesaj at. Hem iyi olduğunu bileyim, hem de özlemim geçsin. Öpüyorum seni.

Kalpten Konuşmak

Maskeler, sevdiklerinle aranda görünmez, kalın duvarlar örer. Seni ulaşılmaz kılar. Sadece uzun vadeli ilişkilerde değil, belki de hayatının yalnız bir döneminde, senden hoşlanan kişilerin sana ulaşmalarını da engeller. Ulaşılmaz olmak, baştan biraz ilgi çekici görünse bile, aslında hiç de çekici değildir. Hatta itici görünmene sebep olur.

Sevdiklerinle arana koyduğun bütün mesafeler, bilinçaltındaki korkuların yüzündendir. Bunları hatırlayalım. Bilinçaltında ilişkilerini etkileyen en temel kök korkular, *değersizlik hissi, kaybetme korkusu* (yalnızlık, terk edilmek, reddedilmek, aldatılmak, tercih edilmemek), *yüzleşme korkusu, yetersizlik ve başarısızlık korkusu* ve *ölüm/yaşam korkusu* idi. Bilinçaltın, kendisine doğum anından itibaren yerleştirdiğin inanç kalıplarınla birlikte kalbine mesaj gönderir. Kalp, sana türev duygular hissettirir. *Suçluluk, vicdan azabı, utanç, pişmanlık, öfke, kin, nefret, cezalandırma arzusu, çaresizlik, endişe, panik, kıskançlık, güvensizlik* gibi türev duyguları hissedersin. Kalbindeki bu duygular, zihnini uyarır ve zihin kendi bilgisi, yaşamındaki olaylar ve bilinçaltından gelen yargıların toplamını alarak olumsuz düşünceler üretir.

İşte bu yüzden, maskelerin karşılıklı takip edilmesi ve atılması kolay değildir. Öncelikle, maske takıldığını nasıl anlarsın:

1. Cinsel hayatınızda bir rutinleşme, soğuma, seyrekleşme, cansızlaşma, arzu eksikliği.

2. Baş başa kaldığınızda sohbetin sıkıcılaşması.

3. Sürekli cep telefonu, sosyal medya, whatsapp, elektronik posta gibi uygulamaların kontrol edilmesi.

4. Televizyon karşısında çokça ve uzun saatler vakit geçirmek.

5. Erkekte eleştirilerin artması, kadının ise suskunlaşması.

6. Birlikte yapılan aktiviteler sırasında duygusal olarak derinleşmek yerine rutin, günlük konuşmalar yapmak, ortak yaşanan olaylar karşısında özgün fikirlerini söylemek yerine sessizce karşısındakini onaylamak.

Bunlardan bir veya birkaçını gözlemlediğinde, sezgilerini devreye sokmalısın. Eğer sık tekrar eden bir belirti varsa, maskeleri çıkartmak için kolları sıvayabilirsin.

İlk yapman gereken, kendi başına topraklanmaktır. Gönlündeki kırgınlığı, endişeyi ya da onun ilgisine, ilk zamanlardaki mutluluğunuza duyduğun özlemi önce kendi kendine, gözlerini kapatıp onun karşında olduğunu hayal ederek söylemelisin. İçindeki tüm duyguları tek tek ifade etmeli, sansürsüzce konuşmalısın.

Yani, önce onu özleyen kadın ol. O içindekileri, söylemek istediklerini sansürsüzce söylesin. Artık ifade edecek bir şey kalmayıncaya dek konuşabilirsin. Sonra kırgın olan kadın konuşmaya başlasın. Ona da uzunca bir süre ayır. Kendini tam anlamıyla ifade edip içinden gelen tepkileri kısıtlanma olmaksızın haykırsın. Sonra diğer tüm kalan duyguları hisseden kadın parçalarını da teker teker aynı şekilde konuştur. Boğazında düğümlenme oluyorsa, ya da söyleyecek söz bulamıyorsan, bir yastık alarak, içine derin bir nefes çekerek ağzını bu yastıkla kapat. Sonra avazın çıktığı kadar bağır. Yastık, sesini bastırarak, başkalarının seni duymasını engellemek içindir.

Tüm bunları yazarak da yapabilirsin.

Topraklama bittikten sonra, en derinde neye kabul veremediğini bulmalısın. Ve bunu ona söylemeye hazırlanmalısın. Çünkü suçlayıcı bir tavırla değil, kendi hissettiklerini söyleyeceksin. Ona bunu söylerken, hislerini belli edecek, gururunu düşünmeyeceksin.

Sorun her ne olursa olsun, asla kendi varsayımlarınla, ona danışmadan, fikrini almadan ilişkiniz hakkında bir karar almamalısın. Bu çok önemli. Genelde bağ kurma sıkıntısı çeken insanlar, yüzleşerek gerçek sorunu ve kendi duygularını paylaşmaktansa, her şeyi bir kalemde bitirmekten daha mutlu olurlar.

Eğer konuşmanız her ikinizin de kalplerinizi açtığınızda ilişkinizin lehine ilerliyorsa, o zaman değişim için neye ihtiyaç duyduğunu söylemelisin. Kendin de, onun senden istediklerini, yerine getirmelisin. Bu eşit bir alışveriş olmalıdır.

Eğer değişimler çok radikal olacaksa, sevdiğin kişiye süre tanımalısın. Bunun adını koymalısın. Yani nelerin değişmesini bekliyorsun ve bunun için ne kadarlık bir süre bekleyebilirsin. Eğer o sürenin sonunda hâlâ bir değişme olmuyorsa, ne yapacaksın? Bunların kararlarını alıp ona söylemelisin.

Kalpten konuştuğun her sorun, muhakkak çözülecektir.

Gamze ve Mert – Mart 2015

Yanıt Beklemeyen Flört Mesajına Gelen Yanıt

Sadece ilişkilerin başlangıç aşamalarında değil, aslında evli çiftlerin bile hayatlarında kopukluklar, durgun zamanlar olabiliyordu. Birbirlerine yabancılaştıklarını anlatan pek çok arkadaşının anlattığı öyküler hâlâ kulağındaydı. Böyle zamanlarda, ulaşılmaz görünen tarafın neden kendisine bir duvar ördüğünü çok iyi bilmek gerekiyordu.

Gamze Mert'e en son mesajını attıktan sonra şöyle bir düşünmüştü. Aslında ikisinin sessizce çekiştiği nokta, birbirlerine dokunmak için buluşmalarının gecikmesiydi. Genç adam bu konuda taviz vermiyor, hayatı hakkındaki gizemini koruyordu. Gamze gülümsedi. Öyleyse ondan bunu istemeyen, beklentisiz bir flört mesajı atması çok iyi olmuştu. Görünüşe bakılırsa, genç adamın koyduğu bariyeri aşmış görünüyordu.

Çünkü bu sabah, telefonuna Mert'ten gelen yanıtla uyanmıştı. Uzanıp cihazı eline aldığında mutluluktan kalbi hızlı atmaya başlamıştı. Evet, Mert sesli mesaj yollamıştı. Tam da ondan rica ettiği gibi:

"Günaydın canım benim. Her şey yolunda. Ben bir haftadır iş seyahatindeyim. Ama aklımdasın. Biraz rahatlayıp bir otele kendimi atar atmaz seninle konuşacağız."

Genç kadın rahatlamıştı. Bütün vücudunu yalayıp geçen bir elektrik akımı, sanki ayaklarının altından, parmak uçlarından ve saç tellerinden kayıp gidiyor, bedenini terk ediyordu. Ufak çaplı bir gülme krizine tutuldu. Demek ki içsesini daha fazla dinlemeliydi. Kendince egosunun sesini dinlemeyerek, bir zafer kazanmış, Yaradan'a güveni artmıştı.

Yataktan kalkarak duş yapmaya koyuldu. Yüreği, bir kuş kadar hafif atıyor, adeta gökyüzünde uçuyordu.

Kalpten Konuşma Örneği

Canan mutlu bir evliliği olduğunu düşünüyordu. Erkan ile aşk evliliği yapmışlardı. İlk birkaç yıl, sevişmeleri de harikaydı. Bazen birbirlerine kızar, eleştirir, zıtlaşırlardı, ama gece olur da birbirlerinin kollarına sokulduklarında her şey affedilirdi. O derece güzel bir cinsel uyumları vardı.

"Eğer yatak odanız iyiyse, diğer problemler çok kolay hallediliyor. Herkes her şeyi görmezden gelebiliyor" diye arkadaşlarına öğütler verirdi. Her şey böyle güzel giderken, aldatılmak aklına bile gelmiyordu.

"Erkekler çokeşlidir. Ömür boyu tek bir bedenle yetinemezler. Bu, birlikte olduğu kadının kabahati de değil, her şey hormonlardan ibaret" diyen arkadaşlarını takmamaya çalışıyordu.

Fakat evliliklerinin tam yedinci senesinde tuhaf şeyler olmaya başladı. Artık Erkan ofisinde daha uzun zaman harcıyordu. Akşam toplantılarının adedi artmış, eve daha az zaman harcar olmuştu. Eve geldiğinde daha fazla TV izliyor, sohbetlerinde sessizleşiyordu. Fakat genç kadının kafasında soru işaretlerinin oluşmasına sebep olan olay, en son baş başa yemeğe çıktıklarında yaşanmıştı. Erkan karısıyla restoranda buluşmuş, işten çıkıp yanına gelmişti. Canan ses çıkarmamış, ama bunun alışmadıkları bir davranış olduğunu düşünmüştü.

Genç adam yanına geldiğinde, uzun süredir baş başa kalmakta zorlandıkları için, o akşam yemekte daha özel, daha duygusal konuların konuşulacağını varsaymıştı. Oysaki kocası bambaşka bir telden çalıyordu. İş hayatındaki sorunlardan konuya girmişti. Canan'ın kendi dünyasını ise sormamıştı bile. Rakı kadehleri boşalmaya yüz tuttuğunda Erkan, genç kadını rahatsız eden o cümleyi edivermişti.

"Rasim Ağabey'e rastladım yolda bugün. Biliyor musun, bana yaşımdan çok daha genç göründüğümü söyledi. Kimse evli olduğuma inanmazmış."

Canan, kocasının yüzündeki o tuhaf, kendisini çok beğenen gülümsemeyi, gözlerindeki gizli pırıltıyı, beğenilmenin ve dikkat çekmenin kendisine verdiği coşkuyu izledi. Kalbi hızlı atmaya, damarlarında endişeyle panik arasında engel olamadığı bir duygunun dolaşmaya başladığını hissetti. Konuyu ne kadar dağıtmaya uğraşsa da, genç adamın dönüp dolaşıp kendisi hakkında konuşmasını engelleyemiyordu.

O gece ilk kez eve döndüklerinde Canan'ın canı sevişmek istemedi. Kocasına karşı öfke püskürüyordu. Bir erkek ne kadar genç göründüğü hakkında mutlu olabilirdi elbette, ama evli olduğunun anlaşılmamasından duyduğu haz, genç kadının kalbini kırmıştı. Yoksa kocası artık başka kadınların ilgisini mi çekmek istiyordu? Her erkek bu ilgiyi ister diyen arkadaşlarına inat, Canan böyle bir özgürlüğün sonuçlarının nereye varabileceğini öngörüyor ve rahatlayamıyordu.

Sorun şuydu ki, birlikte yaşlanmak istediği erkek, bu gurur verici ilgiyi kendince yaşayıp uzatmaması gerekirken, ısrarla dilinden düşürmüyordu. "Tam bir hazımsızlık!" diye düşünerek daha da öfkelenen genç kadın, nasıl bir tavır alması gerektiğini düşündü. Hemen üzerine yürümenin doğru olmadığını biliyordu. Yatağa girdiklerinde uzanıp uyumaya çalıştı. Ancak kafasını bir türlü boşaltamadığının da farkındaydı. Zihninin bir köşesi sürekli olarak konuşuyordu. Bir türlü rahatlayamamıştı. Beyninin her gizli kıvrımında, çeşitli senaryolar yerleşiyordu. Çok geçmeden Erkan'ın uykuya daldığının işareti olan düzenli ve derin nefesinin sesini duydu.

Onun bu kadar rahat uykuya dalması, Canan'ı daha da çileden çıkarmıştı. Şöyle bir düşünerek, evliliklerinde kızları doğduktan sonra gelişen olayları, değişiklikleri gözünün önünden geçirdi. Artık daha az sevişiyorlardı. Her şey daha yüzeysel oluyor, Erkan eskisi gibi karısıyla göz göze bile gelmeye gerek duymadan, doğrudan onun heyecanlanacağını bildiği bölgelere dokunarak hızlı bir şekilde sevişmeyi sonlandırır olmuştu. Üstelik de Canan'ın bir kadın olarak çok daha geliştiğinin farkında değil gibiydi.

Canan bir anda geçen gün genç adamın telefonuna elini uzattığında, Erkan'ın yüzünün değiştiğini hatırladı. Yoksa hayatında bir başka kadın mı vardı? Bunu kanıtlamalı, varsayımlarla hareket etmemeliydi, ama şu an öylesine korku ve öfke doluydu ki, dayanamayarak başını yastıktan kaldırdı. Uykusunu derinleştirmek üzere olan kocasını omuzlarından sarstı. Canı iyiden iyiye sıkılmıştı ve o anda kocasıyla konuşamazsa, uyku tutturamayacak gibiydi.

"Erkan, kalkar mısın lütfen?"

Genç adam mırıldandı. Ama tam olarak ayıldığı söylenemezdi.

"Erkan kalk, ben uyuyamıyorum."

Artık genç adamı hırpalarcasına sarsıyordu. Genç adam başını yastıktan kaldırarak gözlerini aralamaya çalıştı.

"Ne var Canan?"

"Uykum kaçtı! Bence acele konuşmamız gereken şeyler var. Canım çok sıkılıyor."

Erkan şaşırmıştı.

"Ne oldu şimdi? Uykumuzu bölmemiz gerekiyor mu?"

Canan sıkıntıyla içini çekti.

"Evet gerekiyor. Çünkü ben sana çok öfkeliyim şu an. Ama senin umurunda bile değil. Belki de benim sana olan öfkemi anlamadın bile..."

Erkan yatakta oturmuştu şimdi. Karmakarışık olmuş saçlarını parmaklarıyla düzeltmeye, alnına düşen bir parça perçemi geriye doğru itmeye çabalıyordu.

"Söyle ne oldu?"

Canan'ın gözlerindeki kıvılcım, tüm odayı aydınlatacak güçteydi. Erkan onların derinliğinde hipnotize olmuş gibi kıpırdamadan duruyordu.

"Erkan, farkında mısın bilmem ama, biz birbirimizden kopuyoruz."

Genç adam şaşırmıştı.

"Bunu da nereden çıkardın?"

"Nereden olacak? Artık doğru dürüst sevişemiyoruz bile. Sen yatakta benden mutlu musun? Neden artık eskisi gibi sohbet edemiyoruz anlayamıyorum."

Erkan huzursuzlanmaya başlıyordu.

"Canan, bunları konuşmak için beni uykumdan uyandırmak zorunda mıydın? Gündüz uygun bir vakitte konuşsak olmuyor mu?"

Genç kadın itiraz etti.

"Hayır olmaz! Ben bu akşam çok üzüldüm ve sana kırıldım. Bunu anlayamıyor musun? Uykum kaçtı. Bu gece seninle baş başa yemek yedik. Peki ikimiz, sevgimiz hakkında ne konuştuk? Hiçbir şey! Peki ortak konularımız hakkında ne konuştuk? Yine hiçbir şey! Çünkü bütün konu sendin. Senin nasıl kilo verdiğin, nasıl kas yaptığın, nasıl daha genç göründüğün... Kime gençleşmeye çalışıyorsun acaba? Karın karşında dururken, bir kez bile iltifat etmeden, sadece kendinle ilgili övgüleri konuşman yersiz olmadı mı?"

Erkan saçlarını sıvazlayarak derin bir nefes aldı. Anlamak, duymak istemiyor gibiydi. Hafifçe yastığa doğru yaklaştı, dirseğini koydu ve başını avucuna yerleştirdi.

"Saçmalıyorsun. Hem ne olmuş bundan gurur duyuyorsam? Sen de bakımlı ol, sağlıklı ol ben de olayım."

Canan o çelikten zırhı delemediğinin farkındaydı. Neler olduğunu göstermemekte kararlıydı genç adam. Çaresizlik içinde söylendi.

"Bu kadar mı yani? Eskisi gibi değiliz Erkan. Bak, geçenlerde telefonuna elimi uzattığımda, yüzündeki panik ifadesini gördüm. Ama hiç araştırmadım. Ne zaman araştırmam biliyor musun? Eğer ben senin yüzde yüz ilgini alabiliyorsam, baş başayken eskisi gibi açık ve sevgi dolu olduğunu hissediyorsam... Yok eğer benden uzaklaşırsan, o telefonunda neler döndüğünü sorgulamaya başlarım."

Erkan sinirli bir sesle söylendi.

"Al araştır o zaman! Bak Canan, saçmalıyorsun şu anda. Yatıp uyuyalım bence."

Canan gitgide daha çok endişeleniyordu.

"O zaman benimle daha fazla ilgilen."

"Tamam Canan. Hadi yat uyu lütfen!"

Karıkocanın aralarında geçen bu ilk konuşma, klasik, herkesin yaptığı hatayı içeriyordu. Ben "Kalpten konuştunuz mu? Derinlerdeki gerçekleri birbirinize itiraf ettiniz mi?" diye sorduğumda, böyle bir konuşmayı kalpten gerçekleri ifade etmek olarak bana sunan çok çift gördüm.

Oysaki, burada maskeler hâlâ duruyordu. O maskeleri indirebilmek için, bambaşka şeylere ihtiyacımız vardır. Buradaki hatalardan en önemlisi, Canan'ın varsayımlarını gerçekmiş gibi söylemesi ve topraklanmadan, öfkeyle, doğru zamanı beklemeden suçlayıcı tavırlarla konuşma yapmasıydı. Genç çift, bu konuşmadan sonra evliliklerindeki yalpalanmayı durduramamış, hatta daha da derinleştirmişlerdi. Sonunda Canan ile birlikte çalıştık. Onun topraklanarak, gerçek bir maskeleri atma konuşması yapması çok daha sonra şu şekilde gerçekleşti:

Canan o akşam uzun saatler boyunca televizyon seyreden kocasını düşünüyordu. Siyaset haberlerini takip ettiği halde, kafası başka yerlerde gibiydi. Oturduğu koltuktan, gözucuyla kocasını izliyordu. Elinde kumandasıyla arada sırada kanal değiştirse de, vücudunda hareket eden tek şey zap yapmak amacıyla düğmeye bastığı parmağıyla gözbebekleriydi. Genç kadın içini çekerek kendi kendine söylendi.

"Yaşayan bir ölü gibisin Erkan!"

Genç adam bu sözleri duymadı.

Gece olup da yatağa girdiklerinde, odada bir ölüm sessizliği hâkimdi. Canan elini usulca Erkan'ın omzuna koydu. Evlendiklerinden beri uykuya dalmadan önce alışkanlık edindikleri bir durumdu bu. Mutlaka bir şekilde birbirlerine değerlerdi. Şeklen her şey normalmiş gibi görünse de, genç kadın yaptıkları her rutin hareketin içinin yavaşça boşaldığını düşünüyordu. Erkan genç kadını şaşırtarak, uzanıp karısını dudaklarından öptü. Canan hareketsiz durmaya devam ediyordu. Erkan avucunu karısının kalçasına yerleştirerek okşamaya koyuldu. O kalçalardan etkilendiğini hiçbir zaman saklamamıştı zaten.

Eskiden olsa, hemen bedenini kocasınınkine yaklaştırırdı, ama bu gece canı istemiyordu. Erkan elini Canan'ın kalçasından beline doğru çıkardı ve kuvvetli ve sert bir tavırla kendisine doğru çekti. Dudaklarına yapıştığında, bu kez genç kadının canını acıtırcasına öpmeye başladı. Bir yandan da bacağını, karısının kalçasının üzerine koymuş, genç kadını adeta kıpırdayamaz hale getirmişti. Canan başını geriye doğru hafifçe çekerek söylendi:

"Canım, uyumak istiyorum."

Erkan gülümsedi.

"Tabii, birazdan uyursun."

Ellerini hoyratça genç kadının bedeninde dolaştırmaya devam ediyordu.

"Ama uykum var Erkan, sevişmek istemiyorum şu an!"

Kocası söylediklerini duymamış gibiydi.

"Tabii yavrum, sen uyu ben sevişirim."

Sert okşamalarına devam ediyor, genç kadının hassas olduğunu bildiği bölgelerine doğrudan dokunmaya çabalıyordu. Canan'ın ne hissettiğini algılamıyor gibiydi. Oysaki genç kadın, duygusal bir kopuşun ardından bu şekilde hızlı bir birleşmeye hazır olamıyordu. Eski günlerde genç adamla kurdukları bağ öylesine güçlüydü ki, Erkan'ın en ufak bir dokunuşunda, kendisini bir kadın olarak birleşmeye hazır bulabiliyordu. Oysa şimdi, gerektiği gibi güven ve sevgi hissedemiyor, kalbinin ona kapandığını fark ediyordu. Asıl sorun, bu kapanmanın kocası tarafından fark edilmemesiydi.

O büyük yüzleşme yaklaşıyor gibiydi. Erkan şimdi doğrudan genç kadının göğüslerine uzanmıştı. İyi bir şey yaptığını zannediyor olabilirdi, ancak Canan bunu adeta bir hakaret gibi görüyordu. Gözlerine yaşlar doldu. Sonunda yatakta kocasının ellerini iterek oturmayı başardı.

"Bir dakika durur musun Erkan?"

Kocasının gözlerinin içine bakıyordu şimdi. Genç adam şaşkınlık ile huzursuzluk arasında gidip geliyordu. Hoşlanmayacağı bir konuşmaya hazır olması gerektiğini fark etmişti sanki.

"Yine ne oldu Canan?"

Karısının gözyaşlarını gördüğünde daha da şaşırdı.

"Neler oluyor? Neden ağlıyorsun şimdi?"

Canan artık kocasının taktığı maskenin içine girmek ve gerçekleri görmek istiyordu. Bunun için kendi kalbini de gururunu hiçe sayarak açmak zorunda olduğunu hissediyordu. Dudaklarından dökülen kelimeler hançer gibiydi.

"Sen benim âşık olduğum kocam gibi değilsin şu anda."

Erkan sıkıntıyla söylendi.

"Ne saçmalıyorsun yine Canan?"

Uzanıp elleriyle genç adamın yüzünü kavradı. Artık bütün acısını gözlerinden kocasının gözlerine aktarırcasına yakından bakıyordu.

"Beni hissetmiyorsun."

Genç adam sessizdi. Karısının gözlerinden büyülenmişçesine hareketsiz duruyordu.

Canan devam etti.

"Şu anda sadece kendi bedeninin zevkini takip ediyorsun. Benim istediklerim bunlar değil."

"Göğüslerine dokunmamdan hoşlandığını sanıyordum."

Canan hafifçe hıçkırdı.

"Erkan'cığım, bunu söylemek beni çok utandırıyor. Ama beni heyecanlandıran yerlere doğrudan dokunman, işin kolayına kaçtığını hissettiriyor bana. Ve bir an önce beni hazırlayıp, kısa sürede benimle birleşmeye çabalıyorsun. Canım yanıyor ama bunu anlayamıyorsun. Biz eskiden böyle değildik. Sohbet eder, güler, ortak zevklerimizden bahsederdik. Sonra sen bana yavaş yavaş yaklaşırdın. O zamanlar benim hislerimi takip eder, hazır olup olmadığımı anlardın. Şimdi benden tamamen kopuksun. Canım yanıyor Erkan!"

Genç adam durgunlaştı.

"Her seferinde seninle sohbet etmem mi gerekiyor?"

Canan ona ulaşamadığının farkındaydı. Gözlerine daha derin bakarak mırıldandı.

"Sence bizim seks hayatımız güzel mi hâlâ?" Erkan sessizliğe büründü. "Rutinleşmesinden memnun musun?"

Hâlâ genç adamın sesi çıkmıyordu. Ama gözlerini karısının gözlerinden çekmemeyi başarmıştı.

Canan devam etti.

"Seni çok seviyorum Erkan. Ama artık sevişmelerimizden zevk alamıyorum. Çünkü bedenin benimle ama ruhun uzaklarda."

Erkan suskunluğunu bozmuyordu. Canan ekledi.

"Ben gerçek kocamı çok özledim. Beni ön sevişmeyle hazırlaman bu kadar mı zor? Eğer beni yeterince arzulayamıyorsan, bu evlilik bitmiş demektir. Bu şekilde sevişemiyorum ben."

Kocası sessizliğini koruyordu.

"Erkan'cığım, seni hâlâ çok seviyorum. Ben bir kadınım. Erkek gibi hormonlarımla sevişemem. Hazırlanmaya, güvenmeye, sevilmeye, yavaş dokunulmaya da ihtiyacım var. Ezberden bana her seferinde en kısa yoldan birleşebileceğin hareketler yaparsan, kırılırım. Beni önemsemediğini düşünürüm. Artık dokunmak istemiyorsan, sebebini bana anlatmak zorundasın. Bu sadece yatak odasında değil, gündelik hayatımızda da böyle oldu. Sohbet edemiyoruz. Şimdi bana söyle, hayatında bir başka kadın mı var?"

Canan hıçkırmaya başlamıştı. Artık gözyaşlarını dindiremiyordu.

"Seni arzulamak istiyorum. Ama bunu başaramıyorum. Eğer başkasını seviyorsan söyle bana."

Erkan uzanarak karısına sarıldı. Uzun süreden beri ilk kez bu kadar sevecen ve yakın davranıyordu.

"Saçmalama, başkası yok."

"Öyleyse neden?"

Genç adam başını önüne eğdi. Konuşmak zor geliyordu sanki.

"Canan artık senin neyi sevip neyi sevmediğini bilemiyorum."

Bu kez şaşırma sırası Canan'a gelmişti.

"Nasıl yani?"

"Sürekli şikâyet halindesin. Sertsin. Kontrolcüsün.

Beni eleştiriyorsun. Daha önemlisi, yatakta da ne istediğini anlayamıyorum artık. Sen tatmin edilmesi zor bir kadınsın Canan. Artık sana yetmediğimi düşünüyorum."

"Ne?"

"Buna şaşırmana gerek yok. Tavırların, konuşma biçimin, kendimi erkek gibi hissettirmiyor. Sürekli bir şeylerden şikâyet ediyorsun. Ve bunun ne olduğunu tam olarak da söylemiyorsun. Sohbet ederken bile, hep kendi fikirlerini bana kabul ettirmeye çabalıyorsun. Haksız bile olsam, konuşma şeklinden dolayı, canım seni dinlemek bile istemiyor. Bu yüzden seninle sohbet etmeyi istemiyorum."

Canan'ın ağlaması kesilmişti. Düşünmeye çabalıyordu. Kocasının bazı sözlerinin gerçek olduğunun farkındaydı. Ama konuşma tarzının ilişkilerini bu kadar etkilediğinin farkına varamamıştı. Yanakları kıpkırmızı olmuştu şimdi. Öfke nöbeti, utanca dönüşüyordu. Usulca konuştu.

"Erkan'cığım, bunu hiç fark etmemiştim. Özür dilerim."

Genç adam yine bir şey söylemedi. Kırgınlığını ilk kez kusuyordu.

"Bana nasıl konuşacağım hiç öğretilmedi ki. Annem de babama karşı benzer bir tavır içindeydi. Seni eleştirip eksiklerimizi düzeltmeye çabalarken, aslında kendi hatalarımı görmezden geliyormuşum. Ama sen neden beni daha önce uyarmadın?"

Genç adam omuzlarını silkti.

"Bunu yapmamın bir önemi olmayacağını, bir şekilde beni haksız duruma düşüreceğini iyi biliyordum. O yüzden de kendime bir dünya kurdum."

Canan'ın kalbi endişeyle çarpmaya başlamıştı. Sordu.

"Ben seni hâlâ çok seviyorum Erkan. Eğer gerekirse,

senin için değişmeye hazırım. İlk günlerdeki aşkımızı, yakınlığımızı çok özledim. Ama sen beni hâlâ seviyor musun? Ve bu durumu değiştirebilecek miyiz? Ne dersin?"

Erkan uzanarak karısını kendisine çekti. Bu dokunuşta ilk kez gerçek bir sıcaklık vardı. Canan içi titreyerek kocasına yaslandı. Sessizce birbirlerine kavuşmanın zevkini çıkardılar.

"Beni anlamana sevindim Canan. Seni hâlâ seviyorum. Evliliğimizi de... Ama bu konuşma şeklini değiştirmelisin artık. Ve yatakta ne istediğini bana daha iyi daha yumuşak bir şekilde anlatmalısın. Yoksa seni değil kendimi mutlu etmeye dalabilirim farkında olmadan."

Bu konuşmanın devamında, çift yeniden yakınlaştı. Kalplerindeki sevgi ve gerçeği birbirlerine akıtabildiler. Bu onların tutkusunu yeniden canlandırdı. Tuhaf bir şekilde Canan, sadece yavaş yaklaşımlardan değil, hızlı birleşmelerden de zevk alabilir hale geldi. Önemli olan neyi yaşadığı değildi çünkü.

Bunu nasıl yaşadığıydı...

Köprü Kurmak

Sevgi ve aşkı canlı tutmanın bir başka yolu ise, maskelerin yönetildiği durumda, köprü kurmaktır. Yakınlık, sevgi, şefkat, anlayış, hoşgörü ve en önemlisi güven getirecektir.

Bunu şöyle de hayal edebilirsin. Her insanın dünyası, kendine has bir küre gibidir. Bir ilişki kurulduğunda, iki tane kürenin birbiriyle kesişmesi gerekir. Bu iki kişi birbiriyle taban tabana zıt bile olsa, birinin küresi beyaz, diğerininki siyah görünse de, ortak alan gri olacaktır.

Köprü, çiftin arasındaki bağın kuvvetlenmesini sağlar. Aslında, zıt kutupların, fikirlerin, karakter özelliklerinin, duyguların ortak bir zeminde buluşması, aşkın gizli anahtarıdır. Bu tıpkı iki bedenin birleşmesine benzetilebilir. Kadın ve erkek bedenleri çok farklıdır. Ama birbirlerini çekici bulurlar. Önce soyunurlar. Yavaşça çıplak kalırken, her iki taraf da birbirine sonsuz bir kabul, saygı, sevgi ve takdir göstermelidir. Birbirini beğendiğini ifade etmeli, duygusunu göstermelidir. Herkes çırılçıplak kaldığında, tıpkı maskelerin atılması gibi yakınlaşırlar. Birbirlerini sevmeye, kalplerini açmaya, duygularını göstermeye başlarlar. Hatta birbirlerine varlıklarının, ruhlarının yüzde yüzünü verirler. O anda birbirlerini sevmekten başka bir şey düşünmezler. Göz temasını, birbirlerine hayat ve cinsel enerji akıtmayı ihmal etmezler. Tüm bunların sonucunda, iyi bir sevişmede kadın ve erkek vücutlarını birleştirmek isterler. Hatta bu öndeki koşullar ne kadar layıkıyla ve kusursuzca yapılırsa, o kadar birbirlerini arzularlar.

Sonunda, birleşirler. İşte birleşme anını da köprü kurmak olarak anlatabiliriz. Bu birleşme, aşkı, sevgiyi daha da artıran, bağı kuvvetlendiren bir durumdur. Bir çiftin sağlıklı köprü oluşturabilmesi için, birbirleriyle diyalog halinde olmaları gerekir. Bu iletişimde kesinlikle uyulması gereken dört kural şunlardır:

1. Birbirinin farklı görüş, düşünce ve duygularına, zevklerine saygı göstermek.

2. Onu değiştirmeye çalışmamak.

3. Kendini kanıtlamaya uğraşmamak.

4. Sonsuz kabul vermek.

Kabul vermek, aranızdaki farkı bilmene rağmen, mutlu ve huzurlu kalabilmekten, bir insanı değiştirmeden, olduğu gibi sevebilme kapasitenden geçer. Yoksa sana çok büyük kabalıklar yapan birine katlanmak demek *değildir*. Sana böyle davranan birine ceza vermek yerine sonuç yaşatmalı, hâlâ değişmiyorsa uzaklaşmalısın.

Sohbet esnasında, birbirinin görüşünü, sözünü kesmeden dinleyebilmek, aşağılamadan, yargılamadan, eleştirmeden kendi fikrini anlatabilmek ve sonunda ortak bir zemin oluşturmaya çalışmak gerekir. Bir nevi "kazan kazan" durumu oluşturulmalıdır. Böyle bir durum, çifte, dünyadaki pek çok insandan farklı olarak, ikisi arasında özel bir bağın olduğunu ve bu bağın harika bir yakınlık, sevgi, huzur, güven ve mutluluk içerdiğini hissettirir.

Nuh'un Gemisi

Eşimle bir gece sinemaya gitmeye karar verdik. Evimize yürüyerek yirmi dakikalık bir mesafede olan sinemaya giderek, biletlerimizi aldık ve filmin başlama saatini beklerken, birer kahve içmeye koyulduk. Ömer ile her zaman muhabbet kuşları gibi konuşmayız. Ama yan yana olmak bile bize huzur verebilir. O akşam, filmi izleyene kadar her şey son derece sıradan görünüyordu.

İzleyeceğimiz filmin adı *Nuh'un Gemisi* idi. Seyretmiş olanlar bilir, film aslında Nuh Tufanı'nı anlatıyordu. Hollywood bu tarz öyküleri efsaneleştirmeye bayılır. Biz de Amerikalı bir yönetmenin, dini bir olayı nasıl işlediğini merak ediyorduk. Filmin konusu gereği, insanlık Allah yolundan saptığı için, yok edilmek üzereydi. Fakat Allah, Nuh Peygamber'in, ailesinden bazı fertlerin, doğadaki bazı hayvan ve bitki çeşitleriyle birlikte kurtarılmasını arzu etmişti. Bunun için Nuh Peygamber'e bir gemi yapması öğretildi. O, bu gemiyi yaptığında tufan başladı. Filmin sonuna doğru, peygamberin hiç öngöremediği bir durum oluşuyordu. Oğlu ve onun karısının ikiz bebekleri oluyor, hatta gelin, yavrularını geminin içinde doğuruyordu.

Hz. Nuh ise, kendisini suçlu ve başarısız hissetmişti. Kendi içinde büyük bir ikilemde kalmış, doğru yolu bulmak için çabalamıştı.

"Allah, insan neslini bizimle birlikte yok etmek istemişti. Bu yüzden kimsenin doğurmaması gerekiyordu. Biz bu emre karşı gelmiş olduk. Ben başarısız oldum. Torunlarımı öldürmem gerekir" diye düşünmeye başlamıştı. Sonunda, eline aldığı bıçakla sevimli ikizleri kesmek üzereyken, yapamayarak bebeklerin canlarını bağışlamıştı.

Filmin yönetmeni, Hz. Nuh'un doğruyu seçip seçmediğini muallakta bırakmış, seyircisinin bu konuda fikir yürütmesini istemişti besbelli. Senaryo bu ya, tam da tufan bitip harika bir sahile çıktıkları anda, film sona eriyordu.

Eşimle filmin konusundan etkilenerek dışarıya çıktık. Hava soğuktu, ama yanaklarımızı hafifçe ısıran rüzgâr umurumuzda değildi. Tatlı bir yürüyüşe başladık. Eve dönerken, ben eşime sordum:

"Ömer'ciğim, sence filmdeki senaryoda Nuh Peygamber doğru yolu mu seçti? Başarılı olmuş mudur?"

Eşim hiç düşünmeden yanıtladı.

"Hayır. Başarısız oldu. Bence o bebekleri öldürmeliydi."

Ömer'in bu keskin tavrı ve acımasızlığı karşısında hayrete düşmüştüm. Kısa bir an için, kan beynime sıçradı. Ben de en değerli varlığımızı, oğlumuzu doğurmuş, onu baba yapmıştım. Benzeri bir durumda demek ki Ömer de gözünü kırpmadan kendi oğlunu kesmeyi göze alacaktı. Bu cesaret bende yoktu. Hafiften yüreğim burkulmuştu.

Eski Seda olsam, muhakkak, "Sen ne biçim babasın? Bir çocuk kolay mı doğuruluyor? Bir annenin bedeninden pek çok şey verdiği, hayata getirdiği bu kıymetli varlık, sanki kendi canından bir parça gibidir. Onu bu kadar kolay harcamak, anneliği ve kadınlığı da kolay harcamaktır" diyebilirdim.

Hemen feveran etmek yerine derin bir nefes aldım ve sordum.

"Ömer'ciğim, bu cevabı senden hiç beklemiyordum. Neden böyle düşündün merak ettim. Anlatsana bana..."

Eşim istifini bozmadan kendi düşünce yapısını uzun uzun anlattı. Özetle şunu söylüyordu:

"Eğer Allah insan neslini yok etmek istediyse, o çocukların doğmasına izin verilmemeliydi. Allah'ın emri, her türlü insani istekten daha önemlidir."

Eşimin tüm kelimeleri, adeta hücrelerimi yakıyordu, ama ben onun keskin sözlerini kesmeden, sabırla dinledim. Kendi fikrimi ona zorla kabul ettirmek gibi bir durumum da yoktu. Alt tarafı bir film izlemiş, karşılıklı onun hakkında sohbet ediyorduk. Sözlerini bitirdiğinde bu kez o sordu.

"Sen ne düşünüyorsun?"

Bu, eşimin çok ender durumlarda sorduğu bir sorudur. Kendi fikrimi usulca anlatmaya koyuldum. Özetle anlatmak istediğim şuydu:

"Ömer'ciğim, bana göre, eğer Allah helak ettiği bir ırktan sonra yepyeni bir insan nesli yaratmak istemeseydi, o bebeklerin doğumuna ve oluşumuna izin vermezdi."

"Sence neden?"

"Çünkü bir bebeğin oluşumu, gerçek bir mucizedir. Düşünsene, biz oğlumuzu kucağımıza alana kadar neler çektik. Bazen sen ne kadar istesen de olmuyor. Bazen de böyle kısır zannettiğin bir kadın hamile kalıveriyor. Her şey bir mucizeyken, onları öldürmek, mucizeye ve Allah'ın iradesine saygısızlık yapmak değil midir?"

Eşim durakladı. Burada önemli olan söylediklerimiz değildi. Daha ziyade, birbirimize hakaret etmeden, hatalısın demeden, eleştirmeden, yargılamadan, aşağılamadan, tersine saygı göstererek dinledik. Kendimizi ifade ettik. Gerçek maksadın, kendi fikrimizi kabul ettirmek değil, aramızda ortak bir köprü kurmak olduğunu unutmadık. Yolun sonuna geldiğimizde, şöyle bir ortak fikre erişmiştik:

"Bu filmdeki kararı yönetmen de izleyiciye bırakmak istemiş. Kim bilir belki de Kuran'da bile Allah her şeyi açıkça söylemeyerek, bazı konuların ucunu açık bırakarak, her bir kulunun onun üzerinde şahsen düşünmesini ve kendi iradesi ile kendi fikrini oluşturmasını, *ilahi* konuları araştırmasını istemiştir. Bunu birlikte yapabiliyor olmak ne kadar güzel."

Bu her ikimizi de çok mutlu etti. Apartman kapısından eve girdiğimizde, birbirimize karşı müthiş bir sıcaklık ve yakınlık hissediyorduk. Bu hissin oluşması tuhaftı. Ama gerçekti de...

Yatak odamıza geçtik. Saat gecenin on birine geliyordu. Eşim yatağa girerek kütüphaneden seçtiği tasavvuf ile ilgili bir kitabı açtı. Bana sesli olarak beğendiği bir bölümü okumaya başladı. Daha sonra birbirimize sarıldık ve bu sarılma, pek çok diğerlerinden daha aşk ve muhabbet dolu oldu.

Köprü kurarken asla yapmaman gerekenler:

1. Sırf yakınlık olsun diye tamamen onun fikirlerini kabul etmek.

2. Sevdiğin kişiyle bilgini yarıştırmak.

3. Birbirinizle üstünlük savaşına girmek.

4. Hakaret etmek.

5. Küçümsemek, yargılamak, eleştirmek.

6. Haklı çıkarsan, "Ben sana söylemiştim!" gibi bir tavır takınmak.

7. Taviz vermek, sınır çizememek, konuşmak gereken yerde suskun kalmak.

8. Gerilmek, öfkelenmek ve bu duyguları yansıtmak.

9. İntikam almak ya da zafer kazanmış gibi üstünlük taslamak.

10. Baskın karakter olup onu susturmak.

Köprü kurarken dikkat etmek gerekenler:

1. Onun fikirlerinin değişik olabileceğine kabul vermek.
2. Onu değişmeye zorlamadan konuşmak.
3. Aynı fikirde olmasanız da onu dikkatle ve sözünü kesmeden dinlemek.
4. Sevgi sözcükleri kullanarak konuşmak.
5. Eğer sana yeni bir farkındalık kazandırıyorsa, onu sesli olarak takdir etmek.
6. Farklılıklardan korkmamak.
7. Tam tersine, iki zıt karakter ya da görüşün ortak bir noktada buluşabilmesinin seksi ve arzulanan bir durum olduğunu hatırlamak.

Gamze ve Mert – 30 Mayıs 2015

Yanıt İstemeyen Mesaj At ve Unut

Bir şey canını sıkıyordu. Artık eskisi kadar sık ve detaylı konuşamıyorlardı. Genç adam hep çok çalıştığını ima ediyor, ama henüz Gamze'yi gerçek bir buluşma için davet bile etmiyordu. Bunun konusu arada sırada geçse bile, gerçek planlar yapılmıyordu. Bu nasıl bir durumdu böyle?

Artık soğukkanlılığını kaybediyordu. Acı çekiyor, korkuyordu. Derhal Mert'in kendisi için önemini küçültmeliydi. Yoksa acısı daha da büyür, genç adama bağımlı kalırdı. İşte buna hiç ihtiyacı yoktu. Çalışması, para kazanması gereken bir işi vardı. Evet, ona bu kadar hayran olmaya hiç gerek yoktu. Bugünden tezi yok, Mert'in kusurlarını hatırlamalı, onu gözünde büyütmekten vazgeçmeliydi.

Aldığı karara rağmen, diğer yanı hâlâ umutluydu. Beklentilerini küçültmeliydi. Neler olduğunu bir anlayabilseydi... Mert ile en son samimi yazıştıklarında, birbirlerini soyarken hayal edeceklerdi. Peki sonra ne olmuştu da genç adam uzaklaşmıştı? Arada sırada içinden isyan bayrağını dikmek gelse de, Mert'in bazı sözleri aklına geldiğinde bundan vazgeçiyordu.

"Bir kadına ulaşman zor olmalı. Yoksa heyecan hissedemezsin. Zor ve yavaş olmalı" dememiş miydi?

Oysaki genç kadın, onun kendisini soyduğunu çoktan hayal etmişti. Eline telefonu alarak whatsapp'tan sesli bir mesaj yolladı:

"Bu sabah uyandığımda, aklıma sen geldin. Beni yavaş yavaş soyma fikrin, inanılmaz tahrik ediyor."

Cevap beklemeyecekti. Duşa girerek telefonunu unutmaya çalıştı.

Hayal Kurdurtmak

Gamze ofise vardığında Mert'ten cevap gelmişti bile. Genç kadının yüreği, ondan aldığı mesajları gördüğü her defa bir kuş gibi çarpıyordu. Heyecanla kulaklığını takarak dinledi. Mert'in ses tonu inanılmaz çekiciydi:

"Bunu düşünürken, kendine aynı zamanda da dokundun mu?"

Soruya yanıt veremeden patronunun kendisini çağırmasıyla ilgisi dağıldı. Sonraki saatler, adeta bir nehir gibi akıp gidiyordu. Öğlen arasında genç kadın yeni bir mesaj attı:

"Evet... Ama bunu sen de yaptığında, karşılıklı anlatmak istiyorum. Şu an sana detay veremem."

İki saat sonra yanıt geldi:

"Yarın Almanya'ya gideceğim. Orada gece tek başıma kalırken, bir otel odasında seni düşünerek kendime dokunacağım Gamze. Ben bunu pek fazla yapan bir erkek değilim. Ama sen söz konusuyken, bazen kendi hayallerime engel olamıyorum. Otel odasında karşımda sen olacaksın. Bunu bir otel odasında yapma fikrime ne diyorsun?"

Gamze eve gittikten sonra dinleyebildiği mesaja cevap verdi:

"Mımmm... benim için inanılmaz heyecan verici bir şey. Merakla bekliyorum. Anlatmanı da... Çünkü kafandan benimle ilgili geçireceğin şeyleri öğrenmek için ölebilirim."

Mert bu defa çevrimiçi görünüyordu. On beş dakika içinde yanıtladı:

"Bakalım ben ne düşüneceğim? Değişik şeyler düşünebilirim, haberin olsun. Senin kafanda olanlardan çok daha farklı şeyler. İzin veriyor musun değişik şeyler düşünmeme?"

Gamze:

"Ha ha ha, evet ben izin veriyorum. Ama sonradan bana da bütün açıklığıyla anlatman şartıyla..."

Mert:

"Anlaştık. Senin hayallerini de merak ediyorum, ama karşılıklı söylememizi istiyorsun. Peki o zaman, bunları sonra konuşuruz."

Konuşmanın akışı kesilmişti şimdi. Genç adamın hâlâ çevrimiçi oluşu, Gamze'nin içini tırmalasa bile, genç kadın telefonuna bakmayı reddederek kendini okuduğu kitabın hikâyesine bıraktı. Başkalarıyla ne yaptığı değil, kendisiyle neler yaşadığının daha önemli olduğunu kendi kendine hatırlatmaya çalışıyordu.

Belli Başlı İlişki ve Flört Hatalarının Kaynağı, Geleneksel Çocuk Yetiştirme Hatalarımızda Saklı

Hemen hemen tüm seviyedeki ilişki modelleri için geçerli olan bir şeye dikkat çekmemiz gerekir. Türk kadınının kendisini hızlı bir şekilde bazı tabular ve yargılardan arındırması gerekiyor. Toplum ve aile yapımızdaki hatalı yetiştirmeden kaynaklı bazı sorunlar, ilişkideki doğal zannettiğimiz ama ayaklarımıza dolanan bazı hatalar yaptırıyor. Flört ediş biçimimizi, hatta yataktaki elektriğimizi de derinden etkiliyor.

Bu hatalar, hem kadınları hem de erkekleri etkiliyor. Toplumumuzun yapısını değiştirebilmek için, ortalara çıkıp isyan etmekten çok daha etkili bir başka yöntem var; kendimizi değiştirmek. Yani, bizi nasıl yetiştirdiklerine fazlaca takılmadan, yaşlı neslimizin de aynı hatalara kurban gittiğini anlayarak, onlara kızmayı bırakıp, bir adım ötesine geçmeliyiz. Mutluluğu ve gerçek aşkı yakalayabilmek için, öncelikle kendimizi değiştirebiliriz. Bu değişim kökten ve ruhtan, hatta bilinçaltımızdan olmalı. Ancak o zaman, etrafa yaydığımız manyetik alan bulaşıcı olmaya başlayacak ve birbirimizi iyiye ve güzele doğru tetikleyecektir.

Ve en önemlisi de, yeni neslimizi çok daha doğru ve dürüstçe yetiştirmeye başlayabiliriz.

Düzeltmemiz gereken bazı davranış modellerine gelince, onları özetle şu şekilde sıralayabiliriz:

Yetiştirme Hataları – Erkekler İçin

1. Annelerin ailedeki erkek çocuklarına daha ayrıcalıklı davranması. Onlara iş yaptırtmaması, hatta evdeki kız kardeşlerine, erkeğe servis yaptırtması...

Bu yetiştirme tarzı, ilişkilerde erkeğin kadından çok fazla şey beklemesine, ama karşılığında bir şeyler yapması ya da vermesi gerektiğini bilmemesine sebep oluyor. Bazı erkekler, sadece para vermenin, kadının karnını doyurmanın yeterli olduğunu düşünerek, onların duygusal ve ruhsal ihtiyaçlarını göremiyorlar. Kadınıyla derinleşmek istese bile bunu nasıl yapacağını anlayamıyor, kaba ve yüzeysel kalıyorlar.

Aynı özellik, yatak odasında da hüküm sürüyor. Bu tip erkekler, sadece boşalarak seksi sonlandırdığında, kendisini yeterli ve başarılı görüyor. Zaten, kadının önemli olduğuna, onun orgazm olup olmadığına çok da aldırmıyor.

2. Annelerin oğullarına aile içinde yeterince sorumluluk vermemesi, acı çekmesine kıyamaması, onun sorunlarını kendileri çözerek, hayata yeterince hazırlamadan yetiştirmesi.

Yine oldukça sık rastladığımız bir davranış modeli. Oğullarına duygularını ifade etmesini değil, sadece onları bastırmasını öğreten, ağlamasına izin vermeyen aileler, onları duygusal açıdan köreltiyorlar.

Bu tip yetiştirilmiş erkekler, genelde sonradan baskın

karakterli, kendileri için problemleri çözecek, güçlü yapıdaki kadınlara yönelip, sırtlarını yaslıyorlar. Duygusal olarak yeterince gelişmedikleri için, kendi duyguları ve öfkeleri ile başa çıkamıyorlar. Hayatla başa çıkamadıkları zaman, seçtikleri kadın da güçlü ise onunla ve onun başarısıyla da başa çıkamadıklarında şiddete bile başvurabiliyorlar...

Bu tip erkekler çok daha eleştirel, sevdiği kadının güçlü özelliklerini çok fazla takdir edemeyen, duygularını gösteremeyen, sevdiğini dillendiremeyen, en son söylemesi gereken şeyi en başta söyleyen, ama bağlanabilen, hatta sırt yaslamak ve kendini güvende hissedebilmek için bağlanan dişi erkek modeli haline geliyorlar.

3. Oğullarına nasıl gerçek bir erkek olunur, bir kadına nasıl davranılır, kadın duygusu nasıl yönetilir gibi kavramları öğretmek yerine, *sadece* sünnet oldu diye "Benim aslan oğlum, paşa oğlum artık gerçek bir erkek oldu!" diye pohpohlamak.

Sadece bir penise sahip olduğu için, kız kardeşinin namusunu korumasına izin verilen, onun hayatını kısıtlaması için görevlendirilen erkek çocukları bile var.

Bu tip erkekler, yetişkin olduklarında çapkınlık yapmayı, bencilce davranmayı, kadınlar kısıtlanırken, erkeklerin her türlü şeyi yaşamaya hakkı olduğunu düşünen adamlar haline geliyorlar. Kadınlarında olumlu duygular uyandırmaları gerektiğini, ya da olumsuz duygu hissetmelerine sebep olduklarında ise, onlara yardımcı olmaları gerektiğini, kadınlarının namusunu *değil*, duygusal durumlarını takip etmeleri gerektiğini anlayamıyorlar.

En önemlisi de namus kavramını yanlış algılıyorlar.

Hatta bu tip erkeklerin, ailenin sandığının *tam tersine*, özgüvenleri eksik oluyor. Çünkü *gereksiz pohpoh*, çocuk tarafından gayet iyi hissedilebilen bir şey. Eğer hak etmediği şeyler için bile onu övüyorsanız, çocuk bunun gerçek olmadığını bildiği için, kendini yetersiz hissederek büyüyor.

4. Oğullarımızı kız çocuklarından uzak tutmaya çalışmak.

Bazen onlara istedikleri kadar kız arkadaşları olabileceğini, cinselliği yaşayabileceklerini söylüyoruz, ama aynı zamanda evlenecekleri kızı, bakire kızlar arasından seçmesi gerektiğini öğretiyoruz.

Kız çocuklarımıza da oğullarımıza da ikiyüzlü olmasını, yalan söylemesini ve yanlış değerlere odaklanmasını öğretiyoruz. Birbirlerini rahatça tanımalarını engelliyoruz. Bu yüzden erkeklerin kafasında şu oluşuyor:

"Kadınları memnun etmek imkânsızdır."

Ya da kadını cinselliği için yargılıyorlar.

Flört etmeyi bilmedikleri için, ne yazık ki yakınlaşmak istediklerinde sadece yatak odası ve seks akıllarına geliyor. Oysaki, bu kitapta da anlattığım gibi, duygu üretebilmek için doğru bir flört evresini uzun uzun yaşayarak birbirlerini tanımaları gerekiyor.

Erkek yaradılışı gereği, kendi cinsel dürtülerini, tam manasıyla, en derindeki tüm eğilimleri ile birlikte kadınında yaşayabiliyorsa, âşık olabilir. Onunla bağ kurabilir. Ama eğer, kadın, bundan korkarsa, kendini gerilip kısıtlarsa, yeterince cinsel enerjisine teslim olamazsa, bu kez birlikte olduğu kadına âşık olamaz. Ama bu tip kadını seçip evlenmeye kalkıştığında ise, evliliklerde aldatmaların kaçınılmaz olduğunu görüyoruz.

Yetiştirme Hataları – Kadınlar İçin

1. Kız çocuklarımıza, sadece cinsiyetleri yüzünden erkek çocuklardan daha az, daha yetersiz, daha zayıf olmaları gerektiğini öğretmek. Bazen de tam tersine, olduklarından daha değerli, daha prensesvari, her istediğini ağlayarak, tutturarak, şımararak elde edebilen varlıklar olarak yetiştirmek.

Yani burada tam ters iki kutup var.

Bu tip yetişen kız çocukları, aşırı fedakâr, erkeğini elinde tutabilmek için çok verici, hatta aile kurduğunda tüm sorumlulukları adil olmayan bir şekilde üstlenen, kendisine yetersiz ya da saygısız davranan bir eşe bile sesini çıkarmayan, bunu kader olarak algılayan kadın haline geliyorlar.

Diğer uçtaki prenses kızlar ise, karşısındaki erkekten ne isteyebileceğini, sınırlarını, bunu söyleme biçimini güzelce tayin edemiyor. Kendisini dürüstçe ifade etmiyor, huysuzlukla, dırdırcılıkla ifade ediyor, hatta istediğini elde edemediğinde, bu mantıksız bir şey bile olsa, öfke patlamasına kapılıyor. Tavır koyuyor. Erkeğini seksten mahrum ederek, küserek, ya da aşırı tacizkâr konuşmalarla cezalandırıyor.

Ne istemesi gerektiğini, bunu nasıl istemesi gerektiğini, zamanlamasını sağlıklı bir şekilde ayırt edemiyor, ilişki hataları yapıyor. Kendi hatalarından dolayı alttan almayı, özür dilemeyi bilmediği gibi, dişi olmayı, makyaj yapıp süslenerek, ünlü markaların ürünleri ile giyinerek, kırıtarak, kapris yaparak elde edebileceğini sanıyor.

2. Kız çocuklarını korkutarak, cehennemde sonsuza

dek yanacağını ima etmek. "Orospu!" diye ya da farklı aşağılayıcı kelimeler kullanarak onları utandırmak.

Bu tip davranışlara iki farklı tepki veriliyor. Ya kadın, bir yetişkin olduğunda, bu tip aşağılayıcı kelimelerin hakkını vermeye çalışırcasına, kendini erkeklere açıyor, uygunsuz davranmaya başlıyor, ya da aşırı derecede tutuk kalıyor. Bu da ilişki yaşının küçük kalmasına sebep oluyor. Kızlarımızın bu kadere razı olmasını istiyor muyuz?

Peki ya, Allah ile bağlarını sürekli hasara uğratarak, artık ne yaparsa yapsın cennete giremeyeceğini düşünmesine sebep olmak ister miyiz? Bu, kadınlarımızın bazen dinden soğumasına, bazen de Allah'a yaptıkları ibadette ikiyüzlü davranmalarına sebep oluyor.

3. Kız çocuklarını erkekler hakkında korkutmak.

Onlara "Bacaklarını açarsan, bekâretini kaybedersen, kimse seninle evlenmez..." "Aman kızım, erkekler seni yatakta kullanır ve bir kenara atar..." "Erkek dediğin sadece seks ister, eğer verirsen sana bağlanmaz..." "Kadın dediğin namuslu olur ve namuslu olmak için, hayatın boyunca sadece tek bir erkeğe âşık olabilir ve ona bağlanabilirsin..." gibi cümleler ve kavramlar öğreten aileler ve toplum bireyleri de kadınlarımızın bugünkü hasarlı ilişkilerinin baş mimarıdır.

"Kız çocukları sokakta uluorta gülmez..." "Öyle çok fazla erkek arkadaş edinme, ortalıkta onlarla görünme..." "Flört ayıptır..." diyen zihniyet, aynı zamanda kız çocuklarına "Aman kızım, git ağabeyine su getir, o ne istiyorsa yap" diyenler.

Kız çocuklarına ne öğretiyorsunuz biliyor musunuz?

Yetişkin bir kadın olduklarında, öncelikle, *bir kez âşık*

olduğunda, bu dünyanın en yanlış erkeği bile olsa, ona kul köle olmasını, hatta yanlış bir evlilik yapsa, onu korumak yerine, ona mahkûm olmasını sağlıyorsunuz.

Daha da tehlikelisi, erkek, "Kızım, kaç yaşındayız, benimle sevişmezsen başka kadına giderim" dediğinde, ona bacaklarını açması gerektiğini bilinçaltından koşullandırmış oluyor. Çünkü aksi takdirde o erkek başka kadına gider.

Bu kitapta ısrarla vurguladığım gibi, yatağa girmeden birbirinizle cinsel olarak uyumlu olup olmadığınızı sadece doğru flört ederek anlayabilirsiniz. Ama bu tip kadınlarımız, ne yazık ki, flört de edemiyorlar. Flört edemedikleri için, erkek arkadaşları onları sıradan buluyor ve başka kadınlara da yönelmeye başlıyorlar. Bu kez aynı kadınlar panikleyerek, kendilerini hazır olmaksızın yatağa atıyorlar. Bunu, erkeği tanımak ve sevgiyi paylaşmak adına değil de, onu kaçırmamak, başka bir kadına kaptırmamak için bedenini açıyor.

Gamze ve Mert – 1 Haziran 2015

Tavır ve Sınır Koyma Zamanı

Gamze:

"Mert'çiğim, seni çıplak hayal edemiyorum, biliyorsun değil mi? Çünkü seni çıplakken hiç görmedim. Acaba sen beni nasıl soyuyorsun merak içindeyim."

Bu mesaja cevap birkaç saat sonra geldi:

"Ben seni hayal edebiliyorum. Ama sana tek bir şey soracağım. Bir sandalye üzerinde oturuyor mu olmamızı isterdin, yatakta mı? Yoksa otellerin makyaj masaları vardır ya, onun üzerinde mi oturuyor olurdun? Seni ne şekilde düşünmemi isterdin?"

Gamze hayıflandı:

"Benim şekillendirmemi mi istiyorsun yoksa? Eğer bana bıraktıysan, sen yataktayken, beni makyaj masasının üzerinde otururken hayal etmeni isterim. Ama her şeyi de bana anlattırıyorsun. Çok üçkâğıtçısın vallahi. Sen kendi hayalini bana anlatacak mısın?"

Mert:

"Şöyle söyleyeyim, hiçbir şey yapmadan, seni henüz soymadan önce, birkaç şekilde görmek ve izlemek isterdim. Daha kendim de soyunmadan önce, mesela, sen makyaj masasının önünde ayaktasın, aynaya dönüksün ve tek ayağını kaldırarak masanın üzerine koymuşsun...

bunu biraz izlemek hoşuma giderdi. Sonra odada yürüyüşünü izlemek isterdim. Topuklu ayakkabılar üzerinde... Belki bir bahçeye camdan bakışını izlemek güzel olabilir. Ben yatakta uzanıyorken."

Gamze:

"Bak işte, bu tam beni tasvir ediyor. Ben o topukların üzerinde öyle bir endam ederim ki, bakışlarını ayıramazsın. Mutlaka gözlerinden yakalarım seni. Sadece seyretmekle kalmaz, belki de dinlersin beni. Ufak tefek heyecan verici konuşmalar yaparım. Kulağına eğilip fısıldarım."

Mert:

"Elbette zaten ben o havaya girmişsem, tüm duyularım çalışır. Sadece görüntüyle olacak iş değil bu. Gerçi sen öyle birisin."

Gamze:

"Evet öyleyim."

Mert:

"Hatta şöyle söyleyeyim sana. Bizim otel Almanya'da olacak nasıl olsa. Sen oradayken, biraz kendini teşhir edebilirsin mesela bana. Otelin lobisinde bunu görmeyi çok isterdim. Çok da heyecanlanırdım büyük ihtimalle."

Gamze:

"Ben senin önünde yürürken ve sen arkamdayken olabilir bu. Ya da sen oturduğunda senin gözlerini nerede olursan ol, yakalarım. Bana baktığından emin olduğum bir anda, sadece senin görebileceğin her şeyi gösteririm. Mesela bir ayağımı basamaklardan birine koyup eğilebilirim. Çorabımı düzeltmek için."

Mert:

"Evet, aynen bu şekilde..."

Sohbetin tam ortasında bir yerde, Gamze'nin içine tuhaf bir kurt daha düştü. Genç adam içdünyasını açtıkça, onun duygularının ve heyecanlarının köreldiğini hissetmeye başlamıştı. Tıpkı konuşmaları sırasında bahsettikleri adam gibi görünüyordu Gamze'nin gözüne şimdi... Çok fazla duygusuzca sevişmiş, artık sıradan ama sevgi dolu hareketlerle uyarılamayan, kolay havaya giremeyen, çok yüksek oyunlara ihtiyaç duyan bir adam gibiydi.

Sohbet ilerlese bile artık genç kadının gönlü o kadar da genç adama akmıyordu. Kendini kabuğuna çekmek, kaçmak, sessiz kalmak, hatta vazgeçmek ister gibi bir arzuya kapılmıştı. Tüm bunları oynayabilirdi. Bu yeteneği, cesareti vardı elbette. Ama hiçbirini de istemiyordu. Kendisi onu uyarmak için onca uğraş verecek, ama karşılığında ne alacaktı? Belki de koskoca bir hiç...

Bu kez konuşmalarını kendisi kısa kesti. Hayal kurmak artık anlamlı gelmiyordu. Bir anda Mert'in gerçek yüzünü görmeyi çok istediğini düşündü. Az önce genç adamın da dediği gibi, tüm duyularıyla onu hissetmeden, daha fazla ilerlemelerine müsaade etmemeliydi.

Genç kadın bir anda netleşmişti. Hem zihni hem de gönlü çok ferahlamıştı. Bundan sonra Mert'ten gerçek bir adım gelmezse, yazışmayı sonlandıracak, hayal kurmayı ve oyun oynamayı bırakacaktı. Her şey bir yere kadardı. Aralarındaki alışveriş eşit olmalıydı. Yoksa kendi hayat enerjisinden yemeye başlar, onu besliyor hale gelirdi.

Artık Mert, davranışlarının yavaşlığının sonuçlarını yaşamalıydı.

Erkeğin İkinci Seviyesi

İkinci seviyeye geçmiş erkek, aşk acısı çekmeye, kalbini sevgiye açmaya ve duygularını yaşamaya hazırdır. Bütün yapması gereken, bir kadını daha derinden görebilmektir. Ona kalbini açmaya, görüntüsü haricindeki değerlerine saygı ve takdir gösterebilmeye odaklanır.

Bu seviyede bulunan kadın ve erkekler, birbirleriyle flört ederken, aslında arka planda, kendi duygularını yaşamayı, onlarla başa çıkmayı, yönetmeyi ve korkmamayı öğrenirler.

Artık sevişirken daha paylaşımcı olmayı, kadınına zevk vermenin yolunun salt zevk aldığı noktaları teknik olarak ele almak yerine, gözlerinin içine bakmak, ona duygularını geçirmek, kadınını hissetmek olduğunu öğrenir. Bu seviyedeki erkeklerin öğrenme ve keşif listesinde şunlar yer alır:

1. Seçtiği kadının duygusal gelgitlerinde kaybolmamak.
2. Kadınının beklenti ve duygularını yönetebilmek.
3. Güven vermek.
4. İlişkide *varlığının* yüzde yüzünü hissettirmek.
5. İş hayatına köle olmak yerine, işinin kendisine hizmet etmesi gerektiğini öğrenmek. İşi ile kadınına akıtacağı zamanı dengelemesi gerektiğini fark etmek.

6. Kadınında farklı duyguları uyandırmak ve bunların gereğini yapmak.

7. Kadınının ruh durumunu takip etmek ve ustaca yönetmek.

Bağ kurmak, düzenli ve sürekli bir ilişki yaşamak onu korkutsa bile, bunu denemeye razı olur. Çünkü anlamıştır ki, ilişkiler, özgürlüğünü kısıtlamak için değil, kendisini ruhen ve erkeklik açısından geliştirmek ve olgunlaştırmak için vardır.

Zaten her kadın, yukarıdaki maddelerde ustalaşmış bir erkeği özgür bırakabilir.

Bu sayede kadın tatmin olur ve erkek de özgürlüğünü kazanır. Artık bu özgürlük alanında, başka bir kadının peşine düşmekten ziyade, kendi hayat amacını bulmak vardır. Aşkın anlamını, sürekliliğin önemini, bir kadından gerçek anlamda beslenmeyi, onun erkeğe verebileceği hediyeleri, kadınlar arasında kıyas yapabilmeyi, ilişkileri derinlemesine görebilmeyi öğrenir.

Kadınını ve duygularını yönetmeyi becerebildiği gün, artık aşktan ve kalbini açmaktan da korkmayacaktır. Böylece, "Ya acı çekersem?" diye düşünmeksizin, âşık olduğu kadından kaçmak yerine ona yaklaşır. Ama artık her kadına duygu hissedemediğini fark eder.

Hâlâ güzel ve mekanik sevişebilen kadınlar ilgisini çekiyordur. Bu seviyedeki kadın ve erkekler pornografik ve sert sevişme stillerini sevmeye devam ederler. Şehvet ile sevgi arasında gidip gelirler. Kadın da erkek de nefsini terbiye etmekle meşguldür.

Bu kadınlarla birlikte olabilir, ama artık eskisi kadar zevk almaz.

Gamze ve Mert – 5 Haziran 2015

Ürkütücü Sessizlik

Önünde bomboş uzanan asfalt yol, İstanbul'un alışılageldik trafiğine kıyasla altın değerinde sayılırdı. Güneş gökyüzünde parlıyor gibi görünse de, ortalığı ısıttığı söylenemezdi. Az sonra köprüye girmeye hazırlanan arabanın gaz pedalına biraz daha basarak hızlandı. Karmakarışık duygu durumu, yavaş gitmesine müsaade etmiyordu. Bir pazar sabahı, herkes sıcak yatağında keyif yaparken, genç kadın aradığı dinginliği bir türlü bulamadığı evini erkenden terk ederek, kahvaltı edebileceği, Boğaz manzaralı bir kafe arama sevdasına düşmüştü. Artık o mutfakta gördüğü mavi kapının ardındaki vadiye de ulaşamaz olmuştu. Kim bilir belki de Boğaz'ın şahane maviliği, ruhuna aradığı cevapları getirebilirdi.

Mert kendisiyle mesajlaşmaya başlamıştı başlamasına ama bu kez de eskisi gibi derin ve anlamlı konuşmuyor, sadece yüzeysel yanıtlarla genç kadını geçiştiriyordu. Gamze artık onu düşünüp arzulamayı çoktan bırakmış gibiydi. Uzak durulması gereken, güvenilmez erkeklerle başa çıkmayı çoktan öğrenmişti. Mert'in bütün kötü özelliklerini alt alta dizmiş, zaten onunla yakınlaşsalardı çok da parlak şeyler olmayacağını kendine tekrar edip durmuştu. Genç adam her aklına geldiğinde, şöyle bir ritüel yapıyordu:

Kontrolcüydü genç adam. Gizemliydi. Sürekli sırlar ve karanlıklar içinde yaşıyor gibiydi. Elini tutup sinemaya gidecek, saatlerce öpüşecek biri değildi. Daha ziyade ürkütücü bir sertlik ve hükmetme eğilimi olan bir adamdı. Pek çok erkek genç kadının peşinden koşarken, onun bir gülüşüyle bile dokunmayı arzularken, Mert kendisini kıskandırmasını, özel kıyafetler giyerek heyecanlandırmasını talep edecek, belki de özlediği huzurlu ilişkiyi veremeyecekti.

"Neden bu kadar zahmete girmeli ki?" diye düşünmüştü. Kırbaçlar, sadist ve mazoşist ilişkiler üzerine bu kadar çok konu açan birinin, gizli dünyasında kim bilir neler dönüyordu... Ya genç kadından bunları talep etseydi? Bedenine zarar verseydi? Başka erkek mi yoktu?

"Gizemini, karanlığını, sertliğini de alsın ve çeksin gitsin!" diye kendince karar vererek düşüncelerini kapatıyordu. Gerçekten de onu özlememeyi başarmıştı. Neden yaklaşmadığını, o kadar güzel flört etmelerine rağmen uyum sağlayamadıklarını anlayamaya çalışmaktan vazgeçmişti. Bu denli derin konuşabiliyorlarsa, her zaman dost olarak da sohbet edebilirlerdi. Ama başka türlü bir beklentisi olmayacaktı artık.

Bu düşünceler genç kadına yardımcı olmuştu olmasına ama tüm bu eforun bir de yan etkisi vardı. Genç adamla ettikleri sohbetler boyunca açılıp genişlemiş olan kalbi, bu kez kapanıyor, alanı daralıyordu. İşte bu çok canını yakıyordu. Ruhu kapanmak, küçülmek istemiyordu. Birini sevmemeye çalışmak, sevmekten çok daha zordu.

Beklentilerini kapatırken, kalbinin de kapanacağını kestirememişti. Kim bilir belki de bu paralelliği ilk kez

Mert'i unutmaya, sevmemeye çalışırken keşfediyordu. Oysa beklentilerini kapatıp kalbini sevgide tutmanın yolunu bulmalıydı. Ama bunu yine başaramamıştı. Başarısızlık, midesini bulandırıyordu.

Sevilmemek ise çok daha yakıcı bir öfke yaratıyordu.

Gamze gözlerini bir an için gökyüzündeki bulutlara dikerek Yaradan'ı aradı. O'na tüm benliğiyle seslenmek ihtiyacındaydı.

"Söylesene, şimdi ne oldu? Ben kendi üzerime düşeni yaptım. Ona sitem etmeden, kırılmadan mesajlarımı attım. İlgilendim. Flört ettim. Şimdi neden benimle eskisi gibi konuşmuyor?"

Gözlerinden yaşlar boşandığını fark ettiğinde çok şaşırdı. Çelik gibi sağlam ve güçlü kadına neler oluyordu böyle? Etkilendiği erkek kendisine ilgi göstermeyi kestiğinde, onu unutabilmeyi, vazgeçebilmeyi başarmış, bu yüzden âşık olmaktan korkmadığını düşünen bu güçlü kadın nasıl ağlayabilirdi? Başını iki yana sallayarak söylendi. Bir yandan da bulutların ardına saklanmış gizemli yaratıcıya kendini uzay kadar uzak hissediyordu.

"Ya, anlamıyor musun beni? Çok yoruldum. Güçlü bir kadın olmak da bir yere kadar işe yarıyor. Günün sonunda istediğim şeye kavuşamıyorum. Artık önüme çıkan ve duygu hissedebildiğim her erkeğin benden uzaklaşmasından ve onlardan vazgeçmekten çok yoruldum. Benim göremediğim duvarlarım kaldıysa, onları kaldır. Sevdiğim erkek mi bana ulaşamıyor yoksa ben mi ona ulaşamıyorum? Bana başka bir kader ver. Bununla başa çıkamadım. Bak işte pes ediyorum."

Gözyaşları daha da hızlı akıyordu şimdi. Dayanamayarak sesini duyurmak için içgüdüsel olarak avaz avaz haykırmaya başladı.

"Anlamıyorum! Bana ne öğretmeye çalışıyorsan, anlamıyorum! Lütfen beş yaşındaki çocuğa öğretir gibi öğret. Daha açık ol bana. Net ol. Lütfen!"

Anadolu yakasına geçtiğinde, sahil şeridinde amaçsızca ilerlemeye başladı. Nereye gideceğini bilmiyor, kalbinin sesini dinlemeye çabalıyordu. Uzunca bir süre ağladıktan sonra gözyaşları dindiğinde, kendisini mütevazı bir çay bahçesinin önünde buldu. Tanıdığı herhangi birine rastlamak istemiyordu. Arabasıyla içeriye girdiğinde, çay bahçesinin arka tarafında sürpriz bir otopark sakladığını hayretle fark etti. Park edip herhangi bir masaya oturana dek, denizin enfes mavisi üzerinde oynaşan güneş ışıklarını seyretmeye koyuldu. Doğanın güzelliği karşısında adeta nefesi kesilmişti.

Oturup bunca güzel kahvaltı seçenekleri arasında sıradan bir kaşarlı tost ve açık bir çay ısmarladı. Neydi bu ruh hali? Kendini mi cezalandırıyordu, yoksa genç adamı mı? Güzelliklere layık olmadığını mı düşünüyordu? Kendini değersiz mi hissediyordu? Başını iki yana salladı. Hayır, bunların hiçbiri kendisine yakın gelmiyordu. Öyleyse neydi derdi?

Uzanıp çantasını açtı ve içinden sürekli yanında taşıdığı günlük defterini çıkardı. Yazı yazmalı, içindekileri kâğıda dökerek gerçek sorunun ne olduğunu bulmalıydı. Topraklama başlıyordu:

"*Kızgınım sana! Geri zekâlı, sersem! Bıktım artık senin gibilerden ben! Bıktım artık senin gibi cesaretsiz, bir şeyleri başlatıp başlatıp ayakları arkasına vura vura kaçanlardan. Artık yeter ya, yeteeer! Daha hiçbir bok olmadı. Daha henüz bir şey yaşanmadı bile. Ama defoldun gittin işte. Defol git o zaman. Bir daha da gelme! Neden bana mesaj atmıyorsun ki? Neden? Neden ama, nedir sebebin?*

Korkuyorum işte! Düpedüz korkuyorum! Senin benden uzaklaşmanı hiç mi hiç istemiyorum. Ya Mert, seni istiyorum. Hem de çok istiyorum. Seni yaşayamadım henüz ben. Ne olur geri dön. Geri dön. Geri dön. Gitmeni istemiyorum. Korkuyorum işte, korkuyorum gitmenden! Ya Mert, seni çok istiyorum. Ama ne haltlar karıştırdığın belli değil. Artık bıktım ben ya! Gerçekten bıktım. Artık yeter yeter yeter yeter!

Tam heveslenip heyecanlandığım bir erkek hayatıma girdiğinde, tam bu aşamada vazgeçmek zorunda kalmaktan bıktım usandım artık. Yoruldum! Yoruldum! Yoruldum! (Yorgunluk kelimesini yazarken, genç kadının gözyaşları sicim gibi yanaklarından süzülüyordu. Galiba en çok bu hisle kendine acıyordu.)

Çok yoruldum! Anladınız mı beni? Yoruldum! Neyi değiştirip düzeltmem lazım, bilmiyorum. Hadi göster bana! Hadi daha açık ve net ol bana! Beşinci boyuttaki daha yüksek varlığıma, Rabb'ime sesleniyorum şu an. O, sevdiğine kavuşmanın ne demek olduğunu biliyor. Kavuşmayı öğrenmiş, ayrılıktan kurtulmuş olan tarafıma soruyorum şimdi. Hatta yalvarıyorum sana. Lütfen bana da öğret artık vazgeçmeye takatim kalmadı."

Biraz sakinleşmiş gibiydi. Yine de göğsündeki ağırlığın tam olarak kalktığı söylenemezdi. Elini usulca ağırlığın üzerine yerleştirdi. Gözlerini kapattı. Önünde uzanan mavi suların dinginliğine ulaşamıyor, ama kokusunu içine çekebiliyordu. Bir nebze olsun rahatlamıştı. Dikkatini o ağırlığa verdiğinde gözünün önünde bir çocukluk anısı canlandı. Bunun otomatik olarak bedeni ve bilinçaltı tarafından kendisine sunulan bir anahtar, hatta bir armağan olduğunun farkında değil gibiydi.

"Çok geç, çok geç, çok geç..." diye ağlıyordu. Kim bilir belki de yedi yaşındaydı. Kalabalık salonda masanın kenarındaki iskemlenin yanında ayakta duruyordu. Amcası, yengesi, ve kuzinleri, evlerine misafir olarak gelmişlerdi. Amcasının iki kızı vardı. Birisi dokuz yaşında, diğeri ise beş buçuk yaşındaydı.

Amcasının kızları, kendi aralarında oynuyorlar, Gamze'ye fazla sokulmamayı tercih ediyorlardı. Küçük Gamze, onlarla her bir araya geldiklerinde, göğsünde tuhaf bir yalnızlık ve ağırlığı aynı anda hissediyordu. Anne ve babasının maddi durumu, çok parlak olmasa da, amcasınınkilerden daha iyi sayılırdı. O gece, amca kızları tarafından yalnız bırakıldığı için, sessizce içeriden en sevdiği oyuncağı alıp salona getirerek masanın kenarında oynamaya koyulmuştu.

Anne ve babasının çalıştıkları şirket adına yaptıkları bir Avrupa seyahatinden getirmiş oldukları özel yapım bir erkek bebekti elindeki... Kuzinleri gibi evcilik oynamadığından, erkek bebekle çok daha yaratıcı olabileceğini fark eden annesi, kızına sürpriz yaparak bebeği, çeşitli aksesuvarları ve kıyafetleri ile birlikte satın almıştı. Kim bilir, belki de içindeki minik kız, o gece kuzinlerine gösteriş yapmak, onlara mahkûm olmadığını göstermek ya da yalnız bırakıldığı için daha güzel bir oyuncağı tercih ederek onlardan intikam almak arzusuna kapılmıştı.

Amcasının küçük kızı, birdenbire hırçınlaşarak, elindeki oyuncağı alıp yere savurdu. Bir yandan ağlıyor, diğer yandan Gamze'nin saçından hallice bir tutamı çekiştiriyordu. Kuzini edepsizce ağlamasının volümünü gitgide artırdığından olsa gerek, büyükler olaya müdahale ettiler. Babası, Gamze'nin elinden oyuncağı alarak, kuzinine vermesini emretti. Gamze bir yandan yaralanmış, diğer yandan öfkeyle isyan duygusu arasında sıkışıp kalmıştı.

"Kızım sen o bebeği ver, ben sana daha güzelini getiririm. Altı ay sonra yeniden yurtdışına çıkacağım."

Gamze içinden isyan etti. Altı ay, yedi yaşında bir kız çocuğu için aşırı uzun bir zaman dilimi demekti. İçi paramparça olmuştu. Umutla annesinin gözlerine baktı, ama annesi üzüntülü gözlerini kızından kaçırarak olaya müdahale etmedi.

Gamze ağlıyordu şimdi. Gözyaşları yanaklarına değil, yüzünün içine akıyordu. Zaten bu yaşında bile arkadaşları ona, "Gözyaşları yüzünün içine akan kız" unvanını vermişlerdi. Artık çok geçti. Bir otorite karşısında ona karşı gelmeyip acısını içine gömmeyi, hiçbir şeye bağ geliştirmeksizin kolayca vazgeçmeyi, küsmeyi, kendi dünyasına kapanmayı o anda tercih etmiş, yetişkin bir kadın olana dek bunu eksiksizce uygulamıştı.

Gözlerini açtığında hatırladığı olaya kendisi bile şaşırdı. Şimdi ne olacaktı? Ömrünü böyle küskün geçirmek, sessizliğe bürünüp kendi dünyasına saklanmak istemiyordu. Bir şeyleri değiştirmesi gerekliydi. Yoksa hayatı ördüğü duvarların arasında yitip gidecekti.

Önce yeniden gözlerini kapatarak, hayalinde küçüklüğünü kucağına aldı. Onun duymaya ihtiyacı olan şeyleri, bu kez kendisi ona söyleyecekti. Hayalinde o sahnedeki annesine ve babasına, kuzinlerine, hatta amcasına, yengesine ve Allah'a bile söylendi. İçinde birikmiş onca kelimeyi, zamansızca dudaklarından döküverdi. Bunu yaptıkça inanılmaz derecede rahatlıyor, ruhunun özgürleştiğini hissediyordu. Minik kıza da konuştu:

"Korkma bir tanem. Artık senin yanında ben varım. Bir daha senin hakkın yendiğinde asla susmayacağız. Hakkını savunacaksın. İsteklerini görmezden mi geliyorlar? Bu kez onları sen dillendireceksin. İhtiyaçlarını söylemen, duygularını olduğu gibi aktarman asla ayıp değil. Hadi şimdi birlikte söyleyelim. Bana bakın! Ben oyuncağımı kuzinime vermeyeceğim. Bunu istemiyorum. İlla ki onu mutlu etmek istiyorsanız, altı ay sonra yurtdışına çıktığınızda, başka bir oyuncağı kuzinime alın. Benimki bende kalsın."

Gamze artık etrafta kimlerin olduğuna aldırış etmiyordu. Tek tük erken kalkmış insanlar kahvaltı keyfi yapmak için gelmeye başlamışlarsa da, yakınlarındaki masalar henüz hâlâ boştu. Kendi kulağının duyabileceği şekilde konuştu. Hatta boğazında düğümlenen ağrıyı azaltabilmek, konuşmamaktan, kalbindeki gerçeği tam olarak ifade etmemekten kaynaklı enerji sıkışmasını atmak için eğilip ağzını eşarbıyla kapatarak denize doğru bir çığlık attı. Huzur, engin mavinin genç kadının çığlığından kopup gelen öfke ve çaresizliği alıp kollarında yatıştırdı. Bir anne gibi şefkatiyle sardı. Ve onun karanlıkta kalmış parçasını, kendi ışığını yakarak aydınlattı.

Kendini ifade etmek son derece iyi gelmişti. Aynı şeyi Mert'e de yapması gerektiğini hissediyordu. Oysaki genç kadın hep ihtiyaçlarını, duygularını, hayallerini kendisine saklamayı öğrenmişti. Zayıflıktan nefret ediyordu. İstekleriyle bir erkeğin karşısında küçülürmüş gibi, hatta onu korkutup uzaklaşmasına sebep olurmuş gibi hissediyordu. Ama korkunun ecele faydası yoktu.

Şöyle bir düşündü. Aslında en derinde kabul veremediği şey, Mert'e göstermiş olduğu onca kadınlığın, zekânın, derinliğin, uyumun, flört ederek ona geçirdiği hayat enerjisinin *yok sayılması* idi. Ve genç kadının yok sayılmaya asla tahammülü yoktu. Çocukluğundan başlayarak, tüm büyük öfkelerini hatırlamaya çalıştı. Evet, pek çoğunda yok sayıldığını düşünmüştü.

Peki ya kendisi ne yapmıştı? Küserek, bile bile sessiz kalarak, onlar yokmuş gibi davranmamış mıydı? Bunu bir alışkanlık haline getirerek, öfkesini pasif şekilde gösterip intikam almamış mıydı? Hatta zaman içinde, hak eden veya etmeyen herkese sessiz ve mesafeli davranmaya başlamamış mıydı? Kendi varsayımlarıyla, onlara danışmadan keskin kararlar alıp uygulamamış mıydı?

En çok da, erkeklere asıl duygularını elevermemek adına adım atması gereken yerlerde atmayarak, gerçeğin ne olduğunu sormadan, ona bir seçim hakkı tanımadan keskin kararlar alıp uzak ve sessiz kalmamış mıydı? Her an gidebilirmiş gibi bir hava estirmemiş miydi?

Tıpkı...

Tıpkı Mert gibi...

Kim bilir, belki Mert de korkuyordu. Her an çekip gidebileceğini hissediyordu. Ondan vazgeçebilme gücünü çoktan fark etmiş olmalıydı.

Şimdi daha iyi anlıyordu. Evet, içsesine teşekkür etti. Kendisini değiştirir de savunma mekanizmalarının fişini çekebilirse, muhakkak kaderi de değişecekti. Öyleyse, yine genç adama bir konuşma yapmalıydı. Ama bu kez kendi ihtiyaçlarını belirten, ona olan ilgisini belli etmekten çekinmeyen, hatta ona süre tanıyarak ilişkilerinin gidişatı hakkında karar aldıracak bir konuşma olmalıydı bu.

Utanmamalıydı. Çekinmemeliydi. Bu rezil olmak değil, *var olmaktı.*

Eğer reddedilirse, Mert bir şekilde gitmeyi tercih ederse, ondan o zaman vazgeçebilirdi. Çünkü artık söyleyebileceği her şeyi ifade etmiş, yapılacak her şeyi yapmış olacaktı. O zaman unutması daha kolaydı. Kalbinin bu kadar acımasına, kapanmasına, küçülmesine gerek kalmayacaktı. Yara almadan da ayrılabilir, onu kolayca unutabilirdi.

Ama bunu kalpten konuşarak yapacaktı.

Bir süre üzerinde düşündükten sonra whatsapp üzerinden sesli olarak şu mesajı gönderdi:

"Harika ve güneşli bir pazar sabahına uyanmanı bekliyorum Mert'çiğim. Keşke yanında olsaydım da seni ben, kendi seksi yöntemlerimle uyandırabilseydim. Bunu çok isterdim. Ama seni yeterince görüp konuşamadığımda hem özlüyorum, hem de kopuyorum. Bu bana iyi gelmiyor.

Yazışmalarımızda birbirimize çok yakınlaştık. Neredeyse iki ay geçmesine rağmen gerçek hayatta aynı yakınlaşma olmadıysa, bana göre bundan sonra da olmayacaktır. Bu makasın açılması güzel bir şey değil. Senin fikrin nedir? Ben bu şekilde oyuna devam edemeyeceğim. Ya buluşmak ya da susmak ihtiyacındayım.

Senin fikrini merak ediyorum. Bir karar vermeliyiz. Öpüyorum seni dudaklarından."

Duygu Kutuplarını Yönetmek

Hoşlandığın birinde duygu uyandırmak için doğru flört etmen gerekiyor. Ama, onda uyandırdığın duyguların, aynı zamanda onun diğer korku kutuplarını da uyardığını hiç düşündün mü?

Hatırla.

Duygular çift kutupludur. Bir ucu sürekli hissetmek istediğimiz, diğer ucu ise kaçtığımız duygudur. Ama bu zıt kutuplar her insanda aynı anda vardır. Tıpkı gökkuşağının renkleri gibi... Birini sevdim diğerini sevmiyorum diyemezsin. Kırmızıdan kaçıp her daim mor olamazsın. Mor, kırmızı ve mavinin karışımından oluşur çünkü.

Eğer sürekli aydınlığa kavuşmak istiyorsan, tüm renklerin toplamı olan beyaz ışığı bulmak zorundasın. Yani, duygu spektrumunda, iki zıt kutbu çok iyi anlaman gerekiyor:

Mutsuzluk-Mutluluk

Nefret-Aşk

Korku-Güven

Depresyon-Coşku

Öfke-Şefkat

Acı-Orgazm (En Yüksek Haz)

İntikam-Affetmek

Her bir duyguyu bir enstrümanın teli gibi düşün. Mutluluk ve mutsuzluk birbirinin zıt kutbu olabilir, ama bunlar aynı duygudur.

Duyguların zıt kutuplarına şöyle bir bakalım:

Acı-Orgazm

Çoğu erkeğin ölüm sırasında ereksiyon halinde olması bu yüzdendir mesela. Çünkü en büyük acının içinden geçmiş ve artık aynı duygunun diğer kutbuna varmıştır.

Korku-Güven

İnsanların *ilahi* bir güce güvenebilmek ihtiyaçları bu yüzdendir. Ne kadar güven duyarsan, o kadar korkunu yenersin. Rabb'e teslim olurken çektiğimiz zorluk, zıt kutuptaki korkudur. Teslimiyetteki "yanmak" duygusunun şiddeti, güvenimizin gücü ile alakalıdır. Bu yüzden iman gücü çok önemlidir. Ucuz flört taktiklerine, kısa vadeli oyunlara, *ego*'muzun sesine tav olmamız da hep bu yüzdendir.

Kadınlar ve erkekler olarak ne kadar birbirimizden korkutularak büyürsek, o kadar güven duyamayacağız. İlişkilerimiz hep kötüye gidecek.

Nefret-Aşk

İnsan nefret ettiği kişiye âşık olabiliyor. Bunun psikolojide Stockholm sendromu adı verilmiş bir açıklaması da vardır. Örneğin rehin alınan bir kişi, kendisini rehin alan kişiye empati geliştirmeye başlar. Zaman içinde onu sever.

Bağ kurar. Onun tarafını tutmaya, korumaya çalışır. Pek çok uzmanın da göremediği şey, kurbanın aynı duygunun zıt kutuplarında gezinmek zorunda olduğudur. Yaradılış böyledir.

En güzel sevişmeler, nefret ile başlayan büyük kavgaların ardından yaşanmıyor mu? Nefret ederken, bu duygunun bir şekilde kavgayla bile olsa bedenden atılması sonucu, kişi otomatik olarak kendini aşk kutbunda bulacaktır.

İntikam-Affetmek

Affetmek de bir duygudur. Sen canın ne kadar istese de, ne kadar dilinle söyleyip, hiçbir şey olmamış gibi davransan da, içindeki gerçek duygu değişmezse, bu af değildir. Gerçek af, duygu olarak hissettiğin hafiflik ve cezalandırma, geri ödeme alma arzunun geçmesidir. Bu arada, intikam almak istediğin birine ceza verdiğinde, bu kez hızla affetme, hatta ona şefkat duyma kutbuna geçersin. Eğer o cezayı ne olursa olsun sen veriyorsan, *ilahi adalete* bırakamıyorsan, egonun sesini dinliyorsun demektir.

Şimdi, senden bir isteğim var. Bundan sonra flört etmeye başladığın bir erkekle, kendini dinlemekten vazgeçmeni istiyorum. Bu çok önemli.

Seni bir tık ileriye atacaktır. Buradaki kibrini de görmeni rica ediyorum.

"*Ben* dışlandım!"

"*Ben* istenmedim!"

"*Ben* ilgi görmedim!"

"*Ben* aranmadım!"

Sürekli bir *ben* var burada.

Elbette sana kendini unutmanı ve ezilmeni söylemiyorum. Sadece kendi duygularını birkaç dakikalığına bir kenara koy ve olaylara dışarıdan bir izleyici gibi bak. Çünkü bu şekilde hoşlandığın erkeğin duygu kutbunu göreceksin.

Bu seviyede artık bir erkeğe baktığında, onun neden korktuğunu görebiliyorsun, öyle değil mi?

Ama bu yetmez!

Hangi şartlarda onu korkuttuğunu, onun neden korktuğunu ve bunun nasıl kaçınılmaz olduğunu da anlamak zorundasın. Ona aşırı mutluluk verirsen, mutsuz olmak zorunda. Öbür uca yaradılış gereği kayacak. Bundan kaçışın yok. Dengesini tutturamaz yoksa.

Sen onu orgazma soktuğunda, harika bir sevişme yaşattığında, o gidip acı çekecek. Sen ona güven verdiğinde, çok güvenli, teslim olduğunuz bir durum yaşattığında, gidip korkmak zorunda.

Duygu burada kendiliğinden gelecek, ama o bunu hayatındaki bir olaya yapıştırmak, atfetmek zorunda kalacak. Çünkü zihni bunu emrediyor. Çoğu zaman zihin, seninle olan ilişkisini hedef gösterecektir.

İletişiminiz sürerken, sana bu duygusunu bulaştırmak isteyecektir.

Şimdi.

Bunun doğal olduğunu idrak etmeni rica ediyorum. Zaten sen kiminle birlikte olsan, bu yapıda olacak. Kime âşık oluyordun? Senin kutuplarına sahip olan ve o kutuplara kaydığında, senin korkularını kaşıyacak ego taktiklerine başvuran kişiye âşık oluyordun. Öyleyse sen onu gözlemlediğinde iki şey yapmak zorundasın.

Bundan sonra onun savunma kutbuna geçtiğinde, "Bitti!" diyerek kestirip atmak istemiyoruz.

Bir tek *sevgi*'nin zıt kutbu yoktur. Sevgiyi, tüm zıt kutupları içine almış, ışığı ile korkunun sebeplerini aydınlatmış ve artık onları hissettirecek sebepleri ortadan kaldıran bir güç ve duruş hali olarak görebilirsin.

Sevgi bir oluş biçimidir. Kötü olayları dönüştürücü gücü vardır.

Bu yüzden, gücü para ve iktidarda değil sevgide, sertlikte değil mertlikte aramalıyız.

Kendi Olumsuz Duygunu Yakmak

Sonsuza dek sende kalacak bir zafere hazır mısın?

Eğer belli bir alandaki korkunu bir daha asla hissetmek istemiyorsan, bunun tek çaresi onu yakmaktır.

Kaybetme korkusunu ele alalım. Eğer bir sevgilinin seni terk etmesinden korkuyorsan, bunu yaktığında *sadece* sevgilinin seni terk etme ihtimali korkunu yakmış olursun. Bu senin ölümle ayrılık, yalnızlık, aldatılmak gibi korkularını yok etmeyebilir.

Öyleyse, zaman içinde onlar da tetiklenirse endişelenme. Olumsuz duygular soğan kabuğu gibidir. Temizlediğin alandaki asla bir daha tekrar etmez ama başka alandaki aynı korku, derinlerden yüzeye doğru çıkacaktır. Ama ikinci yakma operasyonun, ilkinden çok daha kolay ve kısa sürede gerçekleşir.

Bu normaldir.

Diyelim ki, sevdiğin kişide çok olumlu duygular uyandırdın. Elbette bir süre sonra kendi olumsuz duygusuna geçti ve sana egosunun tercih ettiği şekilde kötü davrandı. Ya da uzaklaştı. Zaten biliyorsun ki, ancak senin korkunu tetikleyecek bir egoya sahip insanlara âşık olabilirsin. Sana ayna tutabilsinler diye...

Onun davranışları seni tetiklemeye başladı.

1. Öyleyse ilkönce topraklanmalısın. Yani tüm olumsuz duyguları hisseden parçalarını konuşturmalı, kendini ifade ettirmelisin. Mutsuz isen mutsuz kadın bırak sansürsüzce konuşsun. İntikam almak ceza vermek isteyen parçan da kendini ifade etsin. Tüm insanlık dışı işkencelerini anlatsın. Küsecekse de küsmek istediğini söylesin. Ve bağırsın. Bir yastık alıp çığlıklar atsın. Korkan tarafın, korkusunu hem o kişiye hem de inandığı yaratıcıya anlatsın. Gerekirse koru beni diye yalvarsın. Öfkeliyse öfkesini kussun. İsterse yastıkları yumruklayarak bedenini de rahatlatsın.

Bunları bitirdikten sonra, eğer çağrışım yaptıysa, aklına gelen bir çocukluk anının seni yaralayıp yaralamadığına bak. Eğer varsa, tıpkı Gamze'nin yaptığı gibi, onu da toprakla. Ve yetişkin halinle, o yaralı çocuğa konuş. İçinden geldiği gibi konuş onunla. Ta ki her iki parçan da kendini iyi hissedene dek.

Son olarak, yaratıcı ile konuşacaksın. Bu diyaloğu sakın unutma. Çünkü tüm olumsuz duygularının temelinde, Yaradan'ın kendi içindeki varlığını hissedememen yatıyor.

Hatırla...

Güven duygusunun zıt kutbu *korku* idi.

Her korkunun temelinde, Yaradan'a olan güvensizliğin yatıyor.

Tuhaf değil mi?

Bunu konuşarak yapamıyorsan, yazabilirsin. Ama dikkat et: *Sadece kendi başına yapmalısın.* Muhatabına henüz bir şey söylemeyeceksin.

2. Topraklandıktan sonra, kendini boş bir çuval gibi hissedeceksin. İşte tam o anda, neye kabul veremediğini sor kendine. Hangi durumu toprakladıysan, o durum hakkında neye kabul veremediğini sor.

Yok sayılmak mı?

Adaletsizlik mi?

Özgürlüğünün kısıtlanması mı?

Genelde bu üç maddeden birine takılacaksın. Bunların hepsi birden de var olabilir.

3. Kabul veremediğin şey karşısında, sen kendini nasıl savunuyorsan, neler düşünüyorsan, kendini yakala. Yani, olumsuz duygunun sana verdiği tüm düşünceleri, savunma taktiklerini, tepkilerini takip et.

4. Ve bu savunma mekanizmalarını kes.

5. Son olarak kendini, bu kitapta tarif ettiğim gibi kalpten ifade et. Ve konuyu kapat.

İşte o anda acı çekeceksin. Duygusal bir acı neden oluşacak dersin?

Düşün...

Sana karşındaki kişi korktuğu için, hoşuna gitmeyen bir davranışta bulunuyor. Mesela her şey en güzel haliyle yaşanırken, içine kapanıyor. Kaçıyor. Ya da öfkeleniyor.

Senin de içinde, onun bu davranışına karşılık öfke, kırgınlık, korku oluşuyor. Ve ben diyorum ki, bu duyguların emrettiği tepkilerini verme. Dur.

Flörtteki kaçmalar, uzaklaşmalar, üzerinde çalışılması gereken tepkilerdir. Trip atmak, bu yüzden bir flört biçimi olamaz. Sadece senin korku seviyenin bir göstergesidir.

Bu tepkiyi vermediğin zaman acı çekmeye başlıyorsun.

Kitabın en başında Catherine'in yaşadığı örneği sizlerle bu yüzden paylaştım. Londra'daki insanların İkinci Dünya Savaşı sırasında sergiledikleri cesareti de...

Acıdan geçmek, savunmasız kalmaktan ibarettir. Biraz yanacaksın. Belki de bir iki saat sürecek. Ama sonsuza dek yok olacak.

Basit bir örnekle konuyu kapatalım.

Eşime bazen kalbimden çok fazla sevgi geçiyorsa, bunu sansürsüzce yansıtırım. O, ilk başlarda çok mutlu olur. Coşar. Ama sonra birden nedensizce sağa sola bağırıp çağırmaya, mutsuz olmak için çeşitli bahanelere kapılmaya başlar. Bu çok normaldir. Eskiden üzülür, alınır, kırılırdım. Bazen öfkesine öfkeyle karşılık verirdim. Ama artık onu anlıyorum. Çırılçıplak görebiliyorum. Ve bu benim öfkemi inanılmaz derecede küçültüyor.

Eğer öfkeyle, kırgınlıkla, mutsuzlukla, korkuyla hareket eder de tepki verirsem, yangına körükle gitmiş olurum. Duygu kutuplarımız senkronize olamaz. Birbirimizi destekleyemeyiz.

Oysa bizim istediğimiz, flörtü gerçek bir aşk ilişkisine, evlilikteki monotonluğu ise sürekli bir tatmine dönüştürmektir.

Gamze ve Mert – 4 Haziran 2015, Öğleden Sonra

Sürpriz

Haziran ayının ümit vaat eden parlak güneşi, henüz gerçek bir yaz sıcağına dönüşmemişti. Gölgelerin hâlâ insanı ürperttiği, güneşin ise aldattığı mevsimin son günleri yaşanıyordu. Ağaçların dallarında zümrüt yeşilinden yapraklar, uçlarında rengârenk çiçekler açmış, gökyüzündeki bulutlar, parlak birer beyaz pamuk yığınını andırarak şekilden şekile giriyorlardı. Okulların bitmesine iki gün vardı ve insanlar parklarda sere serpe oturup etrafı seyretmeye başlamışlardı bile.

Arada sırada esen rüzgâr, Gamze'nin saçlarını dağıtıyor, biçimli yüzünü bal rengi tutamlarla örtüyordu. Artık bedenine adeta yapışmış gibi duran deri pantolonun altına hâlâ kalın botlarını giyen genç kadın, boynunu ve ensesini koruyan ince güderi montunun yakasını çekiştirerek hızlı adımlarla eve doğru yürüyordu. Yakasından omuzlarını kavrayacak şekilde özenle doladığı kırmızı üzerine dore desenli ince kaşmirden atkısı dikkat çekiyordu. Oldum olası herkesten daha fazla üşürdü zaten. İş toplantısı için patronu ile birlikte Anadolu yakasındaki bir otelde toplantıya katılmış, evine dönmek için akşam trafiğinden kaçınmak üzere vapurla Beşiktaş'a geçmişti.

Yoldan geçen boş taksiye rastlamasını, günün en şanslı

olayı olarak değerlendirdi. Adresini söyleyerek arkasına yaslandı ve camdan dışarıyı seyretmeye koyuldu. Derin bir nefes alarak düşünmeye başladı. Mert'e attığı mesajdan sonra çok rahatlamıştı. Genç adam ister korkuya kapılmış, isterse yakınlaşmaktan vazgeçmiş olsun, olan biteni daha net gözlemliyor olmak, onu anlamak, olanlara kabul vermesini kolaylaştırıyordu.

Olaylara kabul verdiğinde, bir iki saatliğine şiddetli bir acı hissetmiş, ama buna aldırış etmemişti. Artık biliyordu ki, sürekli aynı acıya saplanıp kalamazdı. Doğası gereği bu elektrik akımı da sona erecekti. Yeter ki üzerinde düşünmesin, yeni düşünceler üretmesin ve savunmaya geçmesin...

Şu an huzur duyabiliyorsa, kendi duygusal acısına izin verdiği, göğsündeki yanmadan korkmadığı, tepki vermeden uzaktan izleyebildiği içindi.

Eve vardığında, her zamanki gibi holün ışığını açık bırakmadığını fark etti. Karanlıktan korkma âdeti yoktu, ama yine de tedirgin olmaktan kendini alamıyordu. Aceleyle elini anahtara götürdü. Sarımsı ışığın bir anda evin girişini aydınlatması, içini rahatlatmıştı. Bir yandan da kendi duygularını bilinçli olarak izleyebilmek ve bunların birer illüzyon olduğunu anlayabilmek, onlarla başa çıkmasını da kolaylaştırıyordu. Botlarını çıkararak koridorda ilerledi ve yatak odasına geçti. Üzerini soyunmaya koyuldu. Tam o sırada telefonu çalmaya başladı.

Aceleyle çantasından cep telefonunu çıkardığında şaşkınlıktan az kalsın küçükdilini yutacaktı. Ekranda Mert'in adını okuyordu.

"Efendim?"

Mert:

"Nasılsın?"

Genç adamın sesi neşeli ve canlı geliyordu.

"Bu ne sürpriz? Ben iyiyim, ya sen?"

"Ben de iyiyim. İstanbul'dayım."

Gamze elinde olmadan sitem etti.

"Hımmm... beni rüyanda gördün galiba."

Mert kahkaha attı. Hiç de alınmış gibi görünmüyordu.

"Görüşeceğimizi söylediğim halde ortadan kaybolduğumu düşündün, öyle değil mi?"

"Evet. Bunu düşünmem normal. Şöyle bir şey var ki, iki ay boyunca sadece bir kez yüz yüze geldiysek, bundan sonra da görüşmeme ihtimalimiz yüksek demektir."

Mert kaşlarını çattı. Daha tok bir sesle konuşuyordu şimdi.

"Yo, öyle düşünme lütfen. Ben senin her halini yaşamak isterim. Sadece dokunmak, sevişmek, buluşmak değil, derin sohbetler etmek de bunun bir parçası. Acele etmeyi sevmediğimi söylemiştim."

Gamze:

"Her neyse, sen neler yapıyorsun?"

Mert:

"İstanbul'da mı? Sana bir sürprizim var. Seni düşündüğümü, seni hayalimde soyduğumu biliyorsun. Bunları biraz olsun konuşmuştuk. Ama yarın sana bunun gerçeğini yaşatmak istiyorum. Otelde yer ayırttım. Sana söylemiştim. İşlerim yaz aylarında hafifleyecek ve biz artık görüşmeye başlayacağız demiştim. İşte şimdi o zaman geldi çattı. Yarın müsait misin?"

Gamze'nin kalbi bir anda hızla atmaya başladı. Kulaklarına inanamıyordu. Yarın akşamı, hatta belki de geceyi genç adamla geçirebilirdi ve bunun için herhangi bir hazırlık bile yapamamış durumdaydı. Yine de böyle bir sürprizi kaçırmak istemiyordu.

"Tamam geliyorum. Nerede ve nasıl buluşuyoruz?"

Mert, genç kadına itiraz hakkı tanımayan, net bir tavırla konuştu:

"Ben sana yarın mesajla otelin adını ve oda numaramızı yollayacağım. Bir taksiye bin ve gel. Yarın sabah seni kahvaltıdan sonra evine ben bırakırım. Saat tam dokuzda kapıda ol."

Gamze şaşkındı. Nasıl bir adamdı bu böyle? Gerçekten de bir ilişki başlayacaksa, bununla ilgili bütün detayları kendisi kontrol etmek istiyordu. İpler onun elinde olmalıydı. Fakat genç kadın bu durumdan rahatsızlık duymuyordu artık. Sürprizlere açık bir kişiliği vardı, ama ne zaman nasıl buluşacaklarını bilmemek, genç kadının alışkın olmadığı bir durumdu. Özellikle de kendi kontrolcü tarafı devre dışı bırakıldığında...

"Çok tuhaf bir insansın. Her türlü detayı sen belirliyor, bütün adımlarımızı sen yönetiyorsun."

Mert bir kahkaha daha attı.

"O da benim kişiliğimin bir parçası."

Gamze:

"Pekâlâ, yarın tam dokuzda orada olacağım."

Mert:

"Dur kapatma, yarın ne giyeceksin? Bilmek istiyorum."

Genç kadın itiraz edecek gibi oldu.

"Yok artık Mert! Bunu da mı sen belirleyeceksin?"

"Hani bana otelde seni soymam için bir kıyafetten

bahsetmiştin ya... Siyah ipekli elbise, sivri burunlu sivri topuklu zarif ayakkabılar, jartiyerli file çorap, sadece g-string... işte seni bu şekilde görmek istiyorum."

Gamze:

"Ama bunu bana bıraksaydın da ben de seni şaşırtabilseydim."

Cevap yerine, telefonda çevir sesi duyuluyordu. Genç adam söyleyeceklerini söylemiş ve çoktan hattı kapatmıştı bile...

Flörtün Üçüncü Seviyesi

"Doğru ile yanlışın ötesinde bir yer daha var.
Orada buluşalım..."

Hz. Mevlana

Üçüncü seviyede, çok başka bir oyun başlar. Artık partnerinden vazgeçmek zorunda kalmazsın. Çünkü onunla birlikte büyüme şansına sahip olursun. Artık farkındalığın daha yüksek, korkuların küçük, *ilahi sevgin* büyüktür. Çünkü önüne çıkan korkulardan dolayı ilişkiyi bitirecek raddeye gelmez, tam tersine birer birer yakmaya başlarsın. O da sana mucizelerin kapısını açar.

En büyük mucizen şu olacaktır:

Gerçekliğini ve ilişkinin seyrini değiştirebilme potansiyeline sahip olmak...

Ama bu seviyede olabilmek için yüreğinde *ilahi sevgi* paydası yüksek olmalıdır. Bunu nasıl anlarsın?

Hadi üçüncü seviyedeki kişilerin karakteristik özelliklerini sayalım:

1. Partnerinin her olumsuz davranışını kişisel olarak almaz. Bunların onun korkusundan geldiğini bilir.

2. Kolayca alınmaz, öfkelenmez, küsmez, cezalandırmaz, yargılamaz, eleştirmez.

3. Ama söylemesi gerekenleri en doğru şekilde, karşısındakini kırmadan ifade edebilir.

4. Maske takmak ve gerçek duygularını saklamak ihtiyacı duymaz. *Bu* yüzden açık kalplidir ve kolayca yakınlık kurabilir. Bu ona farklı bir çekicilik getirir.

5. Eğer ihtiyaç duyarsa, dengeli ve kırıcı olmadan hayır diyebilir, sınır çizebilir ve bunu yaptığı için suçluluk ya da vicdan azabı hissetmez. Çünkü nerede evet demesi ve başkalarına yardım etmesi gerektiğini de çok iyi bilir.

6. Gerçek duygularını saklama gereği duymaz. Gerektiğinde gurura kapılmadan pişmanlığını, utancını, sevgisini, ilgisini, aşkını, üzüntüsünü gösterir. Ama bu asla bağımlılık ya da takıntı boyutunda değildir. Reddedilmekten artık korkmaz.

7. Kendi zayıf noktalarının farkındadır, ama egosunu ve nefsinin oyunlarını bu zayıflığı kapatmak için ya da manipülasyon aracı olarak kullanmaz.

8. Son olarak, hoşlandığı kişiden duygusal bir karşılık göremezse, onu sevmemeye çalışıp, kalbini kapatmaz. Eğer birini seviyorsa, elinden gelen her şeyi yapar, ifade edilmemiş duygu bırakmaz. Bunu güzellik ve zarafetle yapar. Cevap alamazsa, sevmemeye, kalbini kapatmaya, acıdan kaçmaya çalışmaz. Kontrolü bırakır ve sevginin engin denizinde yüzmeye devam eder.

Ve hayretle görür ki, ya kısa süre içinde (belki de en fazla bir iki hafta) ya kendi acısı dinecek, sevgisi normalleşecek, hayatına çok daha iyi birisi girecektir, ya da gerçekliği değişerek sevdiği kişi ona bambaşka bir aşkla geri dönecektir.

Bu kez problemler çözülmek üzere çok daha güzel dinamikleri olan, doyurucu bir ilişki başlar.

Pek çok kişiye üçüncü seviyedeki liste zor görünebilir, ama bil ki bunu sen de yaşayabilirsin. Sadece korkularını temizlemen ve egonun taktiklerinden kaçınman yeterlidir. Eğer başarabilirsen, bir süre sonra *kalbinin* derinliklerinde *o ilahi rehberliğin* sesini duymaya başlayacaksın. Hiçbir öğretiye ya da kitaba ihtiyaç duymayacaksın.

Gamze ve Mert – 5 Haziran 2015

Büyük Buluşma

Günlerden cumaydı. Akşam büyük buluşma gerçekleşeceği halde, bütün gün çalışmak zorundaydı.

Giyeceği kıyafetleri yanında getirmişti genç kadın. Hazırlıksız yakalandığını düşünüyordu, ama bunun için yapabileceği çok fazla şey yoktu. Hükmeden, kontrol etmeyi seven bir adam vardı karşısında. Ve Gamze, bu adamdan hâlâ çok hoşlanıyordu.

Duygu ve düşünceleri değişkendi. Bir yanıyla genç adamdan çekiniyordu. O sert ruhlu, acımasız, zor tahrik olan tarafından korkuyor, sevgi dolu, mazlumlara yardım etmeye çalışan, şefkatli tarafının kollarına atılmak istiyordu. Evet, şefkatli bir adam olduğunu düşünüyordu. Çünkü genç kadın ne zaman üzülüp kendisini ifade etse, mutlaka ciddiye alarak ona cevap vermişti.

Akşama doğru Mert mesaj attı:

Elbiseni çok merak ediyorum. Dizlerinin hemen altında biten ama aşırı dar bir elbise olabilir mesela bu. Ama bir gün seni, kalçalarının hemen altında biten süper mini bir kıyafetle görmeyi de hayal ediyorum. Öylesine kısa olmalı ki, çoraplarının jartiyer bölümü arkandan görünmeli.

Gamze:

Hımmm... o zaman ne yapacağım, biliyor musun? Uygun

bir zamanda öyle bir elbiseyi giyip, sadece sana özel bir fotoğraf çekip yollayacağım.

Mert:

Ah, harika bir haber bu. Tamamen vücut hatların görünsün. Ama bu geceki kıyafetin öyle değil galiba.

Gamze:

Evet ama bunu da çok seveceksin.

Genç kadın, Mert'in bu tarz talepleri karşısında tuhaf bir hisse kapılıyordu. Yüzünde hınzır bir gülümsemeyle, "Hiç merak etme, seni baştan çıkartabilir, hatta hükmedici o karanlık yanını bile dize getirebilirim" diye içinden geçirdi. Öte yandan böyle bir düşünceye kapıldığına kendisi de şaşıyordu. Savaşmaya değil sevişmeye gidiyordu... Öyleyse neden içinden ona meydan okumak geliyordu?

Akşama kadar saatin geçmesini beklemek adeta bir işkence halini almıştı. Nihayet otele doğru yola çıktığında, Gamze'nin bütün vücudu zevk ve heyecandan adeta bir yay gibi gerilmiş, kendini sevdiği adama sunmaya hazırlanıyordu. Uzunca bir süre bu anı beklemişlerdi. Genç kadın ne kadar hoşlandığı adamda duygu uyandırmaya çabaladıysa, Mert de aynı şekilde bu çabayı göstermişti. Önemli olan da bu değil miydi zaten?

Otel odasının kapısına geldiğinde, kalbi yerinden fırlayacakmış gibi atıyordu. Uzanıp zarif parmaklarıyla kapıyı tıklattı. Mert kapıyı aralayarak genç kadını içeriye aldı. Üzerinde blucin ve dar bir tişört vardı. Son derece fit ve dinamik görünüyordu. Ama genç kadında biraz sonra sevişecek bir erkek izlenimi bırakmamıştı. Gamze'nin üzerindeki siyah ipekli elbiseye ve ayakkabılarına parlayan gözlerle baktı. O derin kömür gözler, adeta kendiliğinden ışık saçıyorlardı şimdi. Genç adamın kendisine duyduğu hayranlığı yüzünden okuyabiliyordu.

Beğenilmenin verdiği özgüvenle odanın içine doğru ilerledi. Mert'in karşısında durdu. Gözlerini gözlerine dikerek, hoşlandığı, aylar boyunca hayalini kurduğu vücudu seyre koyuldu.

Mert konuştu:

"Gözlerinde öyle bir ifade var ki... Direkt bakıyorsun. Kendi seksiliğinin farkındasın öyle değil mi?"

Genç kadın usul usul hoşlandığı adama doğru adım atıyordu. Yeterince yaklaştığında, elini uzatarak parmaklarının ucuyla genç adamın V yaka dar tişörtünün yakasından görünen tüylerini karıştırmaya, göğsünü okşamaya başladı.

Mert'in sesi adeta titriyordu heyecandan.

"Deli ediyorsun beni. Hem de bütün gün boyunca seni düşlerken, öncesinde seni soymayı hayal ederken de deli ettin."

Gamze bir anda ellerini çekerek arkasını döndü ve kalçalarını genç adamın kalçalarına hafifçe sürttü. Arzusu bedeninden Mert'inkine geçiyordu. Geri dönerek elini uzatıp genç adamın yakasını kavradı. Kendine doğru çekti. Mert onu öpmek üzere uzandığında, dudaklarını pas geçerek kulağına doğru uzandı. Burnunu dayayarak yavaşça koklamaya başladı. Aynı anda dudaklarını açarak yanağı ve boynunu ağzının içine alıverecekmiş gibi dudaklarını sürtüyordu.

Gamze'nin genç adam karşısında hissettikleri, kendisini bile şaşırtıyordu. Her nedense Mert söz konusu olduğunda, içinden bir şeytan çıkıyor, gözleriyle, vücuduyla, ona her şekilde meydan okuyordu. Bu meydan okumaların genç adamı kışkırttığı, onun beden dilinden belli oluyordu. Sanki aralarında belli belirsiz bir güç savaşı oluyordu. Genç kadın nedenini bilmediği bir itiş kakışın içerisinde, hoşlandığı adamı kendisine daha da bağlamak, daha da arzulatmak, daha da âşık etmek ister gibiydi.

Bir kadın olarak, nasıl olup da sohbet bile etmeden doğrudan ona dokunabildiğine şaşıyordu. Belki de çok uzun süre sohbet etmiş olmanın getirdiği bir doygunluk vardı. Birbirlerinin ruhunu, duygularını, hatta zihinlerini biraz olsun keşfetmişler, sıra vücutlarını keşfetmeye gelmişti.

Çok geçmeden hareketleri karşılıklı olarak sertleşmeye başladı. Mert genç kadının kolunu kavrayarak hırsla arkasını döndürdü. Eliyle eteğini sıyırarak yukarıya kaldırdı ve genç kadına eğilmesini emretti. Nefesini tutarak Gamze'nin kalçalarını izliyordu şimdi. Oysa genç kadın, kontrolü ona bırakacak değildi. Yeterince genç adamı tahrik ettiğinden emin olduğunda yeniden dik durarak, yüzünü döndü. Bu kez, elbisesini kendi elleriyle yukarıya kaldırarak göbeğini açtı. Mert kendini tutamıyordu.

"Of, Gamze, inanılmaz görünüyorsun şu anda! Fotoğrafçın olmak istiyorum senin. Onlarca fotoğrafını çekebilirdim. İnanılmaz gözüküyorsun ya! Beynime vurdun resmen."

Gamze:

"Öyleyse eğil ve göbek deliğimi em."

Eğilip genç adamın yakasını kavradı ve önünde diz çökmesi için kendine doğru çekiştirdi. Mert itiraz etmeden dudaklarını genç kadının dümdüz karnına bastırdı. Bir yandan da konuşuyordu.

"Bunu yapmayı çok istiyorum şu anda."

Gamze, günler boyu ne zaman nasıl görüşeceklerine varana dek kendisine hükmetmiş adamdan sanki şu an kadınlığını kullanarak intikam almaya çalışıyordu. Böylesine kararlı birine şimdi kendisi hükmedecekti. Bu durum kadınlığını daha da kamçılıyordu.

Mert bir anda genç kadını kalçalarından kavrayarak odadaki aynaya doğru yöneltti. Gamze'nin arkası aynaya dönüktü şimdi. Mert hem dudaklarını onun göbeğinde gezdiriyor, hem de elleriyle kalçalarını sıkarken gözucuyla aynadaki görüntüyü seyrediyordu. Deli ediyordu genç kadını. Diliyle o göbek deliğine adeta tecavüz ediyordu.

Bir süre sonra kalçalarını sertçe tokatlamaya başladı. Gamze bağırdı.

"Bir daha yap!"

Mert yeniden vurdu. Kim bilir belki de ısırmak, eğilip avuçlarıyla sıkmak ister gibiydi. Birbirlerinin vücutlarındaki hassas noktaları keşfetmeye koyuldular. Belki de yarım saat, sadece keşfetmek, dokunmak, zevk alıp zevk vermek arasında kayboldular. Tuhaf olan şey, her ikisinin de hareketlerinin normalden çok daha sert ve buyurgan oluşuydu.

Mert başını kısa bir an kaldırarak genç kadının gözlerine baktı:

"Hımmm... sen! Resmen vücudunda morluklar bırakmamı istiyorsun. Benim izlerimi mi taşıyacaksın?"

Gamze gülümsedi. Kendini genç adamı daha da kışkırtmak isterken yakaladı. Evet istiyordu. Onun izlerini, vücudunda bırakacağı morlukları taşımayı çok istiyordu.

Neler oluyordu böyle? Hayatı boyunca hiçbir erkeğe

bu derece hırsla yaklaşmamıştı. Kendi şehvetini tanıyamaz olmuştu.

Bedeninde genç adamın ne yapmasını istiyorsa emir veriyor, sertlikle, net ve düz ifadelerle söylüyordu. Mert umulmadık bir şekilde genç kadına itaat ediyor, onun şehvetine teslim oluşunu, nasıl göründüğünü, ne yaptığını, kendisi için ne düşünülebileceğini unutarak tamamen içinden geldiği gibi hareket etmesini seyrediyordu.

Genç kadın, kendi bedenindeki sıvıyı Mert'e yalatıyor, onun dudaklarına sürüyor, daha fazla emirler yağdırıyordu. Gamze bir anda genç adamın kolunu yakalayarak onu yatağa doğru sürükledi. Sertçe iterek onun yatağa sırtüstü uzanmasını sağladı. Seksin her türlü oyunu şimdi yatağın üzerinde oynanıyordu. Her ikisi de gittikçe artan bir hırsla birbirlerine uyum sağlıyorlardı.

Garip olan şey, genç kadının içindeki acımasız olma arzusuydu. Sevişmelerinin ortasında, genç adama hızla bir tokat attı. İşte tam o anda, her ikisi de durup birbirlerinin gözlerinin içine baktılar. Sanki bu şiddetin ne kadarına dayanabileceklerini tartıyorlardı. Mert'in kopkoyu olmuş kömür karası gözleri, garip bir ışıltıyla parlıyordu şimdi. Genç kadın bir an için onun hoşlandığı adam değil de, uzaydan gelen bir başka varlık olduğunu düşündü.

Mert genç kadının vücudunu iterek yataktan aşağıya indi. Gamze'yi sertçe kucağına aldı ve en yakın duvara götürüp yasladı. Bu kez ona bedeniyle yükleniyor, canını acıtıyordu. Gamze bir yandan bu oyunun içinde akan şehvet denizinin içinde son süratle yüzüyor, diğer yandan canının acısını tolere etmeye çabalıyordu. Bir ara genç adamı durdurmaya çalıştıysa da başaramadı.

Mert kendini öylesine kaptırmıştı ki, artık durdurması imkânsız gibiydi.

Parmaklarını uzatarak Gamze'nin saçlarını avuçladı. Öylesine sıkıyordu ki saçlarının birkaç teli elinde kaldı. Bedenini geriye doğru çekti ve Gamze'nin başından kuvvetle bastırarak ağzını bacaklarının arasına doğru yöneltti.

Genç kadın her ne kadar bu oyunların tamamından hoşlanıyor da olsa, hoyratça davranılmasından rahatsızlık duymaya başlamıştı. Bir yanı deliler gibi devam etmek istiyor, diğer yanı durdurmak ve oradan arkasına bakmadan kaçmayı düşlüyordu.

Mert aldırış etmeden açık saçık konuşmaya başlamıştı şimdi. Harika bir kadın olduğunu haykırıyor, öte yandan ağza alınmayacak küfürler söylüyor, genç kadının da küfürle cevap vermesini emrediyordu.

Sesi zevkten titriyordu. Genç kadının ne yapmasını istediğini emirler vererek söylüyor, kıpırdamasına müsaade etmiyordu. O hükmedici kadın yerle bir olmuş, yerine boyun eğmek zorunda kalan bir köle gelmişti adeta. Yine de Gamze ses çıkartmadan oyuna devam ediyordu. Yüreğinde huzursuzluk ile arzu aynı anda dans ediyordu.

Bir anda genç adam durdu. Gamze'yi saçlarından tutarak yatağa doğru sürükledi. Öne doğru eğilmesi için elleriyle yönlendirdi. Bedeninin tüm ağırlığıyla genç kadının bedenine yüklendi. Gamze şaşırmıştı. Hâlâ zevk alabiliyor, ama artık endişeleniyordu. Mert durmuyordu. Sert hareketleri sonsuza dek devam edecek gibiydi. O dikkatli konuşan, derin sohbetler yapan adamın içinden bir şeytan çıkmıştı sanki.

Bir süre sonra Gamze'yi yatağa bırakarak çekmeceyi

açtı ve içine önceden yerleştirmiş olduğu bir kurdeleyi çıkarttı. Ellerini yatağın başucuna bağladı. Bir yandan da konuşuyordu.

"Evet, öyle değil böyle sevişilir. Böyle seks yapılır. Anladın mı? Böyle kontrol edilir. Seni istiyorum. Nasıl istiyorsam o şekilde alacağım."

Gamze'nin gözleri yaşlarla dolmuştu. Sesini çıkarmıyordu. Mert uzanıp genç kadına sarıldı.

"Yo, merak etme. Seninle bunların hepsini yaşayacağız. Hem böyle sert birlikte olacağız, hem de sonrasında sarılıp birlikte uyuyacağız. Beni anlıyor musun?"

Bu kez genç kadını okşamaya başlamıştı. Bedenine yeniden zevk veriyor, yumuşak hareketlerle dokunuyordu. Bir yandan da konuşmaya devam ediyordu.

"Keşke elimde şimdi bir tüy olsaydı. Seni deli etmek, çıldırtmak isterdim. Ve o hallerini görmek isterdim. Böylesine ihtiraslı bir kadını yatakta tek başına bırakacağım şimdi. Çırılçıplak. Ben içeriden ne zaman istersem geleceğim. Seninle birlikte olacağım."

Gamze bu kadarına dayanamayacaktı. Oyunu bozmaya niyetliydi. Tüm gücünü toplayarak konuştu.

"Beni hemen çözmeni istiyorum Mert. Bu benim hoşlanacağım bir oyun değil. Şu anda ruhumu acıtıyorsun."

Genç adam beklenmedik bir şekilde oyunu kesti. Eğilip genç kadının ellerini çözdü ve onu serbest bıraktı. Gamze'nin vücudu titriyordu. Hem zevk almış hem de canı acımıştı. Bu nasıl bir oyundu böyle? Demek ki *Grinin Elli Tonu* romanı hakkında fikrini defalarca sorması, kırbaçlar hakkındaki düşüncelerini merak etmesi boşuna değildi.

Mert eğilerek genç kadının vücudunu pikeyle sardı. Onu şefkatle ve özenli hareketlerle başını yastıklara koyarak yatırdı. Kendisi de yanına uzandı. Kollarında sessizce duran genç kadın, bu denli hoşlandığı adamı yeniden görmeyi isteyip istemeyeceğini sorguluyordu. Mert yumuşak bir ses tonuyla konuştu.

"Gel canım, ben de seninle ilk defa bu kadar sertleşiyorum. Neden böyle hoyrat davrandığımı bilemiyorum. Özür dilerim."

Gamze Mert'i böylesine sert ve acımasız davranması için teşvik etmişti adeta. Bunun farkındaydı. Ama bunu neden yaptığını anlayamıyordu. İlk kez bu kadar acı verici bir deneyim yaşıyordu. Resmen genç adamı kışkırtmıştı. Adeta Mert'in içinde var olan potansiyeli hissetmiş, onu sonuna dek kışkırtarak ortaya çıkmasını sağlamıştı.

Gamze bir müddet genç adamın kollarında uzandı. Fakat bütün geceyi Mert'le birlikte geçirebileceğini sanmıyordu. Hafif bir sesle rica etti.

"Beni lütfen evime bırak."

Mert başını salladı.

Üçüncü Seviyedeki Flört

Duyguların maniple edilmediği, kontrolün bırakıldığı flört nasıl olur:

1. Bu seviyede artık hoşlandığı kişinin sebepsiz geri çekilmelerini, sessiz kalmalarını çok rahat okuyabilir. Bu davranışın altında hangi bilinçaltı korkusu olduğunu hemen fark eder.

2. Karşısındaki kişinin korkusunu görebildiği için, o davranışların sadece savunma mekanizması olduğunu anlar ve kişisel algılamaz. Yani, alınmaz, bozulmaz, küsme ihtiyacı duymaz, öfkelenmez.

3. Kime âşık olursa olsun tutunma ihtiyacı olmadığı için kendi korkusu tetiklense bile, savunmaya geçmez. Tam tersine, hoşlandığı kişinin korkusunu ve savunma mekanizmasını yok edecek ya da etkisiz hale getirecek flört diyalogları kurar. Bu diyaloglar, hoşlandığı kişinin doğal olarak ördüğü görünmez duvardan kolayca atlamasını sağlar. Henüz birbirlerine maske takmalarına zaman vermeden, sıcaklık ve yakınlık devam eder.

Bu maddeye biraz daha yakından bakalım. Aslında flört ederken hoşlandığın kişiyi yolladığın olumsuz kutbun öreceği duvarları iyi takip edersen, doğru mesajlaşmalar ya da gerçek hayatta sohbet ederken satır aralarında geçireceğin bazı cümlelerle onları yıkabilirsin.

Bu diyaloglarda, asla direkt mesajlar verme. Onun sorununu, korkusunu anladığını, gördüğünü söyleme. Senden daha fazla uzaklaşmasına sebep olursun. Sen sadece sorunu tespit et. Bu soruna takılıp değerli zamanını boşa harcama. Sende duygu üretmesine, seni korkutmasına, ona öfkelendirmesine izin verme. Kibre kapılma.

Sorunu nasıl çözeceğini bul. Keşfetmen gereken şey, ruhun kabul veremediği üç maddeden hangisine göre hareket ettiğidir.

Ne olduklarını hatırlayalım:

Yok Sayılmak

Özgürlüğünün Kısıtlanması

Adaletsizlik

Bunu tespit ettiğinde, altyazılarla ona kapıldığı korkunun yersiz olduğunu gösterecek farklı bir mesaj atabilirsin.

4. Hoşlandığı kişi duvar örmeye çalıştığı dönemde, kendisinde tetiklenen korkuyu izler. Bu korkuyu temizler. Her bilinçaltı korkusunu bulup temizleyen kişi, artık ilişkinin seyrini ve gerçekliğini kolayca değiştirebilme yeteneğine de sahip olur. Kaybetme korkusu çok hafiflemiş, değer duygusu yükselmiş, dengeli bir insan olarak, egonun savunma mekanizmalarını atlayarak, gerçekliğini değiştirebilen birisi artık kendini özgür hisseder.

5. Bu aşama, artık kişinin bağımlılıklarından kurtulması, varsa duygusal boşluktan kaynaklanan kilo problemi ya da yeme bozukluklarını bırakması için ideal zamandır.

6. Kişisel çekim gücü artık herkes tarafından görülür. İnsanlar bir mıknatıs gibi onlara çekilir. Fiziksel özellikleri yerine *gerçek ilahi özelliklerini* kullanırlar *(öz)*.

Kısacası, gerçekte bir ilişki nedir?

Başka bir insanla, *ilahi parçanı* birleştirmek, bütünleşmek, tüm evrenle bir ve bütün olduğunu, sonsuz sevildiğini ve sevdiğini hissedebilmektir. Allah'ın insanları yaratırken, farklı cinsiyetler ve aralarındaki ilişki dinamiklerini hayatın bir parçası haline getirme sebebi tamamen budur. Bir başkasının gözünde yaratıcıyı görebilmek...

Danışan ile Sohbet – Duygu Kutbunu Yönetmek

Harika bir kadın. Çok başarılı bir patron. Yaratıcı ve özgün bir stile sahip. Hatta çok da özgür ruhlu. Ama âşık olmak istiyor ve olamıyor. Kendi elektrik aldığı erkekler arasında, her zaman ikinci kadın durumuna düşüyor. Bu döngüyü kırarken, kundalini çalıştık. Kundalini çalıştığımızda, önüne çıkan erkekler, her zaman aynı duygunun her iki zıt kutbunu da temsil ediyorlar. Yani birinde tercih edilmezken, terk edilirken, diğerinde duygu hissedemeyerek kendisi başka erkeklerle flört etme ihtiyacı duyuyor.

Çok hoşlandığı, saatlerce öpüşebildiği bir erkeğin, kendisine sürekli aşk fısıldaması, her gittikleri mekânda yakınlaşmaya çalışması, ama hayatında başka bir kadın olduğunu söyleyerek bunu bir ilişkiye döndürmemesi, artık üçüncü kez başına geliyordu. Sebebini anlamak, dışarıdan bakan birisi için kolay gibi görünse de, olayın içine girip yaşıyor olan kişi, duygusuna kapılarak gerçekleri göremeyebilir.

Bu şekilde bir tekrara sahip olma sebebi, kendi duygularına aşırı kapılarak reaksiyon vermesi ve erkeğin gerçek duygularını okuyamamasından kaynaklıydı. Tahmin edebileceğimiz gibi, aslında pek çok erkeği korkutabilecek güçlü bir görüntüsü vardı ve kendisine daha sert ve acımasız davranılıyordu. Onunla sohbetimiz şöyle gelişti:

Seda: O, duygusunun negatif kutbuna kayıp senden uzaklaşmaya başladığı an, sessizce bekleyebilirsin. Bunu yaptığında, sensiz kalıp bir süre sonra kendiliğinden özleyerek sana gelecektir. Geri gelme süresi, yani olumsuz duygusuna saplanıp kalmaktaki süresi, içinde barındırdığı korkularla doğru orantılı olur.

Birbirinizle konuşurken ya da olaylar gelişirken aslında belli altyazılar ile iletişim kuruyorsunuz. Senden bu altyazıları okumanı istiyorum. Ağzınızla ne konuştuysanız, bu bizi ilgilendirmiyor. Altyazılarla onun sana senin ona ne dediğiniz daha önemli. Bunu anlayabilirsen, onun kaçmak için gösterdiği bahaneyi baypas etme şansın olacak.

Senden buna uygun flört istiyorum.

Yeşim: Yani şu tarz bir şey mi? O diyor ki, sana karşı bir tutkum var ama ben daha fazla güven duyduğum bir kadını tercih ediyorum. O güvendeyim ben dediğinde, ben tutkusunu buraya mı getirmeliyim?

Seda: Hayır. Altyazı oku. Sana ne demek istiyor?

Yeşim: Seninle olamam diyor.

Seda: Evet ama neden? Çünkü sen çok güzel bir kadınsın. Bende kalmazsın. Başkalarına da gidersin. Yani aldatılma korkusu var bu adamın.

Yeşim: Evet var.

Seda: O zaman bunun cevabını yine altyazıyla ver. Direkt olarak ben seni aldatmayacağım demen, onu daha fazla iter. Bu hiç işe yaramaz. Bunu baypas etmen için ne yapman lazım?

Yeşim: Onun bana güvenebileceğini mi göstermem gerekiyor?

Seda: Hayır.

Yeşim: Ne yapayım peki?

Seda: Onun yetersizlik korkusu var. Yeterli olduğunu hissettirmen gerekiyor. Ama bunu da doğrudan söyleyerek değil. Bu da itici olur. Ters etki yapar. Sadece flört mesajlarınla altyazılarla anlatacaksın.

Yeşim: Nasıl?

Seda: Ona bunu hiçbir şekilde cevap istemeyen flört mesajlarınla anlatabilirsin. Şunu hiç unutma. Kendisini yeterli gördüğü başka bir kadını tercih ediyor. Ama onunla birlikteyken, güvene doyduğunda diğer zıt kutba hızla hareket ediyor. Bu kez korkmak veya risk almaya hazır hale geliyor. Ve sana yeniden birlikte olmak arzusuyla yaklaşıyor. Yani sana neden birbiriyle çelişen davranışlar sergilediğini bu şekilde anlayabilirsin.

Yeşim: Evet, çok ilginç. Beni öperken daha da ileriye gitmek istedi. Ben, ona hani hayatında başka birisi vardı, o ne olacak diye sordum. Bana beni düşündürme dedi. Belki de düşünürse duygularının kutbundan uzaklaşacak.

Seda: Evet aynen öyle. Erkekler, düşünce yoluyla duygularına çok daha fazla hâkim olabilirler.

Yeşim: Peki ben ne söyleyebilirim ona?

Seda: Önce topraklanmalısın ki, ona aslında altyazıyla ne demek istediğini fark edebilesin. Biz seninle topraklama çalışması yaptığımızda, aslında kabul veremediğin şeyin en derinde yok sayılmak olduğunu görmüştük, öyle değil mi?

Yeşim: Evet.

Seda: Dışlanmak, tercih edilmemek.

Yeşim: Doğru.

Seda: Eğer fark edebilirsen, o da senin için aynı şeyleri düşünerek korkuyor. Ama bu senin hayatın, senin yarattığın gerçeklik olduğu için, ilk adımı sen atmak zorundasın.

Yeşim: Ama ben, bu adamla iletişimimi kopartmayarak adım atmış olmadım mı? Normal şartlarda bir daha asla yüzümü göremezdi.

Seda: Hayır. O attığın adım, senin kendi duygularını bastırmaman, varsayımlarla hareket etmemen içindi. Şimdi biz farklı bir başka adımdan bahsediyoruz. Bir sonraki adımdan: Altyazılarla konuşmak... Onun korktuğu şeyi görüp, bunu doğrudan baypas edecek, ördüğü duvarı atlayacak mesajlar atmaktan bahsediyoruz. Bu direkt ve yüz yüze konuşmakla aynı değil.

Yeşim: Hımmm... peki ne yazmalıyım ki o kendisini yeterli hissetmeli?

Seda: Şunun gibi şeyler: "Günaydın. Görüşmeyeli üç hafta olmuş. Bu arada bir sürü insanla muhabbet ettim. Seninle yaptığımız muhabbetin zevkine hiçbiri yaklaşmadı bile. O yüzden sana bu sabah bir öpücük yolluyorum." *Bu kadar.* Bitti. Buna cevap vermesi de gerekmiyor. Bu tarz yazmak lazım. Altyazıda ne demek istiyorsun? Ben başkalarıyla tanışsam da, aslında senden hoşlanıyorum. Seni tercih ediyorum.

Şunu hiç unutma. Bunu *sadece* senin için gerçekse söyleyebilirsin. Uydurmak, abartmak yasak.

Yeşim: Yok, bu benim gerçeğim.

Seda: Harika.

Yeşim: Ben geçen hafta bu tarz bir şey yazdım aslında. Araba ile ufak bir kaza yapmıştım. O sırada bir şeyler yazdım. O da bana esprili bir cevap verdi. Kendi kendime güldüm ve ona da dedim ki: "Şu halimle bile beni güldürebiliyorsun. İyi ki varsın." Ve bu hafta görüşüyoruz.

Her ikimiz de gülüşmeye başladık.

Seda: Evet, bu çok güzel olmuş.

Yeşim kahkahalar atarak cevapladı: Ama bu mesajımın karşılığında hâlâ soğuk mesajlar atabiliyor. Anlıyorum ki, verdiğim ilgiyle ne yapacağını şaşırıyor.

Seda: Korkusunu baypas edebilirsin. Müthiş bir zevk alıyor esasında ama sana bunu belli edemiyor.

Yeşim: Yarın o zaman şöyle bir mesaj atayım. "İstanbul'daydım. Bir sürü yer gezdim ama keşke seninle olsaydık. Tercih ederdim."

Seda: Evet çok güzel. Eğer böyle bir adamla uğraşmak istiyorsan, ona çok çekildiğini hissediyorsan, bu şekilde yönetmelisin.

Gamze ve Mert – 8 Haziran

Roma İmparatorluğu Döneminde

Yardım alması gerektiğini düşünmüştü. Bütün konuşmalar sırasında Mert'in verdiği ipuçlarını değerlendirmemiş, onun ima ettiği sertlikleri adeta körüklemişti. Yaşadıklarından utanıyordu. Canı acıyordu. Ruhu binlerce parçaya bölünmüştü sanki. En kötüsü de, sevişme biçimlerinden zevk almasıydı. İnsan nasıl olur da canı bu kadar yanıp aşağılanırken, zevk de alabilirdi?

Bütün bunlar, genç kadının bilgisini aşıyordu. Evine döndüğü gece sabaha kadar ağlamıştı. Cumartesi gününü yatağında geçirmiş, Mert'in mesajlarına aldırmadan uyumaya çalışmıştı. Vücudunun ve ruhunun dinlenmesi gerekiyordu. En yakın zamanda bir tatile çıkmalıydı. İşin ilginç yanı Mert şimdi çok daha fazla ilgili davranıyordu. O gizemli adamdan eser kalmamıştı.

Gamze danışmanın koltuğuna oturur oturmaz, olan biteni gözyaşları içinde anlatmaya koyulmuştu. Kendini öylesine olayların içine kaptırmıştı ki, danışmanın sözleri küçük bir şok etkisi yarattı.

Danışman:

"Gamze'ciğim, bütün anlattıkların, senin kendi illüzyonun. Kendi rüyan. Artık Mert'i suçlamayı bırakıp, içindeki hükmedici, zorba kadınla ilgilenmelisin."

Gamze:

"Nasıl yani?"

Danışman:

"Biliyorsun ki dış dünyanın olaylarına kendini çok fazla kaptırırsan, duygularına çok fazla saplanırsan, *orada esir düşersin.*"

Gamze:

"Ne yapayım onları yok mu sayayım? Orada Mert'in kollarındayken kendimi topraklayacak halim yoktu ya..."

Danışman gülümsedi:

"Hiç olur mu öyle şey? Duygunu yok sayma sakın. Zaten bunu yaptığın için olumsuz olayları çektin kendine. Onları dönüştüreceksin. Demek istediğim bu. Onların içine saplanmak demek, duygunun elektriğini boşaltıp bitirmek yerine, üzerinde sürekli düşünüp daha da güçlendirmek demektir. Ama dışarıdan izler de savunmaya geçmezsen, o bedeninden akıp gidecektir. Sen yeter ki daha fazla o duygu üzerine üretim yapma."

Gamze:

"Peki."

Danışman:

"Tüm bunlar senin kendi illüzyonun. Ne demek bu? Bir başka kadının âşık olduğu erkek yalancı çıkabilir, bir diğerininki onu sürekli aldatıyor olabilir. Ama Mert bir hükmedici. Bunun bir ucu muhakkak sende olmalı. Bunu bulup düzelttiğin takdirde, bir daha asla rencide edici ya da ürkütücü bir deneyim yaşamayacaksın.

Ama sana başlamadan önce küçük bir bilgi vereyim. Sen artık üçüncü seviye flörte geçen bir kadınsın. Duyguların dönüştürmeyi, acıdan geçmeyi öğreniyorsun. Bu sana mucizevi değişimler yaşatacak.

Mert'i ele al. O bir hükmedici. Ama hatırla. Her duygu zıt kutupludur demiştik. Hükmetmekten zevk alan bir kişilik, emin ol ki, hükmedilmekten de hoşlanır. Bu çift kutuplu olmak zorundadır. Ama aşırı kontrolcü olduğu için, sen ona hükmetmeye başladığında, önce sana hizmet etti. Ama sonra öbür kutbuna kayarak hükmetmeye başladı.

Bu eğilim sadece Mert'te yok, sende de var. Zaten muhtemelen bu yüzden birbirinize çekim hissettiniz. Ama bunu sürdürmek çok zor. Her türlü oyunu oynayabilirsin, ama eğer içinde gerçek bir sevgi yoksa, ruhlarınız paramparça olacaktır. Birbirine acı çektirmenin bile bir üslubu ve anlamı olmalı. Acının zıt kutbu haz olduğu için, acı çektirmeyi pek çok kişi deniyor. Ama eğer bir erkek kadınının gözlerinin içine bakamazsa, ona hissettirdiği duyguların içinde şefkat, güven, sevgi, mutluluk yer almaz da sadece aşağılama, can acıtma, cezalandırma olursa, bu kadına iyi gelmez. Yani seni acı kutbundan hazza yönlendiremez. Sürekli acıda saplanır kalırsın.

Mert'in sana yaptığı pek çok şey canını yakmadı. Ama yatakta seni yapayalnız bırakıp kendi istediği zaman yanına gelip bedenine sahip olacağını açıklaması incitti. Çünkü orada sen yoksun. Sadece onun istekleri ve hazzı var. Senin duygunu hiçe saymış. Yok etmiş. Öyleyse, ona bunu anlatmalı, kalpten bir konuşma yapmalısın."

Gamze:

"Size bir şey itiraf edeyim mi? Ona bu konuşmayı yaparsam, çekip gitmesinden korkuyorum."

Danışman:

"*Bu* doğru değil. Sadece senin varsayımın. Bir erkek ne zaman gerçek manada âşık olur, biliyor musun? Ne zaman duygularını teslim etmek üzere kadınını seçer?

Erkek için cinsellik çok önemlidir. İki faktör önemlidir.

1. Flört aşamasında zihnen, duygusal olarak, ruhsal olarak onun dengi olacaksın. Oyun kuruculuğun da hayat enerjini ona geçirmen de onun bunları yapabilme kabiliyetiyle eşit olacak.

2. Erkeğinin cinsel enerjisi ile seninki birbirine uyumlu olacak. Yani sen onun hükmediciliği ile hükmedilmek arzusunu fazlasıyla taşıyorsun zaten. Ona kabul de verdin.

Asıl Mert şimdi sana daha çok bağlanacak. Yumuşacık davranmaya başlayacak. Sakın şaşırma.

Ama sana önemli bir *uyarım* da var: Sakın ola, erkek sana âşık olsun diye, onun her istediğini istemediğin halde kabul etmeye kalkışma. Bu onu tam tersine iter. Kalbinizde sevgi olmadan yaşamamalısınız diye bunu kastediyorum işte. Kökte var olan korkularınızı yendikten sonra, kalbinizdeki sevgi paydası artacak. Ve bu tür oyunlar gitgide yumuşayarak, duygusallıkla devam edecek.

Birbirinizin duygusunu takip edeceksiniz. Göz temasını kaybetmeyeceksiniz. Her duygunun karşılığını ve hakkını vereceksiniz. Birbiriniz için odaklanarak, varlığınızın ve dikkatinizin yüzde yüzü ile orada olacaksınız. Ancak o zaman sevgiyle yapıyor olursunuz.

Bunu ancak üçüncü evreye gelmiş kadınlarla erkekler yapabilirler. İlişkilerinin seyrini değiştirebilirler."

Gamze çok iyi anlamıştı. Yeni bilgileri hazmetmeye çalışacaktı. Danışman devam etti:

"Hadi gel şimdi seninle köke inelim ve hükmedicilik sana nereden bulaşmış, bunu bulalım. Hazır mısın?"

Genç kadın başını salladı. Danışman koltuğu açarak bedenini uzatmasına yardımcı oldu. Gamze artık gevşiyordu.

Danışman:

"Derin bir nefes al. Şu anda hissettiğin acıyı ve üzüntüyü, bedeninin neresinde hapsettiğini bulmanı istiyorum."

Gamze:

"Kasıklarımda, kalçalarımda... Belki de bütün iç organlarımda ve... ve..."

Genç kadın söyleyeceklerinden utanır gibi duraklamıştı. Danışmanın yumuşak ses tonu kendisini teşvik ettiğinde yeniden konuşmayı denedi.

"Kasıklarımda, kalçalarımda, vajinamda ve anal bölgemde..."

Yanaklarından yaşlar süzülüyordu. Bütün yaşananları danışmana anlatmıştı. Mert ile ertesi günden itibaren daha da sık mesajlaşmaya, hatta telefonla konuşmaya başladılar. Genç kadın şaşkınlık içinde olan biteni izliyordu. O gece ne kendisini ne de Mert'i tanıyamaz olmuştu. Ama yaşananlar, kendiliğinden akıp gitmişti sanki. Kim bilir belki de her ikisinin de içlerinde gizli birer fantezi olarak sertlik gizlenmiş pusuda bekliyordu. İşin ilginç yanı, bütün içlerindeki eğilimler, arzular, en gizli duygular ortaya dökülüp belki de kabul gördüğünde, birbirleriyle daha da yakınlaşmışlardı. Şimdi sık sık konuşmak konusunda herhangi bir korku ya da endişe kalmamıştı. Yine de Gamze, yaşananlar hakkında konuşmaları gerektiğini düşünüyor, ama buna cesaret edemiyordu.

Genç kadının aklında pek çok soru vardı:

Neden kendisini böyle kaybederek kontrolü ele geçirmeye çalışmış, genç adama adeta meydan okuyarak kışkırtmıştı?

Mert, eski kız arkadaşlarından herhangi biriyle de bu şekilde sevişmiş miydi?

Şimdi ne yapması, nasıl davranması gerekiyordu? Mert korkması gereken gizli bir sapık mıydı, yoksa birlikte saçma ve geçici bir girdabın içine mi yuvarlanmışlardı?

En önemlisi, Mert neden o geceden sonra kendisini çok daha sık aramaya başlamıştı? Yoksa içten içe suçluluk mu duyuyordu?

Danışman tüm bu soruların yanıtlarını vermek yerine kendisini koltuğa uzatmış, duygularının depolandığı yere odaklamıştı. Sorduğu soruların yanıtlarını kendi içinde bulabileceğini söylemişti. Ama genç kadın henüz nasıl cevap alması gerektiğini bilmiyordu. Kendisini danışmana teslim etti. O ise, kendi koçluk sorularını sormaya devam ediyordu.

"Şimdi... usulca ellerini kasıklarına koy. Hafifçe bastır ve çek. Bastır ve çek. Orada sıkışan acının, dudaklarına diline kadar dökülen kelimelerini bul. Bak bakalım bedeninin o bölgeleri ne söylemek istiyor."

Gamze hıçkırdı. Dudaklarından istem dışı tuhaf sözler dökülmeye başlamıştı.

"Sen kazanamayacaksın. Anladın mı? Asla kazanamayacaksın! Seni yeneceğim. Er ya da geç..."

Susmuştu. Danışman yeniden sordu:

"Onu nasıl yeneceksin?"

Gamze'nin yüzünde vahşi bir gülümseme belirdi.

"Ölerek. Göreceksin gününü. Bu kez kendimi iyileştirmeyeceğim. Arkamdan pişman olacaksın. Beni arayacaksın. Öldürmeseydim keşke diye gözyaşı dökecek, pişman olacaksın. Beni anlıyor musun?"

"Şu an bu sözleri nerede kime söylüyorsun?"

"Aynada kendime bakıyorum. Gözlerim kan çanağına dönmüş. Üzerimdeki elbise yırtılmış."

"Nasıl bir mekânda duruyor bu ayna?"

Gamze'nin gözbebekleri oynadı. Sanki gerçekten etrafına bakıyor gibiydi.

"Burası bizim sevişmek için buluştuğumuz yatak odamız. Aşk yuvamız. Of, ama o bana âşık olmadı. Olmuyor. Beni sevmedi."

Birden hıçkırmaya başladı. Boğulurcasına ağlıyor, avazı çıktığı kadar bağırıyordu.

"Beni neden sevmedin? Neden? Neden? Neden sevemedin beni? Ben ki sana âşıktım. Sana salak gibi âşık oldum ben. Anlıyor musun? Yalvardım sana. Sev beni diye yalvardım sana. Neden sevemedin beni? Neden?"

Yaklaşık yarım saat kadar, sadece sevilmediği için ağlamaya devam etti. Hıçkırıkları dinmek bilmiyordu. Ellerini sıkıca kasıklarına bastırmaya çalışıyordu.

"Aptal gibi... tıpkı bir aptal gibi senin beni sevdiğine inandım. Of, senin beni sevdiğine inandım ben, anlıyor musun? Ama sevmek ne demek bilmiyorum ki... Nasıl sevilir bilmiyorum... Koskoca imparator beni seçmiş. Koskoca başkomutan beni öylesine arzuluyor ki... Hem de sadece beni arzuluyor."

Şimdi yüz ifadesi hırsa bürünmüştü. Artık ağlamıyor gibiydi. Konuşmaya devam etti.

"Beni arzulamanı sevgi zannettim. Matah bir şey zannettim. Ama evet, diğer kadınlarına gitmez olmuştun. Sadece benimle ilgileniyordun. Sadece benimle. Beni anlıyor musun? Sadece bana geliyordun. Ne oldu? Ha, ne oldu? Söyle bana. İtiraf et. Hani seviyordun? Neden geldin o zaman? Neden sadece bana geldin? Karın, o sosyete soylu kadınların ve metreslerin dururken, o ihtişamlı giysileriyle bana tepeden bakan kadınların dururken, sen sadece bana geliyordun."

Danışman sormaya devam etti.

"Şimdi seninle, o acıyı çektiğin ve kasıklarına yerleştirdiğin zamana, yani geriye doğru gideceğiz. O acı çeken kadın olarak, bu adamı nereden tanıdığını, kim olduğunu, seninle yolunun nasıl kesiştiğini bulup bana söylemeni rica ediyorum."

Loş odanın içindeki yegâne koltuğa uzanmış, bedeninde hapsetmiş olduğu çok eski ama güçlü duyguların kendisine çağrıştırdığı en eski anıları canlandırıyordu. Bu neredeyse on yıl önce yediği bir yemeği hatırlamak gibiydi. Mantık olarak imkânsız görünen, ama duygu ve kalp hafızasıyla, hatta bedenin hafızasıyla kolaylıkla ulaşabildiği gizli bir oda gibi. Ya da belki, bambaşka bir insanın Roma İmparatorluğu dönemine ait anısında deneyimlediği acının bire bir aynısını bu devirde hissettiği için zihniyle deşifre ettiği bir hayat öyküsü. Her ne olursa olsun, duygularının dönüşmek için uygun bir öyküye ihtiyaç duyduğu bir gerçekti.

"Of, ben bir köleyim. Roma İmparatorluğu zamanında yaşıyorum. Sanırım bu topraklar bugünkü İsrail."

Kısa aralıklar vererek anlatmaya devam ediyordu.

"Çıldırmış gibiyim, çünkü özgürlüğümüz elimizden gidiyor. Bunlar çok savaşçı bir topluluk. Acımasızca gelip tüm köylerimizi yakıp yıkıyorlar. Resmen ateşe veriyorlar. İnsan var olan bir güzelliği, harcanmış emeği bu denli kolayca yakabilir mi? İçim acıyor. Öfkeliyim! Hem de çok öfkeliyim. Ama acıyan yerim kalbim."

Danışman hafif sesle sordu.

"Şimdi biraz zamanda ilerle. Senin için önemli bir anıya git."

"Onu görüyorum. Of, karşımda duruyor. Bütün azametiyle."

Genç kadının gözlerinden yeniden yaşlar akmaya başladı. Acı çekmekle korkmak arasında gidip geliyordu.

"Çok canım acıyor. Kendime de öfkeliyim. Kendime daha çok öfkeliyim."

"Bu öfkenin kaynağına bakıp bana anlatabilirsin."

"Bizi ele geçirdiler. Bu adam, Roma imparatorunun bizim bölgemize yolladığı acımasız bir komutan. Çok çekici, çok güçlü, çok acımasız bir erkek. Yaksın, yıksın, bencilce davransın, emirler yağdırsın, öfkelensin, ama başarsın. Ele geçirsin. Zafer kazansın. Onun bütün bildiği bu işte!"

"Onunla karşı karşıya olmak sana neler hissettiriyor? Nasıl bir deneyimin içindesin?"

Gamze derin bir nefes aldı. Gergin bir beden diliyle koltuğa uzanmış, olayı adeta yeniden yaşıyordu.

"Beni tıpkı bir hayvanmışım gibi bu adama satıp önüne attılar. Şimdi bana bakıyor. Beni beğendi. Aslında bu yüzden kendime de öfkeliyim. Çünkü hem ondan nefret ediyorum hem de beni beğenip arzulamasından gurur duyuyorum. Kendi toplumuma ihanet ediyor gibi hissediyorum kendimi. Onu hem öldürmek hem de ölesiye sevmek istiyorum. Sanki tanıyor gibiyim. Ama ilk defa görüyorum. Hem ben Romalı bir komutanı nasıl tanıyabilirim ki?"

"Nasıl bir ortamdasın? Etrafına göz gezdir. Bana görüp algıladıklarını tarif edebilirsin."

"Deniz seviyesinden çok yüksekte, düzgünce yontulmuş iri taşlardan yapılma bir sarayın içindeyiz. Kenarlara yaklaşıldığında neredeyse uçurum gibi görünüyor, ama aslında sağlam bir kaleye benziyor. Nasıl yaptılarsa suyu buraya çıkartıyorlar. Suyu çıkartmak için çok fazla işçiye ihtiyaç var. Bizim halkımızdan köleler kullanıyorlar. Bu çok iğrenç bir şey."

Biraz durakladıktan sonra devam etti.

"Komutanın bir sürü süslü kadını var. Hepsi de altın yaldızlı, beyaz dökümlü kıyafetler giymişler. Birkaçının kollarında yılana benzeyen bilezikler var. Başka takıları da var. Rüküş ve abartılı görünüyorlar. Sanırım ne kadar yüksek rütbeli ve sosyal sınıf olarak komutana yakınlarsa, o kadar süslenebiliyorlar.

Bense taştan yapılmış bir odada komutan ile karşı karşıyayım. O beni ben de onu gözlerimizle tartıyoruz. Uzun uzun bakışıyoruz. Sanırım benim gözlerimde ve ifademde bir meydan okuma var."

Danışman:

"Onun gözlerinin içine baktığında oluşan duyguları bana anlatabilirsin."

Gamze'nin yüzü gerilmişti şimdi. Aniden bir şeyi fark etmiş gibiydi.

"Aman Allahım!"

"Neler oluyor, anlatmak ister misin?"

"Bu adamın gözleri... Mert'in gözleri. Sanki bu onun ruhu... aynı gözler, aynı bakışlar, aynı frekans. Çok acımasız, çok sertler. Ama yine de bana bakıyor ve benden hoşlanıyor. Çok net hissedebiliyorum. Hatta beni inanılmaz derecede arzuluyor."

"Şimdi senin için, Gamze olarak hayatını etkileyen bir sonraki önemli anıya gidebilirsin."

Genç kadın heyecanlanmıştı.

"Of, birlikte oluyoruz. İnanılmaz büyük bir haz alıyorum. Her gece benim yanıma geliyor. Onca kadını, metresi, süslü, kibirli yalakası varken bana geliyor. Sadece bana... Her gece... Bu çok hoşuma gidiyor."

"Peki o sahneye gir bakalım, nasıl bir sevişme yaşanıyor?"

Gamze'nin beden dili, aldığı zevki adeta yansıtıyordu.

"Muhteşem. Ama o bana çok da iyi davranmıyor. Sevişirken ben kendimi buluyorum, büyüyorum, tüm kadınlık gücümü kullanmaya başlıyorum. O alanda büyük bir gücüm ve özgüvenim olduğunu görüyorum."

Bir süre durakladıktan sonra ağır ağır anlatmaya koyuldu.

"Çok acımasız bir adam. Sevişirken de acımasızca davranıyor. Canımı acıtıyor. Hatta çok da bencil. Ama ben bir kadın olarak ondan istediklerimi almasını çok iyi biliyor ve beceriyorum. Bunu nereden bildiğimi ise hiç bilmiyorum. Deliler gibi beni sevmesini istiyorum. Hatta bana bu derece arzuyla yaklaştığı için, ne kadar sert, ne kadar hızlı, ne kadar pornografik birleşirse, o kadar çok istendiğimi, kadın olduğumu anlıyor gibiyim. Tuhaf bir şekilde sevişirken birbirimizle güç savaşına giriyoruz."

Cümleler iyice ağırlaşmış, konuşma dili yavaşlamıştı. Devam etti.

"Beni aldığı gibi savuruyor. Ama ben her savurduğunda, her bana vurduğunda, her ellerimi bağladığında gözlerinin içine bakıyorum. Ve meydan okurcasına içimden şunları geçiriyorum: Vur, acıt canımı. Bana bir şey yapamazsın. Bana hiçbir şey olmayacak. Zarar veremezsin. Canımı acıtamazsın. Bunu engelleyeceğim. Başarılı olamayacaksın. Seni ben yeneceğim. Sen koskoca orduları yenebilirsin. Ama bak bir köleye yenik düşüyorsun."

Genç kadın yeniden durakladı. Artık konuşmaları iyice yavaşlamıştı.

"Oysaki ne güçlü, kudretli, ne yakışıklı, çekici bir erkeksin. Keşke bana iyi davranabilseydin. Keşke... keşke bana kalbini açabilseydin. Sev beni. Beni sev. Beni sev. Sev beni."

Gözlerinden yaş akmıyordu artık. Adeta ağır çekimde oynatılan bir film gibiydi konuşması.

"Beni sevmesini istedim. Hatta seviyor sandım. Her yaşattığı acıya katlandım. Ama ben de çok temiz değildim. Saf değildim. Onun sevişme biçimine hep evet dedim. Çok kadını vardı. Ama hiçbiri onun ruhunu benim kadar anlayamadı. Hiçbiri onun ruhunu benim kadar kabul etmedi. O, benim içime işledi. Her hücremle evet dedim ona. Bedenime acı vermesine bile göz yumdum. Ama tuhaf bir şekilde artık acı hissetmiyorum. Hatta ben acı hissetmedikçe, o şiddetini artırıyor. Daha da abartıyor."

Genç kadın durakladı. Sanki hatırlamaya, doğru kelimeleri bulmaya çalışıyor gibiydi.

"Galiba bana haddimi bildirmeye uğraşıyor. Evet, bana

haddimi bildirecek. Bir kadın sevilmez. Ama bana bağımlı oldu. Savaş meydanlarındaki gibi savaşıyoruz. Ve ben artık onu ele geçireceğim günü iple çekiyorum. Onu ve ruhunu ele geçirmek istiyorum."

Danışman yeniden yönlendirdi.

"Şimdi senin için en önemli, en çok iz bırakan ana gidelim."

"Odadayız. Burası bizim buluşma mekânımız. Yerden yüksek bir yatak var. Sert ama o zaman için çok konforlu. Normalde yer yataklarında yatarız biz köleler. Ama koskoca komutan, hatta bizim için küçük bir imparator olan adamla birlikte olduğum için öyle konforlu bir yataktayım. Bir ufak taştan sehpa var. Yerlerde mozaikten yapılma bir şekil var. Bana tam onun üzerine denk geleceğim şekilde diz çöktürmüş, birlikte oluyor.

Ama ben onun gözlerinin içine bakarak, bu kez kendi isteklerimi yapmaya başlıyorum. Onu adeta zevkten çıldırtıyorum. Çıldırsın, kopsun, kendini kaybetsin istiyorum. Bunu yaptığımda eriyor ve bana kendini kısa süreler için bile olsa bırakıyor. Kontrolünü bıraksın istiyorum. Bunu hiç bırakmıyor. O beni itekleyip, bastırıp, sertçe çekiştirirken, ben kendimden umulmadık bir güçle, onu zevke boğup, bedenini istediğim şekle sokuyorum. Evet, tam da istediğim gibi gevşiyor. Bu kez uzanıp yüzümü yüzüne yaklaştırıyorum. Göz göze geliyoruz. Bir an için o koyu gözlerin içinde bana karşı hayranlık oluştuğunu seziyorum. Sevgi bu olabilir mi? Bilmiyorum. Ama hayranlık var. Gücüme saygı var. Çünkü ben, onun bedenime çektirdiği acılar içinden geçe geçe çok kuvvetlendim. Bir kadın olarak yenilmezlik gösteriyorum."

Biraz durakladıktan sonra yüz ifadesi yeniden acıya büründü. Şimdi gözyaşları yeniden akmaya başlamıştı.

"Gözlerime bakınca, bir kısa an içinde benim kontrolü ele aldığımı fark etti ve reddetti. Beni reddetti. Of, ayağa kalktı. Saçlarımı çekerek beni yeniden dizlerimin üzerine savurdu. Ama o da çok iyi biliyor ki, bunlar beni artık yaralamıyor.

Of! Şiddetini artırdı. Artık dayanamıyorum. Bedenimi adeta parçalıyor. Sadece vajinamı değil, arkamı da... Of, neden ama neden neden neden?"

Çığlıklar atıyordu. Danışman konuştu.

"Şimdi derin bir nefes al. Seninle bir şey yapacağız. Üçe kadar sayacağım. Üç dediğimde derin bir nefes alıp, oradaki bedeninden varlığını dışarı çıkartacaksın. Olaylara film izler gibi tepeden bakacaksın. Fiziksel acın dinecek. Sadece duyguların kalacak. Sonra yeniden üçe kadar sayacağım. Yeniden derin nefes alarak bu kez varlığından izin isteyerek, onun varlığının izin verdiği ölçüde komutanın bedenine nüfuz ederek, onun duygularını, düşüncelerini, bedenini hissedip algılayacaksın. Adeta onun enerjisini, bilgisayardan bir program yüklercesine yükleneceksin. Hadi bakalım sayıyorum..."

Bir süre sonra genç kadın artık komutanın kendisi olmuş gibiydi. Onun gözleriyle kendini görüyor, onu hissediyordu.

Danışman sordu:

"Şimdi sadece komutan ile konuşuyorum. Birlikte olduğun kadına bir bak. Onun için ne hissediyorsun? Ne düşünüyorsun? Ona neden bu kadar çok şiddet uyguluyorsun?"

"O çok güçlü bir kadın. Ama benim gibi bir komutanın karşısında bu denli başı dik duramaz. Durmamalı! Bütün fiziksel şiddete katlandı. Ama ben bunu seviyorum. Şiddet, sertlik benim doğamda var. Keşke metreslerim de karım da buna katlanabilse. Ama onları sevemiyorum. Benim ruhumu sadece bu kadın anlıyor. O da bir köle..."

"Onun için tam olarak ne hissediyorsun?"

"Onu arzuluyorum. Onu acıtmak istiyorum. Gücünü kırmak istiyorum. Hayır! Hayır!"

Danışman:

"Neye itiraz ediyorsun?"

Komutan:

"Onu sevmemi istiyor. Bana sevgisini akıtıyor. Bunu gözlerinden okuyorum. Ama o gözlerdeki sevgiye tahammül edemiyorum. Edemiyorum. Bakma bana öyle! Bakma sakın bakma! Sevgilim. Sevgilim bana öyle bakma! Yumuşatırsın beni. Ve seni severim. Kalbime yenik düşerim. Senin oyuncağın olamam ben. Anlıyor musun? Senin oyuncağın olmayacağım. Koskoca imparator, koskoca komutan asla bir kadına yenik düşemez. Hele bir köleye hiç yenik düşemez. Benim kadınlarım, metreslerim bunu bilirler. Ama bu köle bilmiyor. Yasak veya kural tanımıyor. Ölmekten bile korkmuyor. Ona gününü göstereceğim.

Şimdi ona bütün gücümle zarar veriyorum. Bedenimle onun bedenine giriyorum. Girebileceğim her yerden. Ve acımasızca. Canını yaktığımı, onu kanatacağımı biliyorum. Ama onu yok etmem lazım.

Beni olduğum gibi kabul eden tek kadındın. Öyle yüksekti ki kadınlığın senin üstüne sevgili tanımadım ben. Senin üstüne seks tanımadım ben. Her şeyimi içine alıyordun. Her şeyimi. Üstelik de köle gibi değildin. Hiçbir zaman da tam bir köle haline gelmedin. Sana haddini bildirmeliydim. Haddini! Evet! Sana haddini bildirmeliyim. Kimin *patron* olduğunu. Kanunları *ben* yaparım burada. Anladın mı beni?

Seni saçlarından tutup sürüye sürüye beceririm. Seni sürüye sürüye beceririm."

Genç kadın, komutanı çok net algılayabiliyordu. Artık bu kudretli adam, seksten aldığı hazla üstünlük kurmaktan aldığı hazzı karıştırıyordu. Ama tuhaf bir şekilde kendisi de o devirde aynısını yaşamamış mıydı? Bir köle olarak komutan üzerinde seks yoluyla üstünlük kurmak, kontrol etmek istememiş miydi? Muhtemelen adam bunu fark etmişti.

"Bir üstünlük taslamak için şiddet gerekiyor. Korkutmak gerekiyor. Senin içinde bu ateş yoksa, sen lider olamazsın. Sen benim güçlü yanımsın. Seni gördüğümde, kadınlığındaki gücü gördüğümde, kendi içimdeki şiddetin, erkekliğimin gücünün kocaman bir *hiç* olduğunu algıladım. Bu yüzden senin kadınlığının gücünü kırmak önemliydi.

Sen o güzel kafanı bana eğmedin. Hep başkaldırdın. Hep savaştın. Hep gücünü korudun. Hep cesaretliydin. Belki de benden daha cesurdun. Sen diğer soylu kadınlarımdan da başkaydın. Senden vazgeçemediğim için çok farklı bir elektrik vardı. Asla vazgeçemediğim bir elektrik. Öyle anlar oldu ki, senin bir köle, bir alelade halk kızı olduğunu unuttum.

Sana değer vererek çok fazla da güç verdim. Bağımlı olacaktım. Çok fazla anlam verdim. Bütün bunları sana vermekten korktum. Ancak seni aşağılayarak, korkutarak, sana o zaferi yaşatmayabilirdim. Eğer o kadınlık zaferini sana yaşatsaydım, savaşı sen kazanacaktın. O zaman artık seni kontrol edemez hale gelirdim. Beni sonsuza dek maniple ederdin. Edebilirdin. Manipülatör!

Sen tam bir fahişesin! Seni gidi küçük fahişe! Seni gidi kurnaz manipülatör. Seni gidi orospu! Geber! Geber! Geber!"

Gamze'nin bedeni kasılmıştı şimdi. Arada bir yorum yapıyordu.

"Şu an benim bedenimi paramparça ediyor. Sertçe içime girerek. Her bölgemi kanatıyor. Of, dayanamıyorum! Acıya katlanamıyorum. Ama erkek olarak çok başka bir his. Orada ölüm kalım savaşı veriyor kadınıyla."

Komutan devam etti.

"Geber! Düşmanımsın geber! Düşmanımsın! Gücümü çalmaya çalışan düşmanımsın sen! Geber! Savaş illa da er meydanında olmaz. Yatakta da savaşırsın!"

Gamze'nin yanaklarından yaşlar süzülüyordu. Danışman yeniden nefes aldırarak komutanın bedeninden çıkarak kendi bedenine geçmesini söyledi. Bunu yapmak daha kolaydı.

"Bana âşık olsaydın keşke. Ben de sana âşık olurdum. Ve âşık bir kadın *asla zarar veremez*. Asla savaşmaz. Sevdiğinin aleyhine davranamaz. Ama ben bundan ancak zevk ve mertebe alırdım. Sen küçük bir köleye o mertebeyi vermek istemedin, öyle değil mi?

Bu benim kaçıncı enkarnasyonum, biliyor musun? Kaçıncı lort karşısında ezilişim? Her seferinde de öldüm. Neden mi?

Çünkü senden dilendiğim sevgiyi kendim de hissedemiyordum da ondan. Benim kalbim de kapalıydı. Sen beni yine terk edemeyeceksin. Diğerlerinin de terk edemediği gibi. Onları ellerimle öldürdüm. Şimdi ise kendimi öldürerek, senin beni terk etmeni engelleyeceğim."

Köle kadın şimdi yalnızdı. Yarı baygın vaziyette, bedeninden boşalan kanı titreyen ellerle silmeye çalışıyordu. Komutan gitmişti. Onu öldürmeden gitmişti. Belli ki ona gözdağı vermek, eğer isterse öldürebileceğini ima etmek istemişti. Oysa genç kadın buna asla boyun eğmeyecekti. Son kez meydan okuyabilirdi. Bunu kendi elleriyle hayatına son vererek yapacaktı. Evet, hekim kadını çağırmayacak, kendini kurtarmayacaktı. Hoş hekim kadın gelse hayatını kurtarabilir miydi, o da ayrı bir konuydu.

Titreyen bacaklarla ayağa kalktı. Denize bakan uçurumdaki balkona değil de duvar tarafında asılı bir ayna, ya da aksini gösteren cama yaklaştı. Camda aksini gördüğünde şok geçirdi. İnanılmaz derecede örselenmişti. Canı anıyordu ama ruhu bedeninden daha çok acıdığı için, onu tam olarak hissedemiyordu. Paramparça olmuştu. Ruhu paramparçaydı. Hırsla kendi kendine konuştu.

"Sevgimi, gücümü, kadınlığımı olduğu gibi sana sunmuştum. Karşılığında sadece erkekliğinin tamamını, tüm şiddeti ve tüm eğilimleri ile birlikte kabul etmiştim. Ama beni sevmedin. Kabul etmedin. Sunduklarımı değerli bulmadın. Seni terk ediyorum. Sonsuza dek beni arayacaksın. Sonsuza dek beni isteyeceksin. Özleyeceksin. Pişman olacaksın. Evet seni *pişman ederek cezalandırmak istiyorum.* Seni kendi cesedimle cezalandırıp pişman edeceğim."

Artık bedeninin gücü kalmamıştı. Olduğu yere yığıldı.

Başının içinde bir boşluk ve serinlik duygusu oluşuyordu. Ruhu neredeyse bedenini terk etmek üzereydi.

Danışman sordu:

"Ölmek üzereyken aklından geçen son duygu ve düşüncelerini paylaşabilirsin."

"Hep yenildim. Siz güçlü erkeklere hep yenildim. Oysaki ben sizi yok etmek değil sadece âşık etmek istedim. Bana boyun eğmeliydiniz. Aşka ve kadınlık gücüme boyun eğmeliydiniz. Benim seks gücüme, güzelliğime boyun eğmeli, âşık olmalıydınız."

Danışman:

"Peki, şimdi artık bedenini terk edebilirsin. Ama ışığa tamamen girmeden önce, ruhun tepeden biraz o yaşadığın hayata ve tüm diğer benzeri geçmiş yaşamlarına baksın. Bunu ruhunun bir özeti gibi kabul et. Tüm yaşadığın deneyimler, Gamze olarak hayatını nasıl etkiledi? Ne kararlar aldın?"

Gamze:

"Âşık olduğum tüm erkekleri kendi ellerimle ittim. Hep uzak duruyorlar, ulaşılmaz oluyorlar diye üzülürken, uzun uğraşlarım sonucunda bana yaklaştıklarında korkuya kapılarak sabote ettim. Arıza çıkarttım. Giderler diye korkmamın ardında, hep kendim varmışım meğer. Yani içimdeki derinlerdeki kadın biliyor ki, âşık olduğu erkek eğer kendisine yaklaşırsa zarar verebilir, bu yüzden onu itecek. Nasıl olsa erkeğini itecek. O zaman âşık olduğum erkek asla yanıma gelmez, gelse de gider diye bir korkum varmış. Ve bu doğru da..."

Danışman:

"Bunu nasıl yapıyorsun?"

Gamze:

"Soğuk davranarak. Mesafe koyarak. Bağlanmayarak. Onları merak etmeyerek. Kendim iletişime geçmeden hep bütün adımları onlardan bekleyerek. Onlardan gelmediğinde küsüp kendimce sessiz kalarak. Tüm konuşmalarımızın, zamanlamalarımızın, yaşayacaklarımızın kontrolünü kendi ellerimde tutmaya çalışarak. Eğer benim kafamdaki gibi davranmıyorlarsa, aramayı, konuşmayı, buluşmayı yavaşlattılarsa, onlara ceza vererek, hemen onları sevmekten vazgeçerek."

Son cümle canını çok yakmıştı.

"Evet, sevmekten vazgeçerek, kendimi özgürleştiriyorum. Bu, kalbimi çok ağrıtıyor. Halbuki onları sevmekten vazgeçmemeliyim. Belki özgür bırakabilirim. Ama hâlâ severken özgürce gitmelerine izin verirsem kendimi enayi gibi, zavallı gibi, ezik gibi görürüm."

Danışman sordu:

"Sence, hissettiğin ve algıladığın kadarıyla, Mert, o komutan kimliğinden bu hayatına ne getirmiş olabilir? Ve bunu sana nasıl yansıtmış olabilir?"

"Bana âşık olmak, kalbini açmak istemiyor. Ama bunu kişisel olarak almamalıyım. Sanırım bütün kadınları bir tehdit olarak görüyor. Âşık olmalarını da istemiyor. Bağlanmıyor. Hep seyahat eden, çok çalışan bir adam haline gelmiş. Üstelik, seksten de istediği kadar zevk alamıyor. Sadece benimle o hayatta yaşadığı tema üzerinde sevişmek istiyor. Aksi takdirde uyarılamıyor. Canı istemiyor. Bu yüzden kıskandırılmak, uzun uzun baştan çıkartılmak ihtiyacında, ama kendisi baştan çıkartmak için çok da bir şey yapmayı sevmiyor.

Sanırım, kalbi kapalı olduğu için, sevmediği kadınlarla çok fazla seks yaşadığı için, artık bedeni ve ruhu parçalanmış. Benimkini ne kadar parçaladıysa, kendisininki de bu hayatında o derece paramparça oluyor.

Tek çaresi var. O da kalbini sevgiye açmak. Kim bilir belki de beni severek işe başlamalı. Ya da ben onu affedersem, o zaman başka kadınları sevmeyi, âşık olarak yatağa girmeyi ve bu konuda seçici davranmayı, hatta sert seks fantezisini tamamen kendisiyle ve korkularıyla yüzleştikten sonra dönüştürerek, yeniden kendine sevgi ile yaşanabilecek sevişme oyunlarından heyecanlanmayı öğretmeli. Bütün bunları yapabilir."

Danışman sordu:

"Bunları ona sen yaptırabilir misin?"

Gamze başını iki yana salladı.

"Hayır, buna gücüm yok."

"Öyleyse işe kendini değiştirerek başlayabilirsin. Sadece kendi duygu ve davranışlarından sorumlusun. Bunu nasıl yapacağını biliyor musun?"

"Hayır, nasıl?"

"Az önce saydığın, erkekleri uzaklaştırmak için yaptığın tüm davranışları bitireceksin. Asla yapmayacaksın. Böylece kendini erkekler karşısında bir kez daha savunmasız bırakacaksın. Ama sen bunu yaptığında, *ilahi güç* devreye girecek. Zaten aradığın, özlediğin güç tam anlamıyla burada. Ve sadece bu şekilde kaderini değiştirebilirsin. Senin dışında düzeltilecek birisi yok. Onlar senin aynaların. İçindeki Gamze değişecek. Karanlık olan yani."

Gamze itiraz etti.

"Ama ben savunmasız kaldığımda öldürülme ya da acı

çekme riski çekiyorum. Neden o zaman *ilahi güç* devreye girmedi? Neden hep ben yenildim?"

"Çünkü buna asla müsaade etmedin. Sen kendi ellerinle pişman etmeyi, cezalandırmayı seçtin. Bunu hep yaptın. Kabul veremedin. Oysaki, karanlık da Allah'ın yaratımıdır. Karanlıktan korkmayacaksın. Onun sadece ışıkla aydınlatılmaya ihtiyacı var. Eğer aydınlanmak istemiyorsa, bırakacaksın gidecek. Ve sen kendi yoluna devam ettiğinde, ama içinde karanlığa karşı herhangi bir öfke, nefret, cezalandırma arzusu, kin, intikam, güvensizlik gibi duygular beslemedikçe, *ilahi güç* kendiliğinden devreye girer. Ama bak, bu söylediklerimden *sadece biri bile* eksik kalırsa, hiçbir şekilde *ilahi* yardım alamazsın.

Bu, yaratıcının seni cezalandırması değildir. *İlahi güç*, senin kendi içindedir. Onu dışarıda arama. Sadece bil ki, sana yardım etmeme sebebi, senin bu dünyadaki kendi karanlık tarafını, cezalandırıcı parçanı, yani egonu kullanma özgürlüğüne duyduğu saygıdandır. Eğer sen onu kullanmak istersen, dünyadaki tüm kötülüklerin var olduğu, adaletsiz bir yaşamın içinde yolunu arayacaksın. Ama eğer kendi karanlığından vazgeçersen, *ilahi güç* sevgiyle devreye girecek ve *ilahi adaleti* sağladığı gibi, seni sıkışıp kaldığın bataklıktan çekip çıkaracak. Hem de kolayca ve zahmetsizce, sevgisiyle ve şefkatiyle... Bunu sakın unutma..."

Gamze'nin aklından geçen son cümleler dudaklarından döküldü:

"Tüm cezalandırmalarımı, pişman etme arzumu teslim ediyorum. Ama en önemlisi, kalbimi bir daha asla kapatmayacağım. Benden kaçtığını düşündüğüm birine bile eğer hâlâ sevgim devam ediyorsa, kalbime izin vereceğim."

Danışman:

"Harikasın. İstersen dene ve gör. Sen şimdi senden uzaklaşan birini sevmemeye çalışıyorsun ya... onu sevmeye devam edebilirsin. *Ama tek bir şartla:* Sevgin yüzünden herhangi bir beklentiye girmeyeceksin. Onu karşılık almadan da sevebilirsin. Ona bir şey vermeye de uğraşmayacaksın. Sadece bir kâğıt kalem al ve sevgini kâğıda dökerek ifade et. Sakın ona yollama. Yapacağın tam olarak bu. Ve aşk acının mucizevi bir şekilde kısa sürede kaybolacağını göreceksin.

Bir de şunu eklemek istiyorum. Sen artık bu çalışmadan sonra, üçüncü evreye geçtin. Yani, duygularını kısıtlamadan, beklentisizce sevebilirsin. Bu ya Mert'i değiştirecek, ya da onun hayatından çıkmasına ama hemen, seni çok bekletmeden yepyeni ve gerçek bir aşkı kapına getirecek.

Dene ve gör."

Uçuş Hali

Bir duygunun iki zıt kutbu var ya, ilişkini yönetirken bu iki kutuptan da kaçınmalısın. Peki bu nasıl olacak? İnsanın mutsuzluktan kaçarken, mutluluğunu da törpülediğini, acıdan kaçarken, hayattan ve sevişmekten aldığı hazzı da küçülttüğünü artık biliyoruz.

Mutsuzluktan beslenme. Bunu hissettiğin an, bir olaya yapıştırma. Sebep arama. Eğer bir sebep varsa, bunu topraklayarak kafandan atabilir, rahatlayabilirsin. Ama o olayın üzerine fazladan düşünce üretmeye devam etme. Eğer bunu yaparsan, odağını mutsuzluğa kaydırır ve beslersin. Bu kez daha fazla mutsuzluk hissedersin. Bu rahatsız duygudan çıkmak için, egonun savunma taktiklerine başvurursan, kendine seni mutsuz edecek gerçeklik yaratmaya başlarsın.

Bu döngü, senin mutsuzluk kutbunda ne kadar süreyle kalacağını gösterir. Eğer egonun savunmasına başvurmazsan, kendine acımaya başlarsın. Tam bu noktada topraklanman ve hayatta neye kabul veremediğini bulman gerekir. Bunu bulduğunda Yaradan'a sunmalısın. Bu kalbine acı verecek. Acıya tahammül et. Eğer tüm bu işlemleri yaparak acıdan geçersen sadece iki saat sürer.

Sonra zıt kutba kayarsın. Mutluluk içinde yüzmeye başlarsın. Ne kadar mutsuz olursan, yani ne kadar şiddetli hissetmişsen, mutluluğu da o şiddette yaşarsın. Zaten biz insanları olumsuz duygulara bağımlı kılan da budur. İçgüdüsel olarak farkındayızdır ki, eninde sonunda zıt kutba zıplayabiliriz. Yeter ki egomuzun savunmasına başvurmayalım. Bunlar ne olabilir? Öfkemize yenik düşerek laf sokmak, can acıtmak, görmek istemediklerimizden kaçmak, küsmek, aşağılamak, yargılamak, sevmeyi reddetmek gibi...

Ama gerçek anlamda olumsuz kutbundan kurtulmak istiyorsan, mutluluğu da hedeflemekten vazgeçmelisin. İşte bu yepyeni bir fikir. Bunun üzerinde biraz düşünmelisin. Eğer hazır değilsen, sakın yapmaya çalışma. Mutluluktan vazgeçmek, bir psikiyatrik ilaç alıp kendini uyuşturmaya benzemez. Tam tersine, bambaşka bir düzeye sıçratır seni. Mutluluğun da üzerinde bir haz vardır. Buna dünyanın hiçbir lisanında uygun bir kelime bulamamışlar. Sadece Sanskritçe ve benzeri eski dillerde bir karşılığı olabilir. Bu yepyeni seviyedeki duyguyu ancak zinciri kırıp hissedebilmiş insanlar anlayacaktır.

Şimdi.

Bu seviyedeki duyguyu ben *uçuş* olarak tanımlayabilirim. Ayaklarının yere basmadığı, bedenine sığmadığın ve daha fazlası olduğunu bildiğin, herkese anormal bir sevgi beslediğin, herkesle *bir* olduğunu hissettiğin bir olma haline geçersin. Evden dışarı çıkarsın ve bir anda ayakların havada asılı yürüyorsundur. Hayatında her şey mükemmel gider.

İşte yüksek ruhsal bilgilerde, yaşadığımız dünyanın bir rüya olduğu, gerçeğin ise mükemmel olduğu ve sadece Yaradan'ın bize bahşettiklerinin mükemmel olabileceği bilgisi, burada saklıdır. Yani duygu tellerinin zıt kutuplarına saplanmadan, her ikisinden de kaçmaya çabalamadan, topraklanarak, egonun taktiklerinden uzak durarak bu oluş biçimine varırsın.

Rüyadan uyanırsın.

Matrix'ten çıkarsın.

Her bir ilişkin düzelir. Kendiliğinden rayına oturur. Sen daha henüz bir şey dilemeden, isteklerin ayağına gelir. Hiçbir efor sarf etmezsin.

Uçuş halinde çok uzun süre kalamazsın ama oraya birkaç dakikalığına ulaşabilmen bile büyük bir başarıdır. Artık çok daha kolay bir biçimde sorunları büyütmeden çözebilirsin.

Tekrarlayalım.

Nefretten kaçındığım kadar, aşka bağımlı olmamam gerek. Çünkü aşktan da üstün bir olma hali var. İnsanlar bunu bilmedikleri için, yani kendilerini bekleyen havucu göremedikleri için, nefrete ve olumsuz kutuplara saplanıp kalırlar.

İntikam almaktan kaçınacağım kadar, affetmek için çabalamayı kesmem gerekir. O kendiliğinden gelecek.

Acıdan kaçmayıp içinden geçerek, orgazmik bir haz almaya geçebilirim. Ama orgazm olmak zorundayım diye kendimi zorlamamam gerekir. Sadece kontrolü bırakmalı, teslimiyet ve güven duygularımın içinde akmalıyım.

Güvenmek için aşırı derecede kendimi yorup, her şeyi kontrol etmeye çalışmamalıyım. Güvenmezsem hayattan kaçmamalıyım. Korkumun üzerinde de durmamalı, onu topraklayıp teslimiyete sokarak silmeye çalışmalıyım. İlle de bir insana güvenmeyi bekleme. Çünkü güveneceğin ne bir hayranının egosu, ne de kendi egondur. Güveneceğin tek varlık *ilahi güce* sahip olan Yaradan'dır.

Kundalini Etkisi

Artık kendini üçüncü seviyede hissediyorsan, cinsel enerjini farklı bir alanda kullanmaya başlayabilirsin. Cinsel enerji, yaratım enerjisidir. Yani hayatta arzu ettiğin her şeyi sana getirebilir. Bedenini şifalandırabilir. Derinlere gömdüğün korku ve olumsuz duygularını açığa çıkartarak, gündemine getirebilir. Çünkü artık sen onları temizleyip dönüştürmeye hazırsın.

İlişkinde, cinsel enerjini doğru kullanabilirsen, sevişme biçimin son derece değişecek, seni tüketmek yerine beslemeye başlayacaktır. İşin püf noktası şudur: Cinsel enerjin, klasik bir sevişme için, yani üremeye yönelik bir birleşme için vajina ve kasıklar civarında birikir. Yani, cinsel anlamda uyarıldığında, kasıklarında ve vajinanda birikerek, seni boşalmaya doğru götürür. Bir erkekle birleşme arzusuna iter.

Bunun haricinde, cinsel enerjini bedeninin üst kısmına doğru çıkartabilirsin. Eğer bunu yaparsan, yine orgazm olursun, ama bu kez, var olan yaratım ve şifa enerjisini dışarıya atmak yerine, vücudunun her bir hücresinde patlatabilirsin. İşte bu, muhteşem bir duygudur. Aynı zamanda, bir bebeği vücuda getirecek kadar güçlü bir yaratık enerjisini, kendi hücrelerine, yenilenmek, gençleşmek, dinamikleşmek, çekici hale gelmek için kullanmış olursun.

Daha önemlisi, kundalini/cinsel enerji, bedeninden

yukarıya doğru çıkarken, tüm olumsuz korku ve duygularına çarpar. Onları tetikler. Bu yüzden, bu yolculuğu bir uzman eşliğinde yapmalısın. Ortaya çıkan olumsuz duygular, çekim yasası marifetiyle sana bir olay yaratır. Çekim yasasını atlamak ve korktuğun olayın sadece bir rüya olduğunu, yani matrix'in içindeki maceran olduğunu hatırlamalısın. Bunu başarırsan, ufak bir çalışmayla, teslimiyete girebilir, mükemmelin ve mucizelerin var olduğu gerçekliğine kavuşabilirsin.

Kundalini zaman içinde sürekli kullanıldığında, vecit haline varabilmek ve Yaradan'la *bir* olmak haline, daha doğrusu yeryüzündeki cennete, kim bilir belki de öldükten sonraki cennete varabileceğimiz bir çıkış kapısı halini alır.

Kundalini vücudunun çeşitli bölgelerine çıkartıldığında, o alanda biriktirmiş olduğun tüm olumsuz duyguları tetikler. Bu arada sen ona bir komut verebilirsin. Örneğin, hayatına harika bir erkeğin girmesini istediğini söyleyebilir, var olan ilişkinin düzelmesini talep edebilir, vücudunda var olduğunu bildiğin bir rahatsızlığı şifalandırmasını, hatta kilo vermeyi bile isteyebilirsin.

Ama bunların yapılabilmesi için, bir uzmanla birlikte çalışmalısın. Başa çıkması zor olabilir. Sadece üçüncü seviyede flört edebilmeye başladığında, bil ki, kundaliniden bir sevgili istediğinde, eğer mükemmel olanına ulaşmak için hâlâ korkuların ya da tabuların varsa, bunları görüp temizleyebilmen adına o duygunu sana yansıtacak erkekler sunar. Ve bu her zaman aynı duygunun iki zıt kutbu için iki erkeği aynı anda getirecektir.

Eğer bu çalışmayı bir erkek yapsaydı, ona da aynı duygunun zıt kutbundan iki farklı kadın alternatifi sunacaktı.

Her bir deneyim, sana ego taktiklerine başvurmayı bırakarak, sağlıklı olarak bu kitapta bahsetmiş olduğum gibi kalpten ve samimi konuşabilmeyi, kendi duygularını ifade edip gereğini yapabilmeyi (sadece olumlu olanları kastediyoruz), sağlıklı sınır çizebilmeyi, oyun oynayabilmeyi, hayat enerjini üretip aktarabilmeyi, duygunu dönüştürebilmeyi, matrix in kâbusundan çıkabilmeyi öğretmek içindir. Eğer uygulamada başarılı olursan, çok kısa sürede, ideal bir ilişkiye kavuşabilir, onu rahatlıkla yönetebilirsin.

Bedeninin her bir hücresi harika bir enerjiyle dolacağı için ve korkularını yenerek Yaradan'ın *nur*'unu bedeninde daha fazla taşıyabileceğin için, artık caziben artar. Herkes sana çekilir. Sende huzur, mutluluk, sevgi, aşk bulduğunu iddia etmeye başlar. Ama sen, sadece kendine uygun olana çekim duyar, diğerlerine şefkat beslemeye başlarsın.

Cinsel enerjini en azından göbek bölgene çıkartabilmen için daha detaylı bilgiyi *Duygu Simyacısı* adlı kitabımda bulabilirsin.

Üçüncü Seviyedeki Kadın – Bazı Kadınlara Sevişmek Yakışır

Yok, o sandığınız kadınlardan değiller onlar.

Onlara sevişmek, cinsellik, flört, hatta sadece konuşmak bile çok yakışır...

Her yerde bunu göstermezler...

Görünmek, arzulanmak için giyinmezler...

"Ay, yatağa girmeden ne kadar beklesem?" diye kafa yormazlar...

Hem deli gibi arzulanmak isteyip hem de katı duvarlar örmezler...

Çünkü emindirler kendilerinden.

İşte o kadının soyunmaya, her erkeği tahrik etmeye, kadınlık cazibesini ve gücünü test etmeye, menfaatleri doğrultusunda kullanmaya, bu şekilde kendini kanıtlamaya ihtiyacı yoktur. Gözünün tek bir hareketi, ufacık bir mimiği ile her istediğini anlatabilir. Öyle uzun cümleler falan bile kurmadan bunu yapabilir.

Herkes onun cazibesini bir şekilde hisseder, ama bu cazibe öylesine yerinde ve dozajındadır ki, hiç kimse onları eleştiremez, yargılayamaz.

O kadın için yakınlaşmak, kalbini açmak, ruhunu, zihnini, duygularını göstermek hiç de zor değildir. Yakınlık, onu korkutmaz. Hem her konudan, hatta o en çok korktuğun seksten bile konuşur da, şöyle bir sınırı, haddi aştın mı, gözlerinin bir bakışıyla ağırlığını, karizmasını hisseder, geri adım atarsın.

Çok güzel sevişir o kadın...

Bir erkek, onun kollarında "en" olmak zorunda değildir. "En" çok adet orgazma ulaştırmak, "en" uzun performansı göstermek, "en" havalı, paralı, kaslı erkek olmak zorunda değildir.

Ama varlığının yüzde yüzünü ortaya koymak, gerçek olmak, kendisi olmak zorundadır. Bu varlığın minik bir parçasını bile eksik bırakmasına müsaade etmez.

Derinlik ister. Bunu, sen henüz onun yanına yaklaşamadan, sadece yaydığı elektrik ile anlatır.

Yok, öyle kibirle falan değil...

Hayatın gizli mutluluklarını, sırlarını keşfetmiş bir gülümseme ve yüz ifadesiyle anlatır.

Yumuşacıktır. Gerektiğinde serttir. Yavaş ve derindir. Gerektiğinde hızlı ve tutkulu... Sevdiğinin enerjisini, şehvetini hissederek hareket eder. Kendi cinsel enerjisini bedeninde takip eder. Onu tıpkı bir mıknatıs gibi kullanarak sevdiği adamın şehvetini istediği gibi etkiler, onun bedeninde gezdirir.

Acı verebilir, ama vermez...

Sonuç yaşatır sadece.

Öyle birkaç parça selüliti, fazladan 3-5 kiloyu, takıntı ve titizliklerini bir kenara bırakmamış bir erkekle birlikte olunmayacağını iyi bilir. Farkındadır ki, kendisiyle birlikte *an*'da kaybolamaz o adam.

Evet, o kadın her erkekle birlikte olamaz. Ama yalnız kalırım diye de korkmaz. Bilir zaten, her yaratılmış *can*'ın her hali için yaratılmış bir *eş* vardır bu hayatta.

Korkmaz o kadın. Ama korkutmaz da... Erkeğini "Yetebilecek miyim?" derdine düşürmez çünkü. Daha yakınlaşma bile başlamadan, bir erkekle yaşanabilecek potansiyeli görür, ve onun kalbini kırmadan sınırını çizer zaten.

Ha, en önemlisi, hani sevişmesini bilen kadından korkulur ya...

Çok parlak, dikkat çekici ve ışıltılıdır onlar. Görünmez bir şeytan tüyü taşırlar.

Ama, asla başkasının erkeğini çalmazlar.

Eğer bir erkek olarak senin varlığının yüzde yüzünü ona adamak cesaretin varsa, o da sana kendini rahatlıkla adayabilir.

Böyle kadınlar var elbet. Hem de pek çok... Buradayım diye bağırmıyorlar sadece. Eğer onlardan bir tanesine hâlâ rastlayamadıysan, demek ki henüz ona hazır değilsin.

Sevgilerimle...

Seda Diker

Gamze ve Mert – 20 Haziran 2015

Kalpten Konuşmak

Mavi denizin engin sularında, güneşin parlak ışıkları dans ediyordu. Geniş kumsalda dizilmiş şezlonglarda uzanan vücutlar, tepelerine dikilmiş duran hasırdan cılız şemsiyeler yoluyla yakıcı sıcaktan korunmaya çalışıyordu. Gökyüzünde bir damla bulut görünmüyordu. Göz alabildiğine uzanan mavilik, denizin mavisi ile karışıyor, ufuk çizgisi saklambaç oynarcasına sis perdesi ardında kayboluyordu.

Genç kadın tembel bir ruh hali içinde uzanmış elindeki kitabı okuyordu. İçindeki fırtına, danışman ile yaptığı duygu çalışması sonucunda nihayet dinmişti. Bir yandan yorgunluk bütün vücudunu kaplarken, derinlerde bir yerden filizlenen rahatlamayla karışık coşku hissi, genç kadına umut vaat ediyordu. Kendi kendine verdiği tüm sözleri tutmuştu. O günden bu yana, ne Mert'i cezalandırma, pişman etme arzusu kalmıştı, ne de bir daha herhangi bir erkeği sabote edecek hırsı...

Sadece gönlünde o gece otel odasında yaşadıkları sahne hakkında bir iki cümle etmek yatıyordu. Bunu da zamanı geldiğinde söyleyebilirdi pekâlâ. O günden sonra hayatında çeşitli mucizeler olmaya başlamıştı. Gamze'nin asıl ruhunu okşayan, kalbine coşku getiren işte bu mucizelerdi. Tüm kendisinden kaçtığını düşündüğü eski aşkları birer defa genç kadını aramışlar, kendilerince kalplerini açmışlardı. Patronu bile şefkat göstermiş, fazladan bir hafta izin vererek dinlenmesini önermişti.

Mert aramaya devam ediyordu, ama her ikisi de bir daha yakınlaşmaya cesaret edememişlerdi. Telefonuna gelen mesaj, genç kadını düşüncelerinden alıkoydu. Yavaş bir şekilde tüm vücudunu gererek şezlongda rahat bir pozisyon aldı. Eğilip plaj çantasındaki telefonu eline aldı. Mesajı merak ediyordu.

Mert:

Merhaba canım benim. Ne yapıyorsun sen bakayım? Hımmm... nasılsın ve ne yapıyorsun?

Gamze:

Ani bir tatile çıktım. Şu an sahilde güneşlenip dinleniyorum. Ya sen?

Mert:

Ooo, tatile çıkacağını bana haber vermedin.

Gamze:

Çok ani oldu. Patronum izin verince, koşarak geldim. O da ailesiyle tatildeyken, fazladan bir haftalık dinlenme hediye etti bana.

Mert:

Çok sevindim canım. Çok iyi olmuş. Peki kiminle gittin?

Gamze kıkırdadı. Yoksa kıskanıyor muydu? Ama o asla kıskanmazdı ki... Ya da kendi içdünyası değiştiğinde, genç adamınki de değişiyordu.

Tek başıma geldim. Hatta biraz sıkıcı olduğu bile söylenebilir. Kitap okuyup yüzüyorum bol bol.

Mert:

Ama ben orada olsaydım, otelde birlikte kalsaydık, asla sıkılmazdık.

Gamze heyecanlanmıştı. Belki de kalbindeki gerçekleri söyleme fırsatı şimdiydi. O kadar topraklanmış, gönlünün kabul veremediği, korktuğu şeyleri bulmuş, öfkesini bitirmişken, şimdi kendisini kısa ve net ifade edebilirdi:

Evet haklısın. Seninle olmak harika olurdu. Ama sana bir şey söylemem lazım.

Mert:

Nedir? Söyle.

Gamze:

Seninle otelde buluştuğumuzda, beni çok rahatsız eden, korkutan bir şey oldu. Bunu seninle paylaşmam gerektiğini düşündüm.

Mert:

Sanırım senin canını yakmaya başladığım anlar. Öyle değil mi?

Gamze:

Evet. Ama benim asıl önemsediğim şeyi yazacağım şimdi. Sen bunu değerlendir. Bana nasıl dokunursan dokun, ne oyunlar istersen iste, buna kıskandırma oyunu da dahil, benden duygusal olarak kopma. Lütfen benden kopma.

Mert:

Tamam canım. Ama ben seni eğer sıkça arayıp soramazsam, bil ki çok çalışıyorum ve müsait değilimdir. Bu seni düşünmediğim, senden uzaklaştığım anlamına gelmesin lütfen.

Gamze:

Tamam, bunu söylediğin için teşekkür ederim. Ama benim kastettiğim başka bir şeydi. Beni yatağa bağladın ya…

ve dedin ki, öyle seks yapılmaz böyle yapılır. Seni durduramadığım, ama canımın acıdığı anlar oldu. En sonunda yatakta beni bırakıp içerideki odaya gidecektin. Öylece çırılçıplak beni bırakıp gidecektin. Her istediğinde yanıma gelip içime girmek istediğini de söyleyerek... Bu beni bir seks kölesi haline getirir.

Mert:

Yo, bu sadece bir oyundu. Seninle nedense o anda içine girdiğim bir oyun. Senin de hoşlandığını düşünmüştüm. Asla kimseyi istemediği bir şeye zorlamam ben. Bundan zevk alınmaz ki. Zaten sen beni durdurduğunda, hemen söz dinledim.

Gamze:

Haklısın. Ama şunu düşün. Beni oyun gereği seks kölesi bile yapsan, benim duygumu takip et. Orada çok üzüldüm. Çünkü benim bedenimin ihtiyaçları unutuldu. Beni öylece yatakta bırakıp gitseydin, benim ıslaklığım, heyecanım bitecekti ve sen asla benimle birleşemeyecektin. Benim nasıl olsa o durumdan zevk alacağımı mı varsaydın?

Kendini bir daha hiç benim duygularımdan, girdabımdan çıkartma olur mu? Ben ancak o zaman kendimi güvende hisseder ve oyunun içinde kalabilirim. Böyle bir durumda, benim merkezim sensin. Beni güvenli alanda tutacak olan da sensin. Bunu ancak kendi zevkinle birlikte benim duygularımı da takip ederek sağlayabilirsin. İşte o zaman ben seninle her türlü oyunda uçabilirim.

Güvenip kontrolümü bıraktığımda, beni teslim almış olursun. Canımı yakıp zor kullanarak değil.

Mert:

Nasıl?

Gamze:

Bana ne yaparsan yap, ne yazarsan yaz, hoşlanıp zevk aldığım müddetçe seninle orada oynarım. Sadece... sadece benden kopma! Duygusal olarak benden koptuğunda, beni paramparça edersin. Duygularımı, bana ne hissettirdiğini gerçek anlamda gözlerimden takip et. Hatta o duyguya benimle birlikte gir. Şehvete, şefkate, arzudan öfkeye, beni ne şekilde etkiliyorsan... fark ettiysen, buluşmamızın ilk bölümünde, o duygularda birlikte hareket ediyorduk. Arada sırada iyi olup olmadığımızı kontrol etmeliyiz.

Mert:

Şöyle söyleyeyim. Benim seni özlediğimi hissettiğim zamanlar oluyor. Hiçbir duygu kaybolmaz bende. Zaten ben o duyguları hissetmesem, seninle o anları yaşayamazdım. Sakın aramızda olan olayların sadece seks olarak kalacağını düşünme. Ben sonrasında seninle sarılıp uyumak da istiyorum. Çok farklı şeyler yani seninle yapmak istediklerim. Çok önemlisin sen benim hayatımda. Anlatabiliyor muyum?

Gamze:

Bu söylediklerin çok hoşuma gitti, teşekkür ederim. Ama kastettiğim tam olarak bu değildi. Sevişirken, kendi zevkine dalıp beni unutma. Kendi girdabına kapıldığında benim seninle gelip gelmediğime bak, takip et. Benimle göz göze gel. Bağ kurmandan bahsediyorum burada. Bu aslında bir erkeğin kadınının içine gerçek anlamda girmesi demektir.

Bir erkek sevdiği kadının içine sadece bedenen girmez. Onun ruhuna da, duygularına da, zihnine de girmelidir. Ancak o zaman kadınını teslim alabilir. Kadın ona güvenebilir. İşte o şekilde sevişildiğinde, her ne yapılıyorsa da, acı çekilse bile, iz bırakmaz. Ruhlar sevgiyle coşar. Kim bilir, belki de o deneyimler zaman içinde son bulur ve yerini başka eylemlere bırakır.

Mert:

Dediklerini şimdi tam olarak anladım. Evet haklısın. Ben de sevişirken zihinsel anlamda kendimi senin zihnine katıyorum, bunu bil.

Gamze:

Lütfen canım. Çünkü ben orada kaybolmak, kopmak istiyorum aslında. Ama o sırada tek merkezim sensin. Bu beni güvende tutacak ve kendimi tamamen akışa bırakmamı ve zevk almamı sağlayacak.

Mert:

O zaman seninle şöyle yapalım mı? Seninle bundan sonra ilk baş başa kaldığımızda, en çok istediğim şeyi yapalım. Hiçbir şey yaşamadan, sadece öpüşelim. Çok istiyorum bunu. Olur mu? Dudaklarımdan zaten senin için ne hissettiğimi anlayacaksın. Sen de dudaklarından bana duygularını vereceksindir. Uzun bir süre, belki 2-3 saat seninle hiç durmadan öpüşebilirim. Senin dudaklarını istiyorum.

Gamze rahatlamıştı:

Oh, seninle bunları konuşmak çok iyi geldi. Evet ben de seninle saatlerce sadece öpüşmek istiyorum. Ruhuma çok iyi gelecek.

Mert:

En çok dudaklarını istiyorum, haberin olsun. Öpüşmeni istiyorum benimle. Öpüşmeni. Öpüşmeni istiyorum. Hatta çok yorgun olduğun bir iş seansının ardından kucağıma alayım seni ve saatlerce öpeyim.

Gamze kalbinin sevgiyle dolmaya başladığını hissediyordu:

Kalbini aç bana Mert. Kalbini aç canım. Oluşacak hangi duygu varsa izin verelim mi?

Mert:

Tamam.

Üçüncü Seviyedeki Erkek – Bazı Erkekler Sevmeyi Bilirler

Bazı erkekler vardır ki, onları ancak o yaklaşmana izin verdiğinde tanıyabilirsin. Ama yaklaşmak öyle kolay değildir. İki göz süzmene, dekoltenle endam etmene, yatağa girip hünerlerini göstermene kanmaz onlar.

Tam tersine, bunları deniyorsan, onlar için sığ sulardan bir farkın kalmamıştır. Seni alır, tadar ve diğer erkeklerden farkını sen daha anlayamadan, çekip gider.

Oysaki o erkekler, okyanus derinliğinde yüzmek, dalmak, keşif yapmak isterler.

Onu yakaladığını sanırsın, tam o anda o avuçlarından çoktan kayıp gitmiş bir yıldızdır artık.

Kendi başarısını sağlamış, özgüvenini üzerine giymiş, bakışlarına o dipsiz kuyuyu yerleştirmiştir çoktan. Bir mecliste konuşmaya başladı mı, herkes susar onu dinler.

Yok, o hiç kimseye kendisini dinlesin diye afra tafra yapmaz. Sesini yükseltmez. Sadece karizması vardır.

Aurası geniştir onun. Öylesine geniştir ki, bulunduğu odayı kapladığını hissedersin. Onun varlığının olduğu yerde, başka bir şey düşünmez, kendini güvende hissedersin.

Oysaki o adam, gücünü ne sertliğinden, ne banka hesabından, ne arabasından, ne de mükemmel vücudundan alır, sadece kalbindeki cesaretinden alıyordur.

Yok, öyle her babayiğidin harcı değildir o cesaret. Sorsan, her erkek sana "Benim hiçbir şeyden korkum yok!" diyecektir. Ama, iş kalbini ve duygularını sana açmasını istemeye geldiğinde, seni önemsemiyormuş gibi yapan, âşık olup acı çekmekten, kadının oyuncağı olmaktan korkan, bağlanmanın dünyanın sonu olduğunu sanan, hâlâ gözü çöplükte kalacak tonlarca erkeğe rastlayacaksın.

İşte bu adam, öyleleri değil, gerçekten yüreğinde sevgisini kadınına sunabilen erkektir. Sen güçlü adam, cesur adam arıyorsan, bunu parada, dış görüntüde bulamayacağını bileceksin. Yoksa yanlış sularda beyhude gezinmeye devam edersin.

Böyle bir adam, bir kadının gözünün içine bakıp, ruh çapının ne kadar olduğunu anlayabilir. Kiminle oyun oynayabileceğini, kimin canını acıtabileceğini görür. Belki oynamaz ama yakınlaşmaz da...

Böyle bir adamın hayatında çok kadın da olabilir, tek kadın da...

Eğer tekeşli bir erkek istiyorsan, sen de onu uzanıp almayı bileceksin. Bunu küçük kadınsı oyunlarla, yalanlarla, taktiklerle, yapmacık davranışlar, kendini olmadığın statülerde göstermekle başaramazsın.

Eğer ruh çaplarınız, derinliğiniz, cinselliğiniz birbirine denkse, korkmana gerek yoktur.

O adam, adamlığı da, tekeşliliği de bilir.

Ama sen de her dönemde yeni bir kadın olarak karşısına çıkmayı bileceksin. Elini her attığında, sana ait derin kuyudan, farklı bir şey çıkartmanın, seni keşfetmenin zevkini ona yaşatacaksın.

Derin bir okyanus olduğunu hissettireceksin.

Değilsen, onu tutman mümkün değildir zaten.

Sen onu keşfedemeden, ondaki bağlanma, sahiplenme potansiyelini bile göremeden, onu çapkınlardan bilir de çekip gidersin. Hatta bazen, koluna taktığı, seçtiği kadının neden vasat göründüğünü, senden daha az bakımlı olduğunu anlayamaz, öfkelenirsin. Kim bilir belki de kendince ah edersin.

O adamlar, çok ama sığ kadının, eninde sonunda hamallık olduğunu çoktan idrak etmişlerdir.

Bu özel adamlar çok da fark edilmezler. Öyle aşırı pahalı markalar giyip, gösterişli arabalarda korna çalarak kendilerini göstermezler.

Sevişirken kadınını uçurur, ama bunu meze niyetine içki sofralarında birbirlerine anlatmazlar.

Kendilerini kanıtlamaya ihtiyaçları yoktur çünkü.

Bazen bir sigara tutuşu, bazen senin duygularını takip edişi, bazen de vücudunu tıpkı bir enstrüman gibi çalma kabiliyeti ile seni kendine çeker.

Korkarsın gider diye.

Ya başka kadınlar da keşfederse diye.

Zaten gizli bir çekim kabiliyetleri vardır ama bu onların dümdüz karınlarından, daracık kalçaları, geniş omuzlarından gelmez.

Sana bir dokunuşu, bir bakışıyla yüzde yüz anlayıp, içine, ruhuna, beynine girebileceğini hissettirmesinden kaynaklanır.

Eğer böyle bir erkeğin varsa korkma.

Çünkü o da korkmadan sever seni.

Nedir onun sevgisi?

İlanıaşk etmek değil...

Kimi zaman kadının duygusal fırtınasından alınmadan, kızmadan, fırtınada kaybolmadan sapasağlam bir çapa gibi demir atarak... Kimi zaman korktuğunda güven, ağladığında şefkat vererek...

Ama illa ki bedeni, duygusu, ruhu ve beyniyle, tüm varlığıyla sevişerek sever.

Şaşırıp da yanılma sakın.

Aynı zamanda özgür ruhludur o.

Ama özgürlüğün tanımı, onun için çok kadını yatağa atmak demek değildir artık. O, hayat amacını keşfetmiş, buna güzel bir vakit ayırabilen, hayatın sadece para kazanmak ve güzel kadın avlamaktan ibaret olmadığını fark etmiş biridir.

Bir bakmışsın, kendini ona teslim etmek istiyorsun.

En derinlerine nüfuz edildiğin, binlerce kilometre uzaktan bile olsa sana yakın olabileceğine emin olduğun için.

Eğer ona duygularından korkarak küçülürsen, yüzeysel, fiziksel, yargılayıcı davranırsan, onu kontrol etmeye kıskanmaya kalkışırsan, cinsel enerjini *tutuk* ve *korkak* alıştırırsan, o gidebilir.

Senden sıkılabilir.

İlgisi başkalarına kayabilir.

Bir anda uzaklaşabilir.

Neden olduğunu sana söylemez bile, sığ sulara okyanusu nasıl anlatabilir ki?

Ama bir de onu tam olduğu gibi, her eğilimi, her yönü, her özelliği ile, özellikle de cinsel enerjisi ile kabul eder, zevk alır, seversen...

Numara yapmadan...

Gerçekten...

O da sana kendini adayabilir.

Böyle erkekler var.

Ve az da değiller.

Eğer sen hâlâ hayatında böyle bir erkeğe rastlamadıysan, sen de ona hazır değilsin demektir.

Sevgilerimle...

Seda Diker

Sohbet

Kundalini/Cinsel Enerji Çalışması Ne İşe Yarar?

Seda: Canan'cığım sana biraz kundalini çalışmasının sana ne gibi faydaları olacağından bahsetmek istiyorum. Biliyorsun hepimizin dört bedeni var. Fizik beden, duygusal, zihinsel ve ruhsal/astral beden. Sen eğer, ruhen, zihnen ve duygusal olarak çok arınmaya başlamışsan, fizik bedenini geride bırakamazsın. Duygusal bedenin arınması, bilinçaltındaki korkularının temizlenmesi demektir. Bu arınma senin olumsuz düşüncelerinden de kolaylıkla kurtulmanı sağlar.

Sen artık yaptığımız pek çok çalışmanın sonucunda, ilişkilerini çok daha yönetebilir hale geldin. Yani hayatında yanlış olduğunu hissettiğin bir adamı kolaylıkla ve acı çekmeden yollayabiliyorsun. Onda uyandırdığın olumlu veya olumsuz duyguları yönetmesini öğrendin. Yani ruhun da gelişti.

Bu şartlar oluştuğunda, fizik bedenini olduğu gibi, hiç geliştirmeden bırakamazsın. Bırakırsan, bedeninin içinde kalamaz, hayatı dışarıdan seyreder gibi yaşarsın. Ya da hayatına yeterince deneyim çekemezsin, durgun bir yaşamın olur. Gelen deneyimler de hep bir tarafı eksik, beğenmediğin türden olur.

Kısacası, gelişkin bir ruh, duygular ve zihinle hareket etmek isterken, fizik bedenin sana layıkıyla hizmet edemez. Birbirinden ayrışır. Çünkü hak ettiğin kadar ışık (*nur*) taşıyamaz. İşte bu yüzden, kundalini/cinsel enerji çalışması yapmak zorundasın.

Kundalini çalışması yapmak, cinsel hayatından vazgeçmek demek değildir. Tam tersine, seçtiğin erkek ile tensel temas başladığı andan itibaren, normalde kasıklarına doğru yönlenerek biriken cinsel enerjin, artık otomatik olarak vücudunun üst kısımlarına, göbeğine, kalbine, boğazına hatta beynine doğru ilerlemeyi öğrenecek. Hücrelerini besleyecek.

Canan: Peki ben bunu başarırsam, erkek arkadaşımdan kopmaz mıyım?

Seda: Kopmazsın. Sen de ona kendi cinsel enerjinle yardımcı olabilirsin.

Canan: Bunu nasıl başarabilirim? Kendimden başkasını değiştirmeye gücüm yeter mi?

Seda: İki farklı yol izleyebilirsin. Kundalini çalışmasını acele etmeden, layıkıyla yapıp bitirdiğinde, bu belki de senin için 3-6 ay aralığında sürecek, bir değişime uğrayacaksın.

Artık sevişirken, kendi vücudundaki cinsel enerjinin tam olarak nereden geçtiğini, nerede durduğunu fark edeceksin. Sadece kendininkini değil, aynı zamanda erkeğinin de cinsel enerjisinin nerede toplandığını hissedebilmeye başlayacaksın.

İkinizin kundalini enerjisini aynı anda takip edebilmeye başladığında, artık onların birbirini etkilediğini, tıpkı bir mıknatıs gibi senin onunkini yukarıya doğru çekebileceğini anlayacaksın. İçgüdüsel bir şekilde bunu bedenin kendi yöntemlerini keşfederek uygulamaya başlayacak. O aşamaya gelirsen, ben sana yol gösterici ipuçları verebilirim.

Orgazmı vücudunda patlatıp hücrelerine depolamaya başladığında, sana kuvvetli bir çekim gücü yaratacak.

İkinci seçeneğinde, erkek arkadaşının kundalinisine müdahale etmeksizin, kendininkini doğal olarak yukarıya çıkartabilirsin. Çünkü onun cinsel enerjisi göbeğine bile çıkmaya başladığında, korku duvarlarına çarparak aktive edecek. Orgazmı yaşarken, aynı anda acıya, güveni yaşarken korkuya kapılacak. Ama bunlar sadece seninle ilgili değil, hayatının her alanında yaşanacak.

İşte o zaman onun da bir yardım alması gerekebilir. Eğer böyle bir durumu kaldıramayacak duruma gelirse, sen onun kundalinisine müdahale etmeyi bırakarak, sadece kendininkini depolamaya devam edebilirsin.

Canan: Peki böyle bir durumda neler yaşanabilir? Ne gibi risklerimiz var?

Seda: Cinsel enerjisi onu korkuya götürebilir. Bu çok doğaldır. Zaten flört ederken bile bunu yaşayacak biliyorsun. Böyle durumlarda risklerinden ziyade, onun olumsuz kutba kayması durumunda ilişkini nasıl yöneteceğine odaklanmalısın.

Canan: O değişmez mi?

Seda: Değişebilir. Sen sadece ona bir değişim ve arınma imkânı sunuyorsun. Tercihi ona bırakmalısın. Bugün kundalinisini yükseltmiş kadınlarla birlikte olan pek çok erkek değişim için kapılarını aralamaya başlıyor. Kim bilir belki de toplu yükselişin bir parçası da cinsel alanda yaşanır.

Canan: Ya değişmeyi reddederse?

Seda: Değişirse, bu ikiniz için de çok tatlı ve bağınızı güçlendiren bir yolculuk haline gelir. Ama istemezse, o zaman kundalini çalışmanı yaparken, cinsel enerjini erkek arkadaşından ayrıştırmalısın. Hayali bir erkek ile enerjini aktive eder, kundalinine sana en uygun başka bir erkeği getirmesi görevini verebilirsin. Göreceksin ki çok hızlı bir şekilde hayatında değişiklik başlayacak. Her iki seçeneği de deneyimleyebilirsin.

Bu hayat senin. Yeter ki korkma. Seçeneklerin sınırsız ve sonsuzdur.

Olumsuz Duygu Kutbuna Girdiğinde Hayat Enerjini Kaptırmamak İçin Ne Yapmalısın?

Seda: Ben bunu Ömer ile çok sık yaşıyorum. Geçtiğimiz yaz bir gün, Bodrum'da plajda güneşleniyorduk. El ele tutuşmuş, aynı şezlonga uzanmış, birbirimize dokunmaktan zevk alarak keyif yapıyorduk. Ben bu süre boyunca, kalbimde eşime karşı müthiş bir sevgi hissettim ve gayriihtiyari ona akıtmak ihtiyacı duydum.

Akşam olup da evimize giderken, her şey hâlâ yolundaydı. Arabamıza bindik. Oğlumuz arkamızda, evimizin yolunu tuttuk. Akşama da arkadaşlarımızla buluşacağımızı düşünerek seviniyorduk. Ben hâlâ Ömer'e kalbimdeki sevgiden akıtıyordum. Özellikle bir şeyler söylememe gerek yoktu. Sessizlikte bile hissediliyordu.

Bir anda Ömer öfkelenmeye başladı. Öfkesi öylesine şiddetliydi ki, yoldan geçen arabalara, onların şoförlerine, yayalara, hatta sokak köpeklerine bile yüksek sesle bağırmaya başladı. Sadece bana ve oğlumuza bağırmıyor, dünyadaki herkese saydırıyordu.

Ben etkilenmemeye çalışıyordum. Ama duygu bulaşıcıdır maalesef.

Canan: Kesinlikle.

Seda: Eksi ve artı kutuplar nasıl birbirini çekiyorsa, sen de yanı başında birisi senin sevginden daha kuvvetli bir öfkeye girerse, onun girdabına kapılıyorsun. Sen de öfkelenebilirsin.

Eskiden ben de bağırmaya başlardım. Sanki kim daha fazla bağırırsa, o kazanıyormuş gibi gelirdi bana. Eşimin öfkesi kime yönelirse yönelsin, beni de olumsuz şekilde mutlaka etkilerdi.

Canan: Evet ya, ben de aynı şeyi yapıyorum. Şimdi siz söyleyince fark ettim. Sesimi hemen yükseltiyorum. Ya da onu uygun bir bahane bularak suçlamaya kalkışıyorum.

Seda: Evet, sadece ses yükseltmek değil, bunu suçlayarak, korkutarak, aşağılayarak, alay ederek, küserek hatta tehdit ederek bile yapabilirsin.

Ama bu yolu seçtiğimde benim de hayat enerjim puf diye sönüyor, bir anda konuşmak bile istemez şekilde buluyordum kendimi. Kimi zaman vücudum bile sızlıyordu.

Canan: Evet, aynısı bana da oluyor. Neden yapıyorlar bunu?

Seda: İsteyerek yapmıyor. İçgüdüsel bir savunma mekanizmasına giriyor. Çünkü çok fazla sevgi, aşk, mutluluk onun fiziksel bedeniyle taşıyabileceği bir şey değil. Kabı doluyor. Bu sefer öfke, mutsuzluk, kendine acımak gibi zıt kutuplar uyarılıyor.

Bağırarak, başkalarında kabahat bularak, onları aşağılayarak aslında fazla ışığı bedeninden boşaltmaya çalışıyor. Aksi takdirde, korkuları tetiklenir. Bu tamamen bilinçaltı ile yapılmış bir korunma içgüdüsüdür.

Canan: Yani ona zararım mı dokunuyor?

Seda: Evet. Senin sevgi kapasiten, onunkinden daha büyükse, bu sık sık başına gelebilir. Böyle bir durumda, kendi yaralanmış egonun sesini dinlemek yerine, onu fark et. Öncelikle neden olumsuz kutba kaydığını anla. Ve hemen sevgi ortamını kes.

Onu anlaman, senin öfkeni yarı yarıya azaltacaktır. Bu da, onun kutbu tarafından bir girdap gibi çekilme gücünü zayıflatacak, seni çekim alanının dışında tutacaktır. Aslında, bu da bir *ilahi sevgi* biçimidir. Senin sevginin fazla geldiğini anlayarak, şefkat hissi ile orada durmak, ona saygı göstermek gerekir.

Canan: Hımmm... onu görmem lazım. Bunu diyebildiğim anda her şey değişecek biliyorum. Bu bakış açısına sahip değildim.

Seda: Ama artık hazırsın.

Altyazı Okumak

Seda: Bir şeyi zihninde oturtmak istiyorum. Hatırlarsan, duyguları zıt kutupluydu. Mutsuzluk ve mutluluk, acı ve haz, nefret ve aşk gibi kutuplar, aslında aynı duyguydu. Değersizlik hissettiğin zaman ise, bir tarafın kibirli bir kadın olur, diğer tarafın kendini ezik hissederdi.

Canan: Evet, en çok orada zorlanıyorum zaten. Kibirli tarafımı yakalıyorum.

Seda: Eğer kibirli tarafın baskın karakter oluyorsa, muhakkak kendini topraklamalı ve sonra ne söylemek istiyorsan, kalpten konuşma yaparak ifade etmelisin. Bu çok işine yarayacaktır. Kibir ve eziklikten elini tamamen çekmen gerekir.

Canan: Niyet ediyorum artık bu zıt kutuplarımı törpülemeye. Ancak o zaman değersizlik duygumdan tam manasıyla kurtulabilirim.

Seda: Eğer kundalini çalışmanı yaparsan, zaten bünyende var olan tüm zıt kutuplu zararlı duygular, hızlı bir şekilde kendini göstermeye başlar. Arzu ettiğin kurtuluş çok daha çabuk gerçekleşir.

Canan: Evet, bunu yapacağım.

Seda: Şimdi biraz da türev duyguların ikilemlerini ele alalım. Mutluluk ve mutsuzluk aynı duygudur demiştik. Aynı spektrumun en düşük ve en yüksek halidir. Bir başka aynı duygu, acı ve orgazmdır. Bir başka ikilem, korku ve güvendir. Ne kadar güveniyorsan, o kadar korkun azalır mesela. Burada *ilahi düzene* ve *ilahi güce* olan güvenimizi kastediyoruz.

Canan: Burada kastettiğiniz, *Duygu Simyacısı* adlı kitabınızda bahsettiğiniz Allah'a teslimiyet, öyle değil mi?

Seda: Evet.

Canan: Ben bunun üzerinde çalışıyorum zaten.

Seda: Harikasın. Bu senin korkularını bir bir temizlemeni sağlıyor. O yüzden de çok daha kolay bir şekilde ilişkini üçüncü seviyeden yönetebilecek hale geldin. Artık hazırsın.

Canan gülümseyerek rahatladı.

Seda: Şimdi nefret ve aşk kutbuna göz atalım. İnsanlar birbirlerine öfke, nefret beslerken, görünmez duvarlar örerler. Ben buna maske takmak adını veriyorum. Bu maskeler, hatırlarsan sevişirken de tutkunuzu öldürürler. Neden ben maskeleri atmanın aşkı ve tutkuyu alevlendirdiğini söylüyorum? Çünkü bir zıt kutuptan diğerine kayıyor bunu yapanlar. Büyük bir kavgada nasıl ki gönlündeki gerçekleri bir çırpıda dürüstçe söyleyiverdiğinde maskeler ortadan kalkıyorsa, o kavgadan sonraki sevişme çok zevkli ve ateşli hale geliyorsa, aşka giren öfkeye, öfkeye giren aşka kolayca kayabilir. Sadece bunu yönetebilmek gerekir.

Canan: Çok ilginç.

Seda: Hiç kimsenin tek bir kutupta sonsuza dek kalamayacağını artık biliyorsun. Tıpkı senin de sürekli kibirli bir karaktere bürünemeyeceğin, arada kendini ezik hissedeceğin gibi... herkes dengesini sağlayabilmek için bu iki kutup arasında gidip gelecek. Şimdi gel, seninle erkek arkadaşın arasında olan bir olayı birlikte yorumlayalım.

Canan: Tamam. Şu olayı merak ediyorum. Erkek arkadaşım, bir gece birlikte içtikten sonra güzel ve samimi bir ortamda beni dansa kaldırdı. Öylesine aşkla, herkesin gözleri üzerimizdeyken dans ettik ki, o gece sanki ilişkimizi herkese ilan etmiş gibiydi. Bana, "Artık birbirimizi sosyal medyada takip etmeye başlayalım" dedi. Ama ben ne yaptım biliyor musunuz?

Seda: Ne yaptın?

Canan: Ona kibirli davranarak, sanki bunu istemiyormuşum gibi davrandım. "Boş ver, ne gerek var böyle şeylere? Ben seni merak etmiyorum sen de beni merak etme" dedim. Halbuki gerçek hislerim tam ters yöndeydi. Ertesi hafta onunla yazışırken mesaj atarak "Artık sınırları kaldıralım. Birbirimizi sosyal medyada ekleyelim" dedim. Ama o bana "Ne alakası var? Buna hiç gerek yok" dedi. Ben çok bozuldum.

Seda: Gel seninle bu değişimi yorumlayalım. Bu adam seninle uzun yıllar birlikte olduktan sonra, tam sen onu kafandan atmışken yeniden arıyor. Hatta çok yakın ve özlemiş olduğunu göstererek dans ediyor. Arkadaşlarına da bunu ilan ediyor. Hatta kendisi önce seni takip etmek istiyor.

Ne olabilir sence? Neden seni takip etmek istesin? Altyazısını oku bana.

Canan: Merak ediyor beni.

Seda: Başka?

Canan: Özlüyor olabilir.

Seda: Başka?

Canan: Hımmm... onun olmamı istiyor da olabilir. Hatta bana bir kez bunu açıkça söylemişti. Bu onu rahatsız da ediyor onun farkındayım.

Seda: Evet.

Canan: Yüzde yüz benimsin dedi bana bir kez. Ben, "Hayır ben yüzde yüz senin değilim" dedim.

Seda: Peki hangi şartlarda yüzde yüz onun olabileceğini söyledin mi?

Canan: Söyledim. "Ancak biz gerçekten evli olsak ya da beraber olsak yüzde yüz seninim diyebilirim" dedim.

Seda: Peki ne dedi?

Canan: Evlilikten hâlâ korktuğunu söyledi.

Seda: Evet ama seni sadece kendinde tutmaya çalışırken, sana bağlanmaktan da korkuyor. Sıkışmış durumda.

Canan: Seni başka birisiyle görürsem çok üzülürüm dedi. Ben de "Eğer biz evlenmezsek, bir süre sonra ben tabii ki başkasıyla olabilirim. Evlenebilirim. Çocuğum da olacak" dedim.

Seda: Ne cevap verdi?

Canan: Çok üzülürüm öyle bir şey olursa dedi.

Seda: Evet.

Canan: Artık biz birbirimizi uzun süredir tanıyoruz. Hâlâ bir karar alamamışsa, demek ki benim gitmem gerekecek.

Seda: Tamam, şimdi konuya bu kadar derinlemesine girme. Geri dön ve seni sosyal medyada takip etmek istemesinin sebebinin ne olabileceğini yeniden tahmin etmeye çalış.

Canan: Ne olabilir?

Seda: Ben yurtdışındayken, senin hayatına başka birisi giriyor mu girmiyor mu, bunu takip etmek istiyorum diyor. Altyazısı bu. Şimdi! Bunu istiyor ama, sen "Hadi yapalım" dediğinde, gerçekleri görmekten de korkuyor. Sınırları kaldıralım dediğinde, kendi özgürlüğünün de gitmesini istemiyor.

Şimdi. Sen bir erkekle berabersin ve ona çok büyük bir haz ve mutluluk verdin. O bir süre sonra, kaçarı yok, acı ve mutsuzluk hissine kapılacak. Çok mutlu ettin, o mutsuz olacak. Yahu ne oldu şimdi diye merak edeceksin.

Canan: Evet, işte aynen böyle oluyor. Ne yapmam lazım burada?

Seda: Her insanın en büyük hatası, böyle bir durumda, kendi korkularının tetiklenmesine karşı koyamamaktır. Egona kapılıyorsun ve o sana şöyle konuşmaya başlıyor: "Ben istenmedim, ben önemsenmedim, ben sevilmedim, ben ilgi görmedim, ben aldatıldım."

Canan: Evet, aynen bunu yapıyorum.

Seda: Kendini dinlemekten, erkek arkadaşının altyazılarını okuyamıyorsun. Bunu yaptığın sürece, onun duygu kutupları arasında gidip geldiğini, bunun doğal olduğunu, onu rahat bıraksan yeniden artı kutba geleceğini göremiyorsun. O gelgitler sana ait değil aslında, onun kendi çöpü.

Canan: Evet, belki de benimle ilgili değildir.

Seda: Dışarıdan bakıp olayı izlemeni istiyorum senden. Öyle bir durumda, o duyguyu sen ona saldırgan davranarak, onu kırarak oluşturmadıysan, uzaklaşması sana ait değildir. Öyleyse, bir süreliğine salim kafayla düşünebilmek için, egonun sesini susturmanı istiyorum senden.

Sadece ona bak ve hangi duyguyu en son yaşadınız ve ondan ne kadar süre sonra zıt kutba girdi, bunu gözlemlemeni istiyorum.

Neden kaydı? Ne hissetti? Hemen anlayacaksın. Olan biteni gözünün önünden geçireceksin ve hemen altyazıları okumaya başlayacaksın. Nedir sizin durumunuzdaki altyazı: "Seni başkalarına kaptırmaktan korkuyorum."

Canan: Evet.

Seda: Aslında bu adam seni başkalarına kaptırma riskinden dolayı korkup bağlanmaktan kaçınıyor. Acı çekmekten korkuyor. Aşırı kontrolcü bir adam haline gelerek kalbini ve sevgisini kısıtlıyor.

Canan: Haklısınız. Bana bir seferinde "Sana alışmaktan korkuyorum" bile demişti.

Seda: Ne yapman lazım öyleyse? Bunu baypas edecek, onun ördüğü duvarı kolayca atlayacağın bir flört mesajı çekmelisin.

Canan: A, bunu yapıyorum.

Seda: Ama bunu asla direkt değil, muhakkak endirekt yapmalısın. Örneğin "Benden korkma" ya da "Ben seninim" gibi düz cümleler, asla işe yaramayacaktır.

Canan: Ben onu hissettim ve flört etmeye çalıştım. Ama bana ters tepki verdi. "İşim var, banka kredisi ile ilgileniyorum" dedi. Neden sizce?

Seda: Bana ne yazdığını söyler misin?

Canan: Ona cinsel içerikli bir mesaj yazdım. Onu tahrik edecek bir mesaj. Ben genelde bunu başlatsam bile o mutlaka devam ederdi. Ama bu kez bahaneler öne sürerek konuşmayı kesti. Bir başka seferde de midem bulanıyor diyerek hastalığını öne sürdü.

Seda: Tamam. Bunu yapabilir çünkü doğru mesaj bu değildi. Şimdi yanlışını tespit edebilir misin?

Canan: Bulamadım.

Seda: Onun sana verdiği altyazının cevabı bu değildi de ondan.

Canan: A, bunu hiç düşünmemiştim.

Seda: Cinsel içerikli mesajla yangına körükle gitmiş oluyorsun. Onu daha çok korkutuyorsun. Çünkü aslında senin çok çekici olduğunu ve kaybedebileceğini düşünüyor.

Canan: Hımmm... evet olabilir.

Seda: Her tip flört mesajı da doğru değildir. Örnek veriyorum, cinsel içerikli mesajlar, sözler, sadece toplamın üçte birini oluşturmalı. Çünkü sen sadece yatak arkadaşlığı istemiyorsun. Yanı sıra duygusal mesajlar ile sevgi oluşturmak, oyunlar oynamak diğer üçte biri, entelektüel derinlik içeren sohbetler ise kalanı oluşturmalı.

Canan: Ama ben bir tek onunla bu şekilde içten ve samimi konuşabiliyorum.

Seda: Tamam işte. Belki de sadece bunu söylemeliydin ki onun duvarlarını atlayıverelim. Örnek verelim:

"Dikkat ettim de hiç kimseyle senin kadar samimi ya da içten konuşamamışım. O yüzden seni çok özledim." Bu kadar olmalı senin mesajın.

Canan: Hımmm... hiç fantezi yapmadan konuşmak lazım.

Seda: Altyazıya bakmak lazım. Başka bir kural yok. Sen burada altyazıyla ona diyorsun ki, "Sen beni bırakıp uzağa da gitsen, bana yakındayken hissettirdiklerin yüzünden, senden başkasıyla sohbet etmiyorum. Bunu istemiyorum." Bak bana konuşurken birdenbire nasıl döküldün. İşte aynı şeyi ona yapman lazım.

Canan: Buna ben de bayıldım.

Seda: Evet bir tanem. Senin söylemen gereken şey sadece budur. Ya bak seninle sohbetimiz ne kadar hoşuma gidiyormuş ki, kimlerle konuşsam da bir türlü yeri dolmuyor gibi, bir şey söylemen kâfi.

Altyazı okumak, öncelikle kendininkileri bulmak demektir. Eğer sen kendininkini göremezsen, karşındaki kişiyi de göremezsin. Farz edelim ki sende kaybetme korkusu var. Bunun senin davranışlarına yansıttığı kibri ve aşırı umursamaz tavırları bilirsin. Bu sefer, erkek arkadaşın benzer davranışlara girdiğinde, bunun sadece kaybetme korkusundan kaynaklandığını anlarsın.

Canan: Aslında dikkatli düşününce, gerçekten beni kaybetmekten korkuyor olabilir. Yeni yeni görüyorum.

Seda: Tabii. Çünkü seni ne kadar önemsediğini algılayamadın bir türlü... kendi değerini göremiyorsun. Bu yüzden algılamakta zorlanıyorsun.

Canan: Bunu bana açıkça söylüyor bazen. Ama gerçekten ben hissedemiyorum.

Seda: Onun için erkek arkadaşının altyazılarını da okuyamıyorsun. Çünkü bir perde var önünde. Ben de diyorum ki, önce seni acıtan hareketlerini toprakla. Topraklandığında, kendinle yüzleşmiş oluyorsun. Sen onda neye kabul veremiyorsun? Asla olmaz dediğin nedir mesela?

Canan: Arka planda olmak ve önemsenmemek bana acı veriyor.

Seda: Evet, değersizlik duygunu gösteriyor.

Canan: Ben bir mesaj attığımda geri dönmezse ya da çok geç geri döndüğünde, kendimi değersiz hissediyorum.

Seda: Peki seni önemsemese ne olur ki?

Canan: Kendimi kötü hisseder acı çekerim.

Seda: Ne olur acı çeksen?

Canan: Yalnız kalırım. Bundan korkuyorum. Küçüklüğümden beri evde yalnız kalmaktan bile korkarım ben.

Seda: Ne olur yalnız kalınca?

Canan: Bir şey olmaz. Ama birisiyle birlikte olsam daha güzel olur.

Seda: Tamam. Şimdi biraz daha derine inelim bakalım. Ruhun çocukken ilk yalnız bırakıldığını düşündüğün anıyı bulsun. Duygusunu hatırlasın. Kapat gözünü lütfen.

Canan: Evet buldum.

Seda: Bir ruh olarak ve aynı zamanda bir çocuk olarak aynı anda varoluşunu hisset. Çocuğu gözlemle. Ruhun bir çocuk bedeninde bu dünyada neden yalnız kalmayı reddediyor? Risklerin nedir?

Canan: Sevgisiz kalırım.

Seda: Sevgisiz bir dünyada yaşamak nasıl bir şey?

Canan: Çocuk eğlenmek istiyor.

Seda: Evet. O zaman yaşamanın manası kalmıyor, öyle değil mi? Sıkıcı bir dünyada kalakalırsın.

Canan: Evet.

Seda: Aslında kaçındığın şey, hayatın sıkıcı olması mı?

Canan: Sevgisiz isem evet.

Seda: Peki bak bakalım, bu sevgiyi ne yapıp edip alabilmek için neler yaparsın? Egon sana nasıl taktikler yaptırır?

Canan: Zorla almak. Israr etmek.

Seda: Peki bu ego taktiklerini erkek arkadaşına nasıl yansıtıyorsun?

Canan: Fazla göstermek istemiyorum. Kibirli davranıyorum.

Seda: Evet... Şimdi erkek arkadaşın senin aynan. O da sana kibirli davranabiliyor. Seni çok sevdiğini düşündüğünde ne yapıyor olabilir?

Canan: Önemsemiyormuş gibi yapıyor.

Seda: Görüyor musun? Seni ne güzel aynalıyor.

Canan: Evet.

Seda: Peki sence neden korkuyor olabilir?

Canan: Bağlanıp, sonra da sevgisiz kalacak diye korkuyor.

Seda: Çok güzel. Bu korkuyu yaşamadan ve sana bunu yansıtmadan önce çok mutlu olduğunuz anları da hatırlayalım. O sıralarda neler hissetmiş olabilir? Pilin öbür ucuna da bakalım.

Canan: Dans ettiğimiz, sarıldığımız zaman. Bunu herkes görmüştü.

Seda: Evet, gördün mü? Demek ki çok mutlu olmuş ki şimdi mutsuzluğa kayıyor. Ve bağ kurduğunda sevgisiz kalma riski aklına geliyor. Bu kez, seni önemsemiyormuş gibi davranmaya başlıyor.

Canan: Tuhaf.

Seda: Evet canım. Çalışmamız bu kadarcık. Açabilirsin gözlerini.

Canan: Ne kadar korkmuşum... Önemsenmediğimi, değersiz olduğumu düşünmekten, onun hislerini görememişim.

Seda: Evet doğru.

Canan: Bunu fark etmek çok sevindirici.

Seda: İşimiz bitmedi henüz. Şimdi bunu baypas et bana. Sana ördüğü duvardan atla bakalım.

Canan: Nasıl yapacağımı bilmiyorum.

Seda: Öncelikle egonun taktiklerine başvurmayacaksın. Yani, alınganlığa kapılıp küsmeyeceksin. Ya da dırdır yapmayacaksın. Altyazılarla ne söylemen gerekiyor?

Canan: Ben sana acı çektirmeyeceğim.

Seda: Bravo.

Canan: Ama bunu nasıl altyazıyla verebilirim ki? Ben her zaman doğrudan söylerim. Dümdüz.

Seda: Bunu yapabilirsin. Ama korkusunu aşamazsın. Çünkü sağ beyni devrede. Sol beyni değil.

Canan: Yani etkisi olmuyor.

Seda: Hadi bir daha düşün.

Canan: O da yalnız kalmaktan korkuyor bence. Onu da çocukluğunda annesi ve babası terk etmiş.

Seda: Evet. Demek ki gidersen acı çeker. Başkalarına bakarsan da acı çeker. Ama çok fazla onun çocukluğunu analiz etmeye ihtiyacın yok. Basitçe altyazı vereceksin. En son yaşadığınız ve onu tetikleyen olay dans edişinizdi. Öyleyse o olay üzerine minik bir mesaj yollayabilirsin.

Canan: Ben hayatımda hiç kimseyle öyle dans etmemiştim. Şu anda hiç kimseyle dans etmek istemediğimi söyleyeyim dedim. İçimden geldi söyledim.

Seda: Bu kadar. Bir cevap bekleme. Sadece belirt ve bırak. Hatta özellikle tam da seni önemsemediği zaman yapmalısın bunu. Anladın mı? Üstüne gideceksin. Bu senin için de kaybetme ve değersizlik korkularını yenmek demek olacak. Böylece "kazan kazan" bir durum ortaya çıkacak. Bu bir şifacılıktır.

Sohbet

Kundalini Çalışması

Seda: Sana ben kundalini ödevi vermiştim. Bu ödev, evde tek başına uygulanacaktır. Yani, cinsel enerjini, hiç kendi bedenine dokunmadan zihninle uyararak, nefes yoluyla cinsel bölgenden yukarıya, göbeğine, kalbine, boynuna, başına çıkartmayı deneyeceksin. Bunu yaparken, cinsel enerjin, bilinçaltında kaydedilmiş olan bazı korkularına çarpacak ve onları uyaracak. Bundan korkmamanı rica ediyorum. Bu çalışmayı neden yapıyoruz biliyor musun? Öncelikle cinsel enerjinin dışarıya atılarak yok edilmesi yerine, kendi bedenindeki hücreler tarafından kullanılmasını sağlamak için. Ayrıca, kundalini, tıpkı iki hücreden bir insan bedeni oluşturabildiği gibi, Allah'ın bahşettiği çekim yasasını aktive etme ve sana duyguların eşliğinde bir olay yaşatma kabiliyetine sahiptir. Öyleyse, çalışmayı yaparken, cinsel enerjini yüksek sesle niyet vererek görevlendireceğiz.

Bir diğer amaç ise, kundalini yani cinsel enerjini, çok derinlerde kalmış ve hâlâ ortaya çıkmamış korkularını fark etmeni sağlayarak hızlıca onlardan kurtulman için çalışma başlatmaktır.

Begüm: Peki nasıl olacak bu? Bana tarif ettiğiniz gibi çalışmamı yaptığımda, başıma neler gelebilir?

Seda: Ben sana kendi deneyimimden bahsedeyim. Pek çok korkumu temizlemiş biri olmama rağmen, kendi kundalini çalışmamı yaparken, en derinde kalmış bir endişe fark ettim. Biliyorsun, 21 kez tekrar edilmesi gerekiyor. Ben henüz üçüncü ya da dördüncü tekrara ulaştığımda, tarifsiz bir endişe ve keder duygusuyla karşılaşıyordum. Kendimi toprakladığımda ise, eşim Ömer'i ölüm ile kaybetmek korkusuna kapıldığımı anladım.

Ölüm hepimizin kabul vermesi gereken bir şey, ama çok zor. Bu korkuya kapıldığımda, çare bulamadığım dertlere kabul veremediğimi, başıma gelen her şeyi değiştirebilme özgürlüğümü istediğimi fark ettim. Bu kez, kabul vermeyi deneyecektim.

Bu arada, elbette ki endişem bana çekim yasası gereği bir olay ile kendini gösterdi. O dönemde tesadüf bu ya, tüm astrologlar gökyüzündeki gezegen ve yıldızların hizalanma şeklinden dolayı, yakınlarda bir uçağın düşme riski olduğunu söylemeye başladılar. Tam da o özel hizalanma gerçekleşeceği anlarda, eşim Ömer, Suudi Arabistan'a doğru uçan bir uçakta havada olacaktı. Bu beni tahmin edersin ki çok endişelendirdi.

Egom, bir savunma mekanizmasına başvurmak istedi. Evime çok sevdiğim bir astrolog arkadaşımı davet ederek, eşimin haritasına baktırdım. Amacım, onun eşimi ikna ederek biletinin tarihini değiştirmesini sağlamaktı.

Fakat ne yazık ki, eşim buna müsaade etmedi. Elbette ki ben de yanlış yol seçtiğimi bildiğim için sesimi çıkartamadım. Bu kez, olan her şeye ve tüm risklere kabul vererek, evde beklemeye başladım.

Gerçekten de o tarihlerde uçak düştü. Ama benim eşiminki değildi. Bu tip olaylar başına gelebilir. Artık senin korkun her ne konuda ise, sana o alanda deneyim getirecektir. Ama unutma ki, bu deneyim asla gerçeklik değildir. Sadece bir illüzyondur. Senin illüzyonun. Korkma. İçinden geç. Korkularını inandığın *ilahi güce* teslim et. Ve bir bakmışsın ki, bu korkun tamamen silinmiş.

Ben bunları yazdım günlük defterime. Eğer kundalini çalışması yaparken bir günlük defteri tutarsan, yaşadığın pek çok olayın birbirine bağlantılı olduğunu ve aslında korkularını ifade ettiğini fark edeceksin. Bunu fark etmek, tedirginliğini yarı yarıya azaltacaktır. Korkunun içinden geçmek hem daha kısa hem de daha kolay hele gelecektir.

Begüm: Bunun bir illüzyon olduğunu fark etmek gerek yani?

Seda: Aynen öyle. O zaman oluşan duyguna saplanmıyorsun. Üzerinde yeni düşünceler üreterek duygunu büyütmüyorsun. Sadece bırakıyorsun ve o önce kuvvetleniyor sonra zayıflayarak yok oluyor.

Ben "Eyvah! Eşimin uçağı düşebilir" diye düşünmek yerine, "Hımmm... demek ki benim korkum buymuş. Öyleyse şimdi bu korkumun içinden bilinçli olarak geçerek sonsuza dek kurtulacağım" diye düşünmeye başlıyorum mesela.

Begüm: Peki bu kadar kolay mı?

Seda: Çok da basit değil. Mesela, ölümle kaybetme korkun varsa, bir de duygunun zıt kutbu sana geliyor olmalı. Defterine yaşadığın basit olayları aktardığında, bunu çok net görebilirsin. Mesela, benim aynı dönemde, bambaşka bir deneyimim daha oldu. Birisi beni korkunç derecede eleştirdi. Normalde eleştirilmekten korkmam. Ama bu kez çok telaş ettim. Sonradan kendimi toprakladığımda neye kabul veremediğimi buldum. Ben, başkaları tarafından ölümle cezalandırılmak gibi bir korkuya kapılıyormuşum. Biliyorsun ki bilinçaltımızın mantığı yoktur. İşte bu yüzden, pilimin öbür ucunda, ben ölerek sevdiklerime bir daha kavuşamam kaygısı taşıdığımı fark ettim.

Begüm: Ne kadar güzel, hayatta olan pek çok olaya fazlaca tepki vermiyorsunuz galiba.

Seda: Ben de kaygı duyuyorum elbette, ama buna saplanmıyorum. Sanki mutlak gerçeklikmiş gibi davranıp üzerine senaryolar üretmiyorum. Derhal topraklıyorum. Neye kabul veremediğimi buluyorum. Ve ona kabul vererek içinden geçtiğim acıyı *ilahi güce* teslim ediyorum. Bu yöntemi zaten *Duygu Simyacısı* adlı kitabımda detaylı bir şekilde anlatmıştım.

Sen de böyle çalışarak, hızlıca temizleneceksin. Buna duygusal detoks da diyebiliriz. İşte bu yüzden kundalini çalışması senin Allah'a varış anahtarın diyebiliriz. Ruhunu teslimiyet yolunda çok hızlandıracak.

Flörtte Altyazı Okumak

Sevdiği erkek, biraz geri çekilen bir kadının üçüncü seviyedeki ilişki yönetiminde neler yapabileceği üzerine sohbetimize başlamıştık.

Begüm: Ben bir şeyler yapabilir miyim? Yoksa bekleyeyim de duygu pilinin zıt kutbundan yeniden benimle mutlu olduğu tarafa kendiliğinden mi gelsin?

Seda: Biliyorsun, sen hiçbir şey yapmazsan muhakkak geri gelecek. Şimdi öncelikle duygu kutuplarını yeniden hatırlayalım:

Mutluluk-Mutsuzluk

Güven-Korku

Haz-Acı

Aşk-Nefret

ŞImdi, her bir duygunun iki zıt kutbu var. Diyelim ki sen kendi erkeğine çok uzun ve güzel bir haz yaşattın. Orada yaşadığı yüksek hazdan sonra, doğası gereği muhakkak acı tarafına kayacak.

Begüm: Hımmm...

Seda: Ve acıya kaçtığı an, o süre boyunca yaşadığı olaylara bakacak. Zihniyle bir sebep bularak acısına yapıştıracak. Ben bu acıyı neden hissediyorum diye baktığında, zihnen elinin altındaki bir olayı bahane olarak kullanacak. Sen, bunu neye yapıştırdığını iyi izlemelisin ve neden acıya kaydığını da fark etmelisin.

Bir başka şey daha söyleyeceğim. Çok güvenli bir ortamda sana çok güveniyorum, bağlanıyorum desen, muhakkak korkuya kapılacaktır. Bak erkek arkadaşın sana "Elini tutmak, sorumluluk almak demektir. Biraz daha bekleyelim. Şimdilik bu ilişkiyi evin içinde yaşayalım" dememiş miydi?

Begüm: Aslında bir yandan da beni çok sevdiğini ve her anını benimle geçirmek istediğini de söylüyor. Söyledikleriyle davranışları birbirini hiç tutmuyor.

Seda: Elbette tutamaz. Çünkü o anda duygunun zıt kutbuna kayıyor. Böyle durumlarda, sevdiğin erkeği boşuna didikleyip durma. Sorgulamanı çok fazla istemiyoruz. Bunu eski karısı da ona yapmıştı ve o yüzden ayrılmışlardı. Adam aslında kendi de davranışlarına bir anlam veremiyor ki, sana ne anlatsın?

Begüm: Ama şu anda ilişki istediğim yönde gidiyor en azından. Sadece geçici olarak kötüleşti.

Seda: Elbette. Yeniden pozitif kutba doğru kayacak. Bu da doğanın emri. Sen biraz daha güzel ve sıkı bir bağ kursan, yine gidecek o. Ama geçici olarak gidecek. Kadın ilişkiyi merkezine koyduğu zaman, erkek onunla önce bağ kurar, sonra bir anda öbür uca kayarak kaçma isteğine kapılır. Kadın da aynı duygular arasında gelgitler yaşar, ama bunu farklı biçimlerde ifade eder. Mesela, saçma sapan şeylerden kavga çıkartabilir, olmadık detaylar için söylenir, huysuzluk yapar, ya da duygularını göstermemek için bastırır. Oysa erkek, kaçmak isteği ile dolar. Çünkü çok daha düz ve basit bir doğası vardır.

Sana ülkece yaptığımız çok basit bir kaçışı göstereyim. Örneğin şu sıralarda çok acı olaylar yaşıyoruz. İnsanlarımız ölüyor ve terör bombaları patlıyor. Bu olaylar elbette ki hepimizi üzüyor ve derinden etkiliyor.

Ama bir de, içinde zaten acısı olan, mutsuz, nefret dolu, öfkeli, korkularıyla hareket eden, yani duygularının negatif kutbuna kaymış olanlar var. İşte bu kişiler, acılarını bu olaylara yapıştırıyorlar. Bu çok tehlikelidir. Çünkü insan mutsuzluğuna, değiştiremeyeceği bir sebep bulursa, orada takılı kalır. O mutsuzluğa adeta esir düşer. Bu kez mutluluk kutbuna geri dönüşü çok uzun zaman alacaktır. Buna da dikkat etmelisin.

Begüm: O zaman ben Cengiz'in mutluluk kutbuna geri sönmesi için bir şeyler yapmayı tercih ederim.

Seda: Öyleyse, kendi egonun şikâyetçi sesini durdurmalısın. "Ben aranmadım, ben istenmedim, benimle ilgilenilmedi" gibi konuşmaları bir kenara al ve beklet. Onları sonra topraklayacaksın. Ama önce, Cengiz'in davranışını analiz ederek altyazısını bulmaya çalışmalısın. Mağdur olmak edebiyatını bir kenara bırak. Cengiz'in hangi pozitif kutuptan hangi negatif kutba geçtiğini bul.

Begüm: Nasıl yapacağım ki bunu?

Seda: Peki, gel beraber yapalım. Ne zamanı konuşalım? En son elini tutmanın kendisi için büyük bir sorumluluk olduğunu söylediği ana gidelim. Peki, bu korkusu tetiklenmeden önce, çok güzel ne yaşamıştınız birlikte?

Begüm: Birlikte çok güzel bir akşam geçirmiştik. Özel şeyler konuşmuştuk. Birbirimizi ne kadar sevdiğimizden bahsetmiştik. Çok derin bir bağ kurduğumuzu hissettik. İşlerimizi birbirimize anlattık. O da benim hayatıma dahil oldu ve yorumlar yaptı. Sonra benim evimde uyudu. Birbirimize çok açıldık ve güvendik. Benim işimle ilgili çok teknik detaylara kadar ilgilendi. Ve sonra çok güzel seviştik. İki gün üst üste durmadan çok sevişiyor olmak harikaydı. İlk defa ona "Sana ait olmak çok güzel" dedim. Ertesi gün annesinin evine ziyarete gitti ve soğukluk başladı.

Seda: Tamam. Seni aramayıp soğuk davranması ne kadar sürdü?

Begüm: En fazla iki gündür.

Seda: Şimdi bu iki gün olduğu sırada, hazdan acıya geçiyor. Eğer seninle birlikte durmaya devam ederse acı çekecek. Çekmemek için kaçıyor. Ama seni özleyip tekrar gelecek. Şimdi altyazısı aslında şu: "Ben bağlandığımda, seni mutlu edemezsem, ikimizi birden hayal kırıklığına uğratırsam ne olur?"

Begüm: Evet, bu cümleyi bana daha önce birkaç kez söylemişti.

Seda: Ben de zaten hikâyenizin gelişimini bildiğim için bunu söyledim. Başka bir sebep aklına geliyor mu? Neler olabilir?

Begüm: Bir şeye başladığında güzel olan şeyin bitmesinden de korkuyor. Çünkü onun hayatında olan her güzel şey bitmiş. Bu aklına geldiği zaman, yaşadıklarımız anlamsız geliyor herhalde.

Seda: Tamam.

Begüm: Bir bu var. İkincisi, sen başarılısın ama bak ben öyle değilim tarzında konuşuyor.

Seda: Yani aslında başarısız olmaktan korkuyor.

Begüm: Ben de dâhi değilim dedim. Ama o bunu kabul etmiyor. O zaten genelde mutsuz bir insan.

Seda: Öyleyse altyazıyla sana demiş ki, "Sen de bir gün biteceksin. Çünkü benden daha başarılısın. Ben sana yetemeyeceğim. Ve bu yaşadığımız güzel şeyler bir gün bitecek." Öyleyse, ona nasıl bir cevap vermelisin? Unutma, asla direkt konuşmalar yapmamalısın. Hemen reddeder. Başarılı olamazsın.

Begüm: Bunu her zaman mı düşünüyor?

Seda: Hayır, sadece duygularının olumsuz kutbuna kaydığı zamanlarda düşünmeye başlıyor. Ve mutsuzluğunu ya da acısını, bu düşüncelerine yapıştırıyor. Onları gerçekmiş gibi algılamaya başlıyor ve eğer müdahale edemezsen, orada uzun süre kalabilir. Çünkü eğer seninle biraz daha uzun zamanı yan yana geçirirse, ona iyi gelmeyecek ve daha fazla bu korkularına saplanacaktır.

Begüm: Hımmm... anladım.

Seda: Ve hafifleyip rahatladığında sana geri dönüyor. Mekanizmayı anlıyor musun?

Begüm: Evet.

Seda: Ne söylemen nasıl davranman gerekiyor öyleyse?

Begüm: Bilmiyorum.

Seda: Unutma ki dolaylı olarak verilmiş mesajlara sadece dolaylı ya da altyazıyla cevap verilir.

Begüm: Hımmm... ben yanımdayken hep onu seviyor okşuyorum ama, bunlar yetmiyor.

Seda: Yok, bunlar yetmez.

Begüm: Bazen doğrudan söylüyorum ama gerçekten de anlayamıyor. O zeki adama o sırada bir şeyler oluyor ve söylediklerim havada asılı kalıyor.

Seda: Zaten Cengiz sağ beyniyle sana hitap etmiş. Sol beyninle cevap vermen asla onun tarafından algılanmayacak. Yapman gereken şey, hiçbir yere gitmeyeceğini ona basitçe ima etmek. Onun sana yeterli olduğunu altyazılarla hissettiren flörtöz mesajlar atmak. Ama bu mesajların, asla cevap isteyecek mesajlar olmamalı.

Begüm: Bunu nasıl yapabileceğimi bilmiyorum.

Seda: Peki bana söyle, neden sen bu adamdan ayrılmayı düşünmezsin?

Begüm: Çok güzel bir adam ve ben onun yanında çok mutluyum. Hiç olmadığım kadar hem de. Dünya duruyor onun yanındayken.

Seda: Hah, işte bunu söyledin mi hiç ona?

Begüm: Kısmen ama tamamen değil.

Seda: Neden bitmez bu ilişki sence? Kendi mantığınla bir sebep ver bana.

Begüm: Çünkü biz onunla çok uyumluyuz. Neden bitsin ki? Sebep yok.

Seda: Başkasına bakmak istiyor mu canın? Başkasının ilgisini almak sana zevk veriyor mu?

Begüm: Hayır hiç istemiyor.

Seda: İşte bunları ona anlatmalısın. Ama flört mesajlarıyla, o senin yanında değil de uzaklaşmışken bunu yapmalısın.

Begüm: Hımmm...

Seda: Direkt olarak değil de, şu minvalde yazmalısın mesela: "Sen yokken, kiminle sohbet edersem edeyim, yerin dolmuyor. Sadece söylemek istedim." Sen bunu kendi dilince söylersin.

Peki ona ait hangi özellikler çok hoşuna gidiyor?

Begüm: Verdiği güven. Derinlik. Bana verdiği değer.

Seda: Tamam. Öyleyse bu üçünü de farklı zamanlarda ona söylemelisin. Demelisin ki mesela, "Sendeki, derinlik başka hiç kimsede yok. Biliyorsun değil mi? Benim derinliğime ne kadar uyumlu farkındasın değil mi? Sırf bunun için öpüyorum seni..." Buna benzer şeyler yazmalısın. Ve asla cevap beklememelisin. "Kokunu öyle çok seviyorum ki, başka bir teni düşünmem imkânsız" gibi cümleler söyleyebilirsin.

Begüm: O uzaktayken yapacağım bunu yani?

Seda: Evet.

Begüm: Cengiz uzaktaydı. Ona "Seni çok özlüyorum" dedim. Bana, "Niye tatilin eğlenceli geçmiyor mu?" diye sordu. Cevap bile vermedim. O kadar bozuldum ki. Sonra biraz düşününce anladım ki tatildeyken özlenebileceğini bile düşünemiyor. Yazık!

Seda: Bravo. İşte bu kadar basit. Onu algılamışsın. Ve egonla savunmaya geçmemişsin.

Begüm: Tam tersine ben ondan önce eve dönmüştüm. Onu da havaalanından karşılamaya gittim. Sürpriz yaptım. Çok mutlu oldu. Ama nasıl mutlu oldu görmenizi isterdim.

Seda: Çok başarılısın. Tebrik ediyorum seni. Bundan alınmadın, bozulmadın ve ters bir tepki de vermedin. Bak eğer sen hâlâ birinci seviyede ya da ikinci seviyede ilişki yaşayabilen flört eden bir kadın olsaydın, bu davranış seni değersiz hissettirecekti ve sen bu duyguyla başa çıkamayacağın için, yaydığın elektrik yüzünden manyetik alandan Cengiz ile aranızın bozulmasına ve onun da daha çok senden kaçmasına sebep olacaktın. Ama artık sen korkularını çok küçülttün. Bu durumda, alınmadan, gücenmeden ve gerçekten "mış" gibi yapmadan durumunu yönetebilmişsin.

Begüm: Ne kadar sevindiği bana tam bir sürpriz oldu. Çoğu kadın burada ters tepki verir. Bu adamın başka bir kadınla birlikte olması çok zor. Bu yüzden kendisini bağlanamayan bir adam olarak görebilir. Bu da doğru değil aslında.

Çıktı ve iyi ki geldin çok sevindim dedi. Ve sonra biz bütün geceyi çok güzel geçirdik.

Seda: Harikasın.

Begüm: Peki sizce bu adamın kendine acıma hali değişecek mi?

Seda: O pek de düzelmeyebilir. Daha uzun zamana ihtiyaç duyacaktır. Ama en azından senden kaçmaları bitecek. Çünkü senin korkuların küçüldü.

Gamze ve Mert – 22 Haziran 2015

Final

Otoparka yanaşırken, sağ yanındaki koltukta duran minik paketle bir buket çiçeği gözucuyla kontrol etti. Yerde duran zarif topuklu ayakkabıları, arabadan indiğinde ayağına giyilmeye hazır bekliyorlardı. Torpido gözünde bulundurduğu yeşil tarağı ile pembe ruju anlaşılmaz bir güven hissi uyandırıyordu. Evet, güzel olmak istiyordu.

Arabayı özenle park ederek, hazırlanmaya koyuldu. Tatilden döner dönmez, Mert genç kadını arayarak evine davet etmişti. Gamze'nin uzunca bir süredir uzak kaldığı süre boyunca, genç adam hastalanmıştı. Doktorların ne olduğunu teşhis etmesi bile zaman almış, Mert'in kalbindeki sırtına vuran esrarengiz ağrının sebebini bulmakta zorlanmışlardı. Hastalığı sırasında günde birkaç kez konuşmuşlar, birbirlerinden haber almışlardı.

Genç kadın İstanbul'a döner dönmez, Mert'in davetini kabul ederek, onun evine doğru yola koyulmuştu. Bu, kendisi için büyük bir onurdu. Aynı zamanda küçük bir tedirginlik de hissediyordu. Tekrar benzer olayları yaşamaktan korkuyordu. İnce topuklu, sivri burunlu ayakkabılarıyla otoparkta yürümeye çalışırken kendi kendine gülümsedi.

"Adam hastalanmış, sen neler düşünüyorsun şaşkın! Edepsizlik yapmayı bırak artık."

Kapı açıldığında Mert'in oldukça solgun olduğunu gördü.

Onu hastalanmış görmek, yüreğine garip bir üzüntünün yerleşmesine sebep olmuştu. Dik durmaya çabalıyor, ağrısını göstermekten kaçınıyordu. Gülümsemesi eksilmeden, Gamze'yi salona davet ederek ilerledi. Kendisine kanepede mini bir yatak yapmış, dinleniyordu. Genç kadın etrafında bakındı.

Evde herhangi bir lüks görmemesine rağmen, oldukça zevkli döşenmişti. Eşyaları minimal tarzdaydı. Lacivert ve füme renkleri arasına kırmızı ayrıntılar serpiştirilmişti. Kanepenin tam karşısında dev bir televizyon vardı. Öylesine sade bir evdi ki, evin şıklığı, tamamen kullanılan renklerden geliyordu. Duvardaki kütüphane kitaplarla doluydu. Bazı raflarda, kitap yerine, genç adamın çeşitli ülkelere yaptığı seyahatlerden getirdiği değişik objeler yer alıyordu.

Mert'in ellerini omuzlarında hissetti. Genç adam onu kendisine çevirerek eğilip dudaklarından öptü. Kanepeye oturarak Gamze'yi de yanına çekti. Bir süre sarılarak oturdular. Daha fazla hareket etmiyorlardı. Aralarında beklenmedik bir huzur hâkimdi şimdi. Mert, hastalığını anlatıyordu. Tam olarak kalbiyle midesi arasında bir iltihaplanma olmuştu. Enfeksiyonun yeri Gamze'ye tuhaf geldi.

Vücudu biraz zayıf düşmüş olabilirdi ama kömür gözler, her zamanki gibi ışıldıyordu. Öylesine derin bakıyorlardı ki, genç kadın o karanlığın içine doğru çekildiğini hissetti. Sohbet ederlerken Gamze hafifçe yan dönerek sevdiği adama yüz yüze bakar gibi oturdu. Bir bacağını altına almış, diğerini kanepeden sarkıtmıştı. Mert'in anlattıklarını dinlerken, gözlerinin önünde sadece çırılçıplak kaldıkları anlarda yaşadıkları geliyordu. Dudaklarının kenarında hafif bir gülücük vardı.

Genç adamın anlatacakları bittiğinde kısa bir süre göz

göze baktılar. Her ikisi de heyecanlanmıştı. Mert her an elini uzatıp Gamze'yi öpecek gibi duruyordu. Genç kadın konuşmaya başladı. Söyleyeceklerini bir an önce kalbinden dudaklarına dökmeliydi.

"Ben bir şey yaptım."

Genç kadının yüz ifadesi, koca bir bardak suyu yere devirmiş bir çocuğunkini andırıyordu şimdi. Genç adam güldü.

"Bakalım bunun sonu neye varacak? Senin gibi bir kadından her saniye bir sürpriz çıkabilir."

Gamze gülümsedi.

"Yok öyle korkunç bir şey değil. Sadece bir danışmandan duygularımla alakalı yardım alıyorum. Onunla yaptığım bir çalışmada sen de vardın. Bilmeni istiyorum."

Mert:

"Hımmm... ben de seni deliler gibi hem de çok sert almak istiyorum. Bunu biliyorsun değil mi?"

Gamze başını salladı. Kömür gözlere derin derin baktı.

"Evet biliyorum. Sen var ya sen, beni başka türlü arzulayamazsın. Başka bir kadın istese belki yapabilirsin, ama bana asla yapamazsın."

Mert sessizce dinliyordu. Gözlerine merak eden bir ifade yerleşmişti.

Gamze:

"Bunu çok iyi biliyorum. Çünkü bende de bunun karşılığı var. Seni bana sunduğun her şeyinle kabul ettim ben. Ama aynı zamanda senden çok korkuyorum."

Mert sesini çıkarmıyordu. Genç kadın kalbindeki gerçekleri itiraf etmeye devam etti.

"Ben seni seviyorum Mert. Hem de çok. Seni ilk gördüğüm andan itibaren çok güçlü bir çekim hissettim."

Mert:

"Bunun karşılığı bende de var."

Gamze:

"Var mı?"

Mert:

"Kesinlikle. Hem de seni henüz görmeden önce, Merve ile Ali bana senden bahsetmeye başladıklarında adını duyduğum ilk andan itibaren."

Gamze:

"Ama bu sertlik hikâyesinin altında bir şeyler yatıyor. Ben danışmanıma gittiğimde, bana ne kadar inanırsın bilemiyorum ama, ikimizin ortak bir geçmiş yaşamı olduğunu fark ettim. Yani sen ve ben birbirimize o hayat yüzünden bu kadar sert davranıyoruz. Aynı zamanda da birbirimizden kopamıyoruz."

Mert meraklanmıştı.

"Anlat bana. Merak ediyorum."

Gamze hikâyelerini bütün çıplaklığıyla anlatıyor, gönlündeki ağırlığı da, dudaklarından dökülen kelimelerle birlikte bedeninden atıyordu. Mert şefkatli görünüyordu şimdi. Gözlerindeki ilgi zaman zaman utanca dönüşüyordu.

"Yani, sen beni ölümüme kadar götürdün. Sen o zalim komutansın. Gözlerinde hâlâ bunu görüyorum. Biliyorsun değil mi? Sen bana hükmetmeyi isterken, aslında hükmedilmekten de hoşlanıyorsun. Ve benim bir kadın olarak buna gücüm yetebilir. İçimde bu his ve dürtüler fazlasıyla var. Ama bana izin vermedin. Beni yatağa bağlayıp çekip gitmek istemen, aslında bundan kaynaklanıyordu, öyle değil mi?"

Mert hafifçe utanarak gözlerini kaçırdı. Ama kendini kısa sürede toparlayarak yeniden Gamze'nin bakışlarını yakaladı.

"Evet canım, haklısın. Sana bir şey itiraf edeyim. Ben seninle tanışmadan önce, böyle sevişen bir kadınla birlikte oldum. O da bana hâkimiyet kurmaya çalıştı ama ona da izin vermedim. Sanırım son anda korkuyorum. Geriliyorum. Hayatımda hep böyle sevişmedim ben. Ama ne yalan söyleyeyim, uyarılabilmem için, biraz duygunun içine girmem gerekiyor diye düşünüyordum hep."

Gamze:

"Beni o hayatımızda öylesine kanattın ki. Bedenimi paramparça yaptın. Çünkü senin gücünü elimden alacağımı düşünmüştün. Oysa benim senden bir tek isteğim vardı."

Mert, genç kadının ses tonunun titremesinden tedirgin olmuş gibiydi. Yine de istifini bozmadan dinlemeye devam etti.

"Beni sevmeni istemiştim. Bana kalbini açmanı istemiştim. Ama sen beni bir türlü sevmedin. Sadece seks için birlikte oldun. O yüzden de hep sert, pornografik şekillerde sahip oldun bana. Ben de koskoca komutanı kendime âşık ettiğimi düşündüm. Öyle ya, onca güzel kadın varken, sadece bana geliyordun. Kendimi inanılmaz ayrıcalıklı hissediyordum. Ama sanırım ben arzulanmakla sevilmeyi, istenmekle sevilmeyi birbirine karıştırmışım."

Gözleri dolmuştu şimdi. Mert başını sallayarak itiraz etti.

"O komutanı öylesine canlı hissedebiliyorum ki şaşırırsın. Ama seni öldüresiye yaraladığıma göre, demek ki seni o zaman da sevmişim. Ve kendime engel olamadığım için seni engellemeye çalışmışım. Ölümüne götürerek."

Genç kadın kısa bir süre duraklayarak mırıldandı. Olanları anlamaya, zevkini çıkarmaya çabalıyordu.

"Bir dakika, bir dakika, sence o zaman da beni seviyor muydun?"

Mert gülümsedi.

"Öyle olmalı. Yoksa seni neden o hale getireyim ki?"

Gamze:

"Şimdi de sana yalvardım. Kalbini bana açmanı istedim. Ama sanırım sen korkundan kalbinin alt tarafını hasta ettin."

Mert dikkatle bakıyordu şimdi.

"Beni sen hasta ettin, öyle değil mi?"

Gamze başını salladı. Kalbi bir anda ısınmıştı. Mert'i inanılmaz derecede sevdiğini hissediyordu. İlk kez bu duygusundan gerçekten korkmuyor, maniple etmek istemiyordu.

"Evet olabilir. İyi de neden korkuyorsun beni sevmekten?"

Mert hiç düşünmeden cevapladı.

"Bazen öyle zamanların oluyor ki, kendi dünyana girip benim varlığımı bile unutuyorsun. Senin beni elde ettikten sonra bir mendil gibi atıp çekip gideceğini düşünüyorum."

Gamze şaşkınlık içindeydi. Bir an duraklayarak inanmaz gözlerle genç adamı inceledi. Kahkaha atmamak için kendini zor tutuyordu.

"Sen deli misin? Bu replikleri genelde kızlar erkeklere söylemez mi?"

Mert başını iki yana salladı.

"Yo, bu düşüncenin kadını erkeği yoktur. Bunu sakın unutma. Tek farkımız, biz erkekler bunu dillendirmiyoruz."

Gamze şaşkınlık içindeydi.

"Ben şimdi ne yapacağım bu komutanla? Bana bir ömür borçlusun. Ben öldüm gittim, umurunda olmadı."

Mert gülerek genç kadını kollarının arasına aldı.

"Çok büyük bir pişmanlık duymuş olmalıyım. Sen otelden çekip gittiğinde de aynı hisse kapıldım."

Gamze şaşırdı.

"Yaa, demek öyle? Pişman olmuşsundur umarım. Sırf bunu sana yaşatmak için ölmeyi seçtim ben. Komutanı öyle yenemezsem böyle yenerim diye."

Mert koyu gözlerle ona baktı. Sessiz kalmayı tercih ediyordu.

Gamze devam etti.

"Biliyorsun değil mi? Bu hayatımızda mutlu olabilmemiz için, geçen seferden öğrenmemiz gereken hayat dersini anlamamız lazım. Ben benimkini biliyorum. Hükmetmeyi ve meydan okumayı bırakmak. Sevmekten korkmadan kalbimi açmak. Ve asla hiç kimseyi pişman ederek cezalandırmamak, hele ki kendi hayatımdan vazgeçerek. Bunu çok iyi öğrendim ben."

Mert sordu:

"Peki sence benimki ne?"

Gamze itiraz eder gibi oldu.

"Bunu ben söyleyemem. Kıymeti kalmaz."

"Doğru o zaman saçmalarım değil mi? Bak gözlerinde hâlâ meydan okuma var haberin olsun. Her an seni öpmeye başlayabilirim."

Gamze başını geriye atarak kahkahalarla gülmeye başladı. Sonra ciddileşerek sevdiği adamın gözlerine baktı.

"Sakın benden kaçma. Senin hayat dersin muhtemelen kalbini korkusuzca açmaktan ibaret. Hükmederek kimseyi elinden tutamazsın. Gerçek güç, sertlikte değil mertliktedir."

Bu kez gülme sırası Mert'e geçmişti.

"Adıma uygun yani. Belki de tesadüf değildir."

Gamze dikkatle ve yavaşça konuşuyordu şimdi. Sesi alçalmıştı.

"Bana iyi bak sevgilim. Seni çok seviyorum."

Mert sözünü kesti:

"Ben hayatıma giren pek çok kadına bana âşık olmayın dedim."

Gamze aldırış etmeden devam etti.

"Ben âşığım demedim."

Ayağa kalkıp Mert'in her iki yanına ellerini koydu. Yavaşça kucağına oturdu.

"Seni sevdiğimi söyledim. Aşk, küçücük Gamze'nin karşısındaki Mert'e hissedebileceği küçük bir his. Ama sevgi, benim ruhumun, kim bilir kaç tane hayattan beri çok iyi tanıdığı ve çok iyi anlaştığı, hatta çok sevdiği bir ruha akışıdır. Yani sen benim ruh arkadaşımsın ve seni öyle seviyorum ben. Bunu anla."

Mert şok olmuştu. Artık genç kadının önüne koyabileceği hiçbir bariyer kalmamıştı. Aniden uzanarak Gamze'yi kendine çekti ve delicesine öpmeye başladı. Tutkuyla. Sevgiyle. Heyecan ve arzuyla. Kısa bir ara verdiğinde son sözleri şu oldu:

"Galiba bu kez komutan sana yenik düşüyor. Sana kalbimi açıyorum."

Bitti